FRANZISKA STEINHAUER

Spreewald-mord

VERLOREN Zwei kopflose Leichen. Eine in Burg/Spreewald, die andere in Cottbus. Nackt. Die Obduktion bestätigt, was Kommissar Nachtigall längst wusste, beide Opfer wurden ermordet. Gab es eine Verbindung zwischen den beiden Toten, in ihrem Umfeld, ihrem Freundeskreis? Die Mordmethode legt nahe, dass die Tötungen eine Warnung für andere sein sollten. An Verräter? Und wenn dem so ist, welches Geheimnis muss unbedingt bewahrt werden? Da die erste Leiche in den Armen einer dementen alten Dame gefunden wurde, ermittelt Peter Nachtigall mit seinem Team in deren familiären Umfeld und stößt dabei auf einige sonderbare Aussagen von Schwester und Nichte. Unbekleidete Leichen im November, das führt die Ermittler auch zu einer neu gegründeten Gruppe fanatischer Nacktjogger. Erste Befragungen zeigen keinerlei Verbindung auf, doch das zweite Opfer führt auf eine neue Spur und Peter Nachtigall kann seinen Ermittlungen eine andere Richtung geben. Die Obduktion ergibt rätselhafte Ungereimtheiten. Suchen sie nach zwei Mördern?

Franziska Steinhauer lebt seit über 30 Jahren in Cottbus. Bei ihrem Pädagogikstudium legte sie den Schwerpunkt auf Psychologie sowie Philosophie. Ihr breites Wissen im Bereich der Kriminaltechnik erwarb sie im Rahmen eines Master-Studiums in Forensic Sciences and Engineering. Diese Kenntnisse ermöglichen es der Autorin den Lesern tiefe Einblicke in pathologisches Denken und Agieren zu gewähren. Mit besonderem Geschick werden mörderisches Handeln, Lokalkolorit und Kritik an aktuellen gesellschaftlichen Entwicklungen verknüpft. Franziska Steinhauers Romane zeichnen sich durch gut recherchierte Details und eine besonders lebendige Darstellung der Figuren aus. Ihre Begeisterung für das Schreiben gibt sie als Dozentin an der BTU Cottbus weiter.

FRANZISKA STEINHAUER

Spreewald-mord

PETER NACHTIGALLS 12. FALL

GMEINER

Personen und Handlung sind frei erfunden.
Ähnlichkeiten mit lebenden oder toten Personen
sind rein zufällig und nicht beabsichtigt.

Immer informiert

Spannung pur – mit unserem Newsletter informieren wir Sie
regelmäßig über Wissenswertes aus unserer Bücherwelt.

Gefällt mir!

Facebook: @Gmeiner.Verlag
Instagram: @gmeinerverlag
Twitter: @GmeinerVerlag

Besuchen Sie uns im Internet:
www.gmeiner-verlag.de

© 2019 – Gmeiner-Verlag GmbH
Im Ehnried 5, 88605 Meßkirch
Telefon 0 75 75 / 20 95 - 0
info@gmeiner-verlag.de
Alle Rechte vorbehalten
5. Auflage 2023

Lektorat: Claudia Senghaas, Kirchardt
Herstellung: Mirjam Hecht
Umschlaggestaltung: U.O.R.G. Lutz Eberle, Stuttgart
unter Verwendung eines Fotos von: © dioxin / photocase.de
Druck: Custom Printing Warschau
Printed in Poland
ISBN 978-3-8392-2422-9

Sie sind unsere Nachbarn, Arbeitskollegen.

Sitzen in der Straßenbahn mit leerem Blick.

Wenn sie sich unbeobachtet fühlen, brüten sie dumpf vor sich hin.

Fühlen nichts, fragen nicht nach morgen, ihnen gilt nur das Jetzt.

Haben gelernt, so zu reagieren wie wir. Es ist schwer, sie zu entlarven.

Und doch kennen sie nur ein Ziel:

Unseren Untergang!

Sei wachsam!

Jederzeit!

1. KAPITEL

»Habt ihr schon was?«

»Nein, leider nicht!«

»Wo genau bist du mit deinen Leuten? Der Hubschrauber zu eurer Unterstützung ist unterwegs. Müsste eigentlich jeden Moment bei euch eintreffen. Viel Erfolg!«

»Danke!«, beendete Peer Jürgsen das Gespräch floskellos. Schickte seine GPS Daten an den Anrufer.

»Suchmeldung! Hilflose, verwirrte Person im Ort oder der Umgebung! In witterungsunangepasster Bekleidung. Foto kommt.«

»Gibt es nähere Informationen? Alter?«

»Eine demente, ältere Person, weiblich, unterwegs in Nachthemd und Hausschuhen, möglicherweise hat sie einen rosafarbenen Wollschal dabei. Sie ist aus dem Wohnhaus der Familie ›entkommen‹, wohin sie aufgebrochen ist, weiß niemand. Möglicherweise hält sie sich im nahen Waldgebiet versteckt.« Diese Meldung hatte die Einsatzzentrale vor etwa drei Stunden verbreitet.

Jürgsen gab sich keinen Illusionen hin. Die Familie wohnte in Burg in der Nähe der Reha-Klinik nicht weit vom Rand des Waldes entfernt. Wenn die Frau von dort aufgebrochen und in das Waldgebiet hineingelaufen war, würde es schwierig. Im November, bei einsetzendem Regen und Temperaturen in der Nähe des Gefrierpunkts – in der unzureichenden Bekleidung hatte sie nur geringe Chancen, die Nacht zu überstehen.

»Alle Mann in eine Reihe. Arme ausstrecken! Diesen Abstand beim Vorrücken einhalten. Guckt hinter jeden Busch, hinter jeden Baum. Die alte Dame könnte sich auch vor uns versteckt halten, weil sie sich fürchtet.«

Die lange Kette uniformierter Polizisten setzte sich langsam in Bewegung.

Schritt für Schritt.

Der stämmige Jürgsen machte ein besorgtes Gesicht. »Wie lang genau ist die Frau inzwischen verschwunden?«, erkundigte er sich bei der Einsatzzentrale.

Die körperlose Stimme am anderen Ende der Leitung antwortete: »Seit ein paar Stunden. Sie wohnt mit ihrer Schwester und deren Tochter zusammen. Als die Schwester nach Hause kam, stand möglicherweise die Tür offen, sie kann sich nicht genau erinnern, war das Haus leer. Wann die Vermisste tatsächlich aufgebrochen ist, weiß sie also nicht. Sie selbst wartete auf ihre Tochter und die beiden starteten eine Suche in der direkten Umgebung der Siedlung. Als das zu nichts führte, benachrichtigten sie die Polizei. Es wurde nichts gestohlen, nichts durchwühlt. Die Kollegen meinen, die verwirrte Frau habe sich selbst die Tür geöffnet. Was allerdings nach Aussage der Nichte vollkommen unmöglich ist.«

Jürgsen seufzte mitfühlend. Seine wulstigen Lippen zitterten leicht, er fuhr mit den Fingern darüber, um sie zum Stillstand zu bringen. Die klobige Nase, über deren Wurzel die struppigen Augenbrauen zusammengewachsen waren, ruckte leicht auf und ab. Wenn er sprach, wurde diese Bewegung deutlicher sichtbar, ließ die Nase wie einen unförmigen Schnabel wirken, der ständig nach dem Gesprächspartner hackte. Seine grauen Augen starrten in finsterer Erwartung in die Ferne.

»Wissen wir denn inzwischen, welche Kleidung sie wirklich trug, als sie das Haus verließ? Es ist fast Winter.«

»Nun ja, die Nichte meint, der Mantel hänge an der Garderobe. Das bedeutet also, sie ist in Nachthemd und Hausschuhen unterwegs. Ein Schal fehlt, den hat sie möglicherweise mitgenommen – aber ob sie den tatsächlich trägt? Mag sein, sie erinnert sich gar nicht mehr daran, wozu man sowas benutzt.«

»Demnach hat sich an der Ausgangslage nichts verändert. Ich hatte ja gehofft, sie hätte wenigstens … naja, ist nicht zu ändern. Die Nachbarschaft wird abgesucht, ja? Meist kommen diese Leutchen nicht wirklich weit. Wir sind schon am äußersten Rand eines möglichen Bewegungsspektrums. Und das nur, weil die Nichte meinte, früher seien die Schwestern gern hierhergekommen.«

Nebel hing über der Lichtung.

Unter anderen Umständen hätte die Stimmung hier draußen einen Hauch von Mystik gehabt. Man erwartete Orks und Hobbits, sonderbare Fabelwesen, Spukgestalten wie aus »The Fog«. Aber so? Eine Phalanx von Beamten wurde im Dunst langsam konturlos. Die Dämmerung kündigte mit dunklen Wolken die Nacht an. Regen war angesagt, Schnee konnte bis zum Morgen daraus werden.

Temperaturen schon deutlich unter zehn Grad.

Und dazwischen eine verwirrte Frau im Nachthemd.

Viel Zeit blieb nicht.

Immerhin hatten die Kollegen über Radio Cottbus 94,7, Antenne Brandenburg und andere lokale Radiosender die Bevölkerung zur Mithilfe aufgerufen. Aber wenn sich die

Frau vor lauter Angst versteckte, konnte es in wenigen Stunden zu spät für eine Rettung sein, selbst wenn sie lebend entdeckt wurde.

»Moment! Ich hab da was!«

Die Menschenkette hielt an.

Ein junger Beamter reckte einen wollenen Schal hoch.

»Scheiße!«, fluchte Peer Jürgsen herzlich. »Der passt zu der Beschreibung, die man uns durchgegeben hat.«

Er nahm das Fundstück entgegen. Feucht. Nein, nass. Der liegt hier nicht erst seit wenigen Minuten, erkannte er.

»Wir sind auf dem richtigen Weg!«, rief er seinen Leuten zu, die sich sofort wieder in Bewegung setzten.

Aus dem angrenzenden Waldstück waren laute Stimmen zu hören.

»Hiltrud! Hiltrud Manecke! Wo bist du?«

»Hiltrud! Lass uns nach Hause gehen! Es ist kalt!«

Eine Frau mit besonders unangenehmem, durchdringendem Organ hob sich von dieser Kakophonie deutlich ab. »Hiltrud, Schätzelchen! Schätzelchen, wo sind Sie denn?«

»Diese Frage könnte sie dir sowieso nicht beantworten«, zischte Jürgsen vor sich hin. »Sie ist dement, schön und gut, aber wenn man nach mir so rufen würde, ich schwör's, ich fände ein gutes Versteck, könnte den Erfrierungstod dem Gefunden-Werden durchaus vorziehen.« Zornig setzte er hinzu: »Ist ja so was von abschreckend! Hiltrud Schätzelchen! Nein!«

Minuten später setzte der angedrohte Platzregen ein.

Jürgsen sah vorwurfsvoll in den Himmel.

Beobachtete die Bewegungen des Hubschraubers, der nun schon seit fast einer Stunde über ihren Köpfen kreiste. Wärmebildkamera an Bord. Wenn überhaupt, dann war das noch eine der besseren Chancen, die Frau zu finden.

Er ging wenige Schritte hinter seinen Leuten, hielt Kontakt zu allen anderen Kräften, die an der Suche beteiligt waren.

Überall im Wald flackerten Lichtpunkte umher. Manche bewegten sich systematisch von links nach rechts, machten kehrt und gingen einen Schrittbreit neben der ursprünglichen Strecke wieder zurück. Andere huschten hektisch, geradezu hysterisch umher, tappten ziellos mal hierhin, mal dorthin.

Wo bleiben nur die Hunde?, überlegte Jürgsen und sah sich ungeduldig um. Das abzusuchende Gebiet war ziemlich groß, die einsetzende Dunkelheit machte die Suche für Menschenaugen nicht einfacher, die Spürnasen hätten sehr hilfreich sein können.

Plötzlich wurde es taghell.

Geblendet vom Licht des Helikopters rissen die Polizisten ihre Hände über den Augen an die Stirn.

»Der Hubschrauber hat was gefunden!«

Sie liefen los.

Hielten Kurs auf den schwankend ausgeleuchteten Bereich, über dem lärmend und stürmend der Hubschrauber stand. Das kam einem nächtlichen Hindernislauf gleich. Die Lichtkegel der Taschenlampen hüpften wild über den überraschungsreichen Grund, zielten kaum je wirklich auf die nächste Hürde. Atemlos und stolpernd erreichten die Beamten eine offene Fläche. Wiese.

Im Kegel des Suchscheinwerfers präsentierte sich ihnen ein Bild, das unwirklicher nicht hätte sein können.

Peer Jürgsen blieb im wahrsten Sinne des Wortes die Luft weg.

Langsam traten alle näher, auf ein Zeichen hin blieben die Beamten stehen und Jürgsen ging allein weiter.

Einer Pietà ähnlich hockte dort auf dem Boden eine alte Dame.

Viel zu leicht bekleidet.

Durch die Rotoren des Hubschraubers wurden die Nebelfetzen aufgescheucht, umkreisten wie körperlose Gestalten die Frau, als wollten sie sie vor den Blicken der Fremden schützen.

Über ihrem Schoß ruhte der ausgestreckte Körper eines nackten jungen Mannes, dessen Schultern sie mit dem rechten Arm stützte.

Wimmernd beugte sie sich über ihn.

»Was haben sie dir nur angetan, mein Kleiner? Warum nur?«, wiederholte sie dabei gebetsmühlenartig.

Sprachlos starrte Jürgsen auf das sonderbare Paar, das von ihnen und dem ganzen Aufruhr um sich herum nichts wahrzunehmen schien.

»Mein Gott! Wo ist sein Kopf?«, ächzte er schließlich.

2. KAPITEL

Als Nachtigalls Handy brummte, verdrehte Conny still die Augen.

Eigentlich hatten sie gerade in den gemütlichen Teil des Abends wechseln wollen. Abendessens- und Couchmodus. Neben dem entspannten Tagesausklang gab es ihrer Meinung nach auch dringenden Gesprächsbedarf. Doch daraus würde nun wohl nichts werden, das konnte sie schon an der Miene des Gatten ablesen.

»Was? Ich glaube, Sie sollten etwas langsamer sprechen, ich verstehe nur Leiche.«

Conny zog die Füße auf die Couch, zwinkerte den Katzen zu, die nun sicher zu ihr übersiedeln würden.

Das sah nicht nur so aus, es klang auch nach einem Einsatz. Leiche als Stichwort bedeutete niemals einen ruhigen Abend!

»Aha! Und wo genau ist das?« Nachtigall schrieb mit. »In Burg? Okay. Dammweg, oh, gut dann eben Am Bahndamm, am Leineweber vorbei. Ja, ich weiß, wie man da hinkommt. Wo ist die alte Dame jetzt? Man hat sie doch hoffentlich nicht dort sitzen lassen? Ach so. Ich verstehe. Gut. Wir sind in einer halben Stunde vor Ort.«

Nach diesem Gespräch wählte er sofort neu. »Michael! Wir haben eine Leiche. Burg, hinter dem Leineweber im Wald. Ja – Mord ist nicht ausgeschlossen, sogar sehr wahrscheinlich. Wirklich eigenartige Geschichte. Die alte Dame, die den Toten offensichtlich gefunden hat, leidet an Demenz und war abgängig. Viel an brauchbaren Informationen werden wir wohl von ihr nicht bekommen.«

Er seufzte. Stemmte seine stattlichen fast zwei Meter und sein nicht unerhebliches Gewicht aus dem Polster hoch, wandte sich mit zerknirschtem Gesichtsausdruck an seine Frau. »Tja. Einsatz. Ich weiß, wir hatten eigentlich für heute Abend geplant … aber das muss eben warten. Nur verschoben. Und die Schmerzen sind ja besser geworden, vielleicht gibt es keinen Grund zur Sorge.«

Conny nickte.

Polizistengattinnen waren Weltmeister im Umplanen!

Wenig später hörte sie den Wagen von Michael Wiener vorfahren.

»Tschüss!«, rief ihr Angetrauter noch, dann war er endgültig verschwunden.

»Na, ihr zwei«, begrüßte Conny die beiden pelzigen Zuwanderer auf ihrer Couch, »dann wollen wir es uns mal gemütlich kuscheln«, und fuhr mit ihren Fingern durch das weiche Fell Dominos.

Casanova setzte sich aufrecht ans Fußende, legte den Schwanz über die Vorderpfoten, sah den beiden zu.

Hielt Abstand.

Heftete die grünen Blicke an die Tür.

Wartete stumm und anklagend auf die Rückkehr seines Hauptkommissars.

»Eine Leiche ohne Kopf? Habe ich das richtig verstanden?« Wiener sah den Freund irritiert an, als dieser sich in den Beifahrersitz warf. »Auf einem Feld? Bei der Kälte?«

»Mehr kann ich dir auch nicht sagen. Peer Jürgsen musste mit einer Suchmannschaft ausrücken, um eine alte Dame zu finden, die ›entlaufen‹ war. Bei dem Wetter ohne entsprechende Kleidung unterwegs, da schien Eile geboten, wollte er sie lebend aufspüren. Deshalb auch der Hubschrauber. Wärmebildkamera. Als man die Frau schließlich entdeckte, saß sie auf dieser Wiese, hielt einen unbekleideten, männlichen Körper im Arm. Tot. Ohne Kopf. Der wurde bisher auch nicht gefunden. Die alte Dame liegt inzwischen im Klinikum, sie ist unterkühlt. Und, wie gesagt, sie leidet an Alzheimer oder einer anderen Art von Demenz.«

»Hm. Dr. März wird das nicht gern hören. Wieder so ein Fall, der typisch für dieses Team ist, wird er sagen.« Wiener lachte leise. »Ich kann ihn schon verstehen. Die meisten anderen Fälle sind tödliche Ausgänge von Ehestreitigkeiten oder Nachbarschaftszwist. Neulich hat ein Rentner angerufen, den Mord an seiner Mutter gleich am Telefon gestanden und sich ohne viel Federlesens einsammeln lassen. So einen Fall zum Beispiel hatten wir beide noch nie.«

»Glaubst du ernsthaft, diese, also »unsere«, Art von Tätern bringt vorher in Erfahrung, dass wir Dienst haben und schlägt dann gezielt zu?«, fragte Nachtigall gereizt zurück.

»Nun, wir hatten schon welche, die uns gefolgt sind, um ihr nächstes Opfer zu finden.«

»Ja!« Knappe Antwort.

Damit war das Thema offensichtlich erschöpfend behandelt. Wiener unterdrückte einen weiteren Kommentar. Er wollte die Stimmung nicht tiefer sinken lassen, die Erinnerung an diesen speziellen Fall setzte Nachtigall noch immer kräftig zu, also wechselte er das Thema.

»Mit den Kollegen vom Erkennungsdienst habe ich schon gesprochen. Sie sind auf dem Weg, haben aber wenig Hoffnung, auswertbare Spuren zu finden. Der Regen, der Matsch, vielleicht ist die Tat schon Stunden her, viele Leute am Tatort … Du weißt schon.«

»Dr. Pankratz? Hoffentlich wird Thorsten eingebunden. Er kann uns sicher gut unterstützen. Altersbestimmung zum Beispiel. Bei einer Leiche ohne Kopf ist die Frage der Identität des Opfers häufig viel schwieriger zu beantworten«, orakelte der Hauptkommissar.

»Silke checkt scho die Meldunge über Abgängige. Die Kollege habe ja vo einem junge Mann ge'schproche. Eine grobe Vorauswahl kann sie damit scho treffe.«

3. KAPITEL

Phil saß in seiner Lieblingsbar.

Hockte zusammengesunken am Tresen.

Starrte in seine zwei Fingerbreit Whisky pur ohne Eis. Blies Trübsal.

Der Live-Musiker spielte eine nette Melodie, die von Glück, Liebe und Wehmut erzählte. Die Töne schwangen den dunklen schweren Mantel der Melancholie um Phils alias Jupps Schultern, drückten seine Stimmung ins Bodenlose, Tränen stiegen auf. Er kippte den Drink auf ex.

»Na, Jupp, darf et denn noch wat sein?«, erkundigte sich der Barkeeper mit der Sensibilität eines zu kross gebackenen Brotlaibs.

Jupp nickte. Schob sein Glas über die Theke. Jupp!, dachte er verächtlich, versuchte sich zu erinnern, wie er zu diesem albernen Spitznamen gekommen war. Jupp! Irgendjemand hatte mal gerufen: »Und dem Jupp da, dem machste mal gleich einen doppelten Whisky! Sieht aus, als hätte der mal einen richtigen Drink nötig!«, und so waren der Drink und der Name hängen geblieben.

Nicht so Matz.

Der hatte heute nach dem Frühstück seine Sachen gepackt.

»Tschüss, Jupp! Wir sehen uns!« Das waren seine letzten Worte gewesen. Deutlicher hätte er die Distanz nicht werden lassen können als durch die Verwendung des verhassten Spitznamens. Danach klapperte der Wohnungsschlüssel auf den Tisch, und Matz war weg.

Hastig wischte Phil sich die Tränen aus dem Gesicht. Scheiße! War ja nicht notwendig, dass nun alle gleich mitkriegten, wie schlecht es ihm ging.

Womöglich würde man es Matz weitererzählen. Und so tief war er nun auch wieder nicht gesunken, dass er mit Matz' Rückkehr aus Mitleid hätte leben wollen. Oder auch nur können! Nein, nein! Neue Liebe – neues Glück, so lautete ab sofort die Devise, nahm Phil sich vor.

Und sollte Matz plötzlich voll Reue in der Tür stehen, würde er ihm einfach fröhlich »Besetzt!« zurufen. Genau so würde er es machen!

Wieder schrubbte der Handrücken über die stoppelige Wange.

Scheiße! Das lag an der Musik, analysierte er, zu sülzig, zu schwülstig, zu schwer.

Vielleicht war es besser zu gehen.

Sich ins Bett zu kuscheln, in dem noch der Duft von Matz' Körper hing.

Er kippte den zweiten Drink hinunter, hustete leicht, warf lässig einen Geldschein auf den Tresen, hob zum Abschied die Hand.

»Bis morgen, Jupp!«, hörte Phil den Barkeeper rufen, während er die Jacke nahm und aufbrach.

Matz kommt nie mehr zurück, flüsterte seine innere Stimme in einer Mischung aus Trauer und Triumph. Der hat was Besseres gefunden. Du bist ein Langweiler, nicht der Richtige für einen wie Matz.

Phil hörte gar nicht hin.

4. KAPITEL

Michael Wieners Navi fand problemlos die eingegebenen Daten. »Naja, das hätten wir auch ohne die Hilfe der GPS-Daten gefunden. Im letzten Jahr hatten wir Freunde in dem Hotel untergebracht, und die konnten von dort aus den Spreewald erkunden. Hatten viel Spaß, die beiden.«

Um diese Zeit waren die Straßen wie leergefegt. Wiener fädelte sich über mehrere Kreisverkehre auf die Bundesstraße nach Burg ein. Der heftige Regen erschwerte die Sicht, der Asphalt warf das Scheinwerferlicht grell zurück wie ein Spiegel. Der junge Kollege kniff die Augen zusammen.

»In Burg müssen wir nach rechts. Das kenn ich, ist ein schönes Spaziergängergebiet. Mit den Kindern immer ein Erlebnis.«

»Ich glaube, du kannst nicht wirklich nah an den Fundort ranfahren. Wenn ich mich richtig erinnere, stehen da Poller im Weg. Da müssen wir ein ziemliches Stück zu Fuß gehen.«

»Was macht eine alte Dame um diese Zeit im dunklen Wald? Bei dem Regen? Ein Rendevous wird sie nicht gehabt haben – oder sind die neuen Alten jetzt so jung geblieben, dass wir das nicht ausschließen können?«, feixte der junge Ermittler.

»Sie ist dement. Wir werden wohl alles selbst rausfinden müssen. Wahrscheinlich werden ihre Erklärungen schwer verständlich sein. Aber wer weiß, vielleicht ist es ja nur ein frühes Stadium.« Nachtigall seufzte schwer.

»Burg ist nicht gerade ein Hotspot des Verbrechens. Ich kann mir nicht vorstellen, dass hier jemand in der Nacht anderen auflauert, ihnen die Köpfe abtrennt und diese mitnimmt. Surreal.«

»Aber ist es nicht manchmal gerade der kleine Ort, das entlegene Dorf, in dem solche Verbrechen begangen werden?«, hakte Wiener ein.

»Oh, wie im Fernsehen. Dann werden sich die Menschen hier schweigend abwenden, wenn wir Fragen stellen, keinerlei Auskünfte geben. Laut granteln und den Wassermann als Täter anbieten?« Nachtigall lachte leise.

»Na, schau'n mer mal!« Wiener parkte den Wagen beim Hotel Leineweiber. »Dort hinten endet die Straße. Da stehen schon die Wagen der Kollegen. Besser wir parken etwas abseits. Kommen wir schneller wieder weg.«

Er stieg aus und beschwerte sich: »Mann! Es schüttet!«, schlug den Kragen des schwarzen Mantels bis zu den Ohren und zog die Schultern hoch. »Bloß gut, dass ich die knöchelhohen Schuhe anhabe. Der Schlamm würde sonst über den Rand suppen.«

»Mist! Das ist richtig ungünstig. Da finden die Kollegen nur noch aufgeweichtes Erdreich und keine verwertbaren Spuren mehr. Der Kopf muss geborgen werden, vielleicht liegt er in der Nähe des Tatorts.« Nachtigall schob die Hose in die Gummistiefel, zurrte den Schal fester und stapfte neben Wiener los. Zwei schwarze Gestalten im Nebel. Ein gewichtiger Riese, ein schmaler Großer.

»Wir hatten ja schon mal einen Trophäensammler, weißt du noch?«, fragte Wiener. »In unserem ersten gemeinsamen Fall.«

Nachtigall nickte.

Auch dieser Fall würde ihn für den, hoffentlich noch langen, Rest seines Lebens begleiten, zu sehr war er persönlich vom Täter in den Fortgang verstrickt worden.

»Damals handelte es sich allerdings um vergleichsweise kleine Beutestücke, die vom Körper abgetrennt und mitgenommen wurden. Ein Kopf ist ziemlich groß, den kannst du nicht im Weggehen mal kurz einstecken.« Wiener grübelte weiter über das Transportproblem. »Schon des Blutes wegen. Nur einfach eintüten geht nicht. Er muss schon einen besonders dichten, stabilen Plastiksack mitgebracht haben. Oder einen Eimer!«

»Wenn er die Tat so geplant hat. Aber möglicherweise war das nicht der Fall, sondern andere Umstände machten das Enthaupten notwendig. Wir wissen noch nichts, und du spekulierst schon!«, kritisierte Nachtigall maulig und schüttelte sich.

Ob wegen der blutigen Bilder, die seine Fantasie ihm ungebeten bereitstellte, oder des Regens, der ihm in den Nacken lief, blieb offen.

»Und wieso auf dieser Wiese? Eine zufällige Begegnung zweier verfeindeter Nachbarn? Hier?«

Ein junger Kollege in Uniform am Rand der baumfreien Fläche wies ihnen gestenreich den Weg.

»Als ob das nun zu übersehen wäre«, zischte Wiener.

»Ist vielleicht seine erste Leiche, sein erster Mordfall. Da ist er aufgeregt.« Nachtigall hielt auf das Zelt zu, das den toten Körper vor dem Novemberwetter schützen sollte.

Potente Scheinwerfer leuchteten die Szenerie aus, die wie ein Filmset wirkte. Man erwartete jeden Moment, jemanden »Cut« oder »Action« rufen zu hören. Schatten huschten vorbei, tauchten am Rand des Lichts in die Finsternis und waren verschwunden. Gestalten in Schutzanzügen bewegten sich langsam durchs Bild, waren geschäftig bei der Arbeit.

»Hallo, Herr Nachtigall!« Frau Linder, die Leiterin des Erkennungsdienst-Teams begrüßte den Ermittler hoch erfreut. »Wir mal wieder im Team!«

»Ja, das ist positiv für uns alle!«, freute sich auch der Cottbuser Hauptkommissar. »Sie waren lange weg.«

»Fortbildung in Amerika. Texas. Body Farm. War lehrreich.«

Nachtigall nickte knapp. »Was haben wir?«

Frau Linder zuckte mit den Schultern. »Ehrlich gesagt: Nicht viel bisher. Männliche Leiche, unbekleidet, Todesursache noch unklar. Keine offensichtlichen Verletzungen. Aber der Arzt darf ja auch nur den Tod feststellen und muss alles andere der Rechtsmedizin überlassen. Der Kopf fehlt, damit ist die unnatürliche Todesursache anzunehmen – mit dem Leben nicht vereinbar, wie es so schön ausgedrückt wird.«

»Der Kopf wurde noch nicht gefunden?«

»Nein. In der direkten Umgebung haben die Kollegen schon erfolglos gesucht. Bei Tageslicht mag sich alles etwas anders darstellen. Bisher haben wir seine Kleidung nicht sicherstellen können. Vielleicht vergraben. Wie gesagt, bei Tageslicht …« Frau Linder schob die Mütze des Schutzanzugs ein Stück zurück, damit sie ihrem Gesprächspartner ins Gesicht sehen konnte, nahm die Brille ab und wischte die Regentropfen ab. »Vielleicht sollte ich doch über Kontaktlinsen nachdenken«, murmelte sie dabei. »Beschlagen nicht, und es bleiben keine Tropfen hängen.«

Sie zog ein Handy aus der Tasche. »Der Einsatzleiter hat natürlich sofort den Notarzt verständigt. Die alte Dame ist im Klinikum. Aber er hat Fotos von der Situation gemacht. Irgendwie spooky.«

Sie öffnete die Fotodatei.

»Himmel!« Nachtigall war schockiert. »Das gibt's doch gar nicht!«

Auch Wiener starrte verblüfft auf die Bilder. »Wenn mir das einer erzählte, ich würd's nicht glauben!«

»Ist ihr denn nicht aufgefallen, dass er keinen Kopf hatte? Dass er schon tot war?« Der Hauptkommissar schüttelte den Kopf. »So was merkt man doch.«

»Offensichtlich nicht unbedingt. Sie hat ja sogar mit ihm gesprochen. Sehr eigenartig. Mit Alzheimer oder Demenz kenne ich mich nicht so gut aus.« Katia Linder lächelte entschuldigend. »Und wenn ich den Arzt richtig verstanden habe, hat die Totenstarre noch nicht eingesetzt. Der Körper war also weder kalt noch steif.« Sie zuckte mit den Schultern.

»Wir haben den Namen der alten Dame?«

»Hiltrud Manecke. Sie wohnt in einem Häuschen auf der gegenüberliegenden Seite der Hauptstraße, kurz vor der Reha-Klinik. Mit ihrer Schwester Elvira Hänsel und deren Tochter Marion.«

»Von dort ist sie unbemerkt abgehauen?«, staunte Wiener. »Im Nachthemd?«

»Tja, sieht so aus. Zumindest ist nicht zu leugnen, dass sie hier war. Wie ihr das gelungen ist, weiß niemand so genau zu sagen. Vielleicht ist sie ja direkt über die Straße gekommen, oder durch das Wohngebiet hier ›Am Waldrand‹ gegangen, dann links abgebogen. Da waren es nur wenige Schritte nach links in den Wald. Oben durch den Nachtigallenweg wäre es eher noch schwieriger. Privatgrundstück.«

»Eine Frau ohne wintergerechte Kleidung, in Hausschuhen … Werden doch nicht alle schon vor dem Fernseher gesessen haben. Wir fahren gleich hin und sehen uns alles an. Normalerweise würde doch den Nachbarn … Ist ja nicht gerade eine einsame Ecke. Spaziergänger mit Hund sind um diese Zeit auch unterwegs. Naja. Bevor wir und das Wohnhaus anschauen, sollten wir schon noch einen Blick auf die Leiche werfen.«

Katia Linder winkte einem der Kollegen aus ihrem Team zu. »Kevin! Vielleicht solltet ihr dort drüben noch mit den Sonden suchen. Nach Plan abgehen, du weißt ja Bescheid!«

Zu Nachtigall gewandt versprach sie: »Ich schicke so schnell wie möglich einen Bericht. Was ich jetzt schon sagen kann, ist, dass die alte Dame von dort«, sie wies in Richtung Wald, »gekommen sein muss. Sie ging ziemlich direkt auf die Stelle zu, an der der Körper des Opfers lag. Setzte sich, zog ihn zu sich hoch. Wir haben im Umkreis viele Schuheindruckspuren gesichert. Aber es wird schwierig werden, die des möglichen Täters zu erkennen. Obwohl wir Schleifspuren gefunden haben. Der Täter hat wohl versucht den Körper über diese freie Fläche zu ziehen. Wurde vielleicht gestört, ließ ihn liegen. Und nun spült dieser Regen ohnehin so gut wie alles weg. So eine Scheiße! Sorry.«

Die beiden Ermittler der Mordkommission bekamen Schutzanzüge zugereicht, schlüpften hinein, wichen den Kärtchen auf dem Boden aus, die Fundstellen markierten, traten ans Zelt.

Beugten sich hinunter zur Öffnung.

Nachtigall sah hinein. Brauchte einige Herzschläge, bis er zuordnen konnte, was seine Augen zwar wahrnahmen, sein Hirn aber offensichtlich nur zögernd bearbeiten wollte.

»Großer Gott!« Er drehte sich rasch um, gab den Blick für Michael Wiener frei.

»Ha!« Auch der Kollege atmete tief durch. »Ein Beil wurde da nicht benutzt, würde ich meinen«, kommentierte er dann. »Sieht ausgesprochen unappetitlich aus der Stumpf.«

Der Arzt vom Dienst, der neben dem Zelt unter einem Schirm kauerte, wiegte bedächtig den Kopf. Gab die Todesbescheinigung weiter.

»Nun, ich darf ja nicht Hand anlegen. Der Körper ist nun ein Fall für die Rechtsmedizin. Aber ich würde darauf tippen, dass der Kopf mit einem ganz normalen Messer abgetrennt wurde. Wüste Schnippelei. Die Wundränder sind stark ausgefranst. Keine Angelegenheit, die mit einem präzisen Schlag oder einer besonders scharfen Klinge ausgeführt wurde.«

»Hm.« Nachtigall runzelte die Stirn. »Taschenmesser?«

»Das kann ich nicht beurteilen.« Der Arzt griff nach seiner Tasche. »Da gibt es andere, die kompetenter Auskunft geben können.« Er rappelte sich mühsam aus der unbequemen Position auf. »Aber ich bin Angler. Es gibt Taschenmesser, an denen ist so eine kleine Säge. Wenn man mit der versucht, den Fisch auszunehmen, sieht das Ergebnis ähnlich aus. Oder er hat eine richtige Säge benutzt. Einen handlichen Fuchsschwanz zum Beispiel. Auf Wiedersehen!« Er wandte sich um, wollte offensichtlich zügig diesen grausigen Tatort verlassen.

Eine kleine Waffe, die der Täter ohne Schwierigkeiten bei sich tragen konnte, dachte Nachtigall, das hilft uns nicht wirklich weiter. Und wer geht schon mit einem Fuchsschwanz spazieren?

»Moment!« Wiener hatte sich umgedreht. »Wie lange dauert es, den Kopf so vom Rumpf zu trennen? Richtig schnell geht das doch sicher nicht.« Er ging in die Hocke, betrachtete mit Sicherheitsabstand interessiert die Wunde. »Sieht aus, als habe er mehrfach ansetzen müssen.«

Der Arzt sah zum Zelt zurück, zuckte mit den Schultern.

»Waren Sie schon hier, bevor man die alte Dame abtransportierte?«, wollte Nachtigall noch wissen.

»Nein.« Der Arzt streckte sich, bog probeweise den Rücken etwas durch, hielt sich die Lendenwirbelsäule und verzog das Gesicht. »Rücken. Haben ja viele. Schreibtischarbeit. Aber solche Orte sind auch nichts für mich. Naja. Die alte Dame war natürlich unterkühlt. Sie muss einen stark verwirrten Eindruck auf die Polizisten gemacht haben.« Damit beendete er resolut das Gespräch und stapfte in Richtung Straße davon, wo ein Taxi auf ihn wartete.

Nachtigall und Wiener duckten sich ins Zelt, starrten auf den Körper. »Macht einen sehr sportlichen Eindruck. Und beim oberflächlichen Blick kann ich keine Abwehrverletzungen erkennen. Siehst du? An den Armen keine Kratzer. Der Brustkorb sieht seltsam aus. Aber dazu wird man uns später alles erklären, mehr als uns lieb ist, wahrscheinlich.« Der Hauptkommissar gab dem Freund ein Zeichen und sie traten wieder in den Regen hinaus.

»Mein Name ist Peer Jürgsen. Hallo, Herr Nachtigall! Wir haben die alte Dame und den Toten gefunden. Bizarre Situation. Und tatsächlich wäre ›verwirrt‹ zur Beschreibung ihres Zustandes ein Euphemismus.«

»Das ist gut, dass Sie hier sind«, stellte der Cottbuser Hauptkommissar erleichtert fest. »Wir haben nämlich noch Fragen! Zum Beispiel zur Auffindesituation.« Damit schüttelten sie sich kurz die Hände.

Jürgsen tippte auf das Display seines Smartphones, startete ein Video.

Nach einer Pause, in der alle schweigend auf die Filmsequenz gestarrt hatten, räusperte sich Nachtigall. »Ich verstehe, was Sie meinen. Bizarr trifft es ziemlich genau.«

»Und dabei murmelte sie immer wieder ›Mein armer Kleiner, was haben sie nur mit dir gemacht‹ oder ›was haben sie dir nur angetan?‹ Es war schon unheimlich.« Jürgsen reichte Wiener einen Zettel. »Das ist die genaue Adresse. Die alte Dame ist vom Rettungswagen ins Thiem-Klinikum gebracht worden. Sie war derart durch den Wind, ganz ehrlich, ich glaube nicht, dass sie wertvolle Informationen zu Ihrer Ermittlung beisteuern kann.«

»Warten wir ab. Manchmal, wenn die Aufregung sich gelegt hat, erinnern sie sich doch«, meinte Nachtigall mit gedämpfter Hoffnung.

5. KAPITEL

»Frau Elvira Hänsel?«, sprach Nachtigall die nervöse, ältere Dame im Wartebereich sanft an.

Sie zuckte dennoch heftig zusammen und wich vor der riesenhaften, ganz in schwarz gekleideten Gestalt mehrere Schritte zurück.

»Wir haben Sie nicht gerufen! Noch ist kein Bestatter notwendig. Oder hat mich etwa nur niemand informiert?« Der Ton war kalt, aggressiv. Das Gesicht giftig verkniffen.

»Keine Sorge. Ich bin von der Polizei. Peter Nachtigall ist mein Name, und dies ist mein Kollege Michael Wiener«, bemühte sich der Hauptkommissar, die Aufregung zu dämpfen.

Frau Hänsel nahm die Ausweise, setzte ihre Brille auf, musterte die beiden Männer skeptisch. Seufzte. Gab die Ausweise zurück.

»Scheint ja alles seine Richtigkeit zu haben.«

Eine pensionierte Lehrerin, dachte Nachtigall vorurteilstreu, ganz bestimmt.

»Wir sind wegen Ihrer Schwester hier.«

»Ja, natürlich sind Sie ihretwegen hier. Meinetwegen eher nicht. Ich für meinen Teil finde keine kopflosen Leichen im Nebel!«

Nachtigall war über die Heftigkeit der Reaktion und den boshaften Ton mehr als überrascht. »Ihre Schwester leidet unter Demenz. Sie wohnt bei Ihnen. Ist das richtig?«

Elvira Hänsel lachte böse auf. »Ein Drei-Weiber-Haushalt. Wobei ich nicht weiß, ob meine Schwester sich noch als weiblich erkennt. Sie hat in letzter Zeit ziemlich abgebaut.«

»Aha? Ihr Zustand hat sich also deutlich verschlechtert.«

»Hiltrud hat schon immer sonderbare Dinge getan. Und gesagt! Das war und ist durchaus peinlich, wissen Sie? Ihr Blick auf die Dinge war das eine, andere aber damit zu behelligen, wie man über sie dachte, etwas völlig anderes! Hiltrud wollte das nicht begreifen. Jetzt ist es für alle Versuche einer Umerziehung ohnehin zu spät.« Ihre schneidende, energische Stimme bekam einen verbitterten Oberton.

»Sie hat andere beleidigt?«, hakte Nachtigall vorsichtig nach. »Freunde vor den Kopf gestoßen? Vergrault?«

»Anzeigen haben wir bekommen. Zum Beispiel wegen übler Nachrede! Sie beschwerte sich lautstark über unseren Nachbarn, behauptete, sein Verhalten sei typisch – typisch Alkoholiker. Er musste sich einer peinlichen Befragung unterziehen. Immerhin arbeitet er in einem sensiblen Bereich, ist Pilot!« Die alte Empörung hatte nichts von ihrer brennenden Hitze verloren und behauchte Elvira Hänsels Wangen mit einem rosigen Touch.

»Aber nun ist sie verwirrt«, führte Wiener das Gespräch unsanft zum Kern des Problems zurück.

»Ja. Kann man so sehen.« Das kam erneut ziemlich patzig. Frau Hänsel hätte offensichtlich gern weitererzählt.

»Jetzt ist sie offiziell nicht mehr für Ihr Tun verantwortlich. Wie praktisch!«

Ihre faltigen Hände flatterten aufgeregt über die bläulichen Locken, griffen hinein, schoben Strähnen hin und her. Die blassgrauen Augen huschten den Gang entlang, kehrten dann beinahe unwillig zu den beiden Ermittlern zurück.

»Was wird denn nun mit ihr?«, fragte sie dann sachlich.

»Inwiefern?« Nachtigall war leicht irritiert.

»Nun, sie hat jemanden ermordet! Es wird wohl Konsequenzen haben. Oder darf man das jetzt so einfach?«, fragte sie mit gespielt erstauntem Gesichtsausdruck.

»Sie halten es für möglich, dass Ihre Schwester selbst den jungen Mann getötet hat?« Nun war es an Nachtigall verblüfft zu sein.

»Muss sie ja wohl! Freiwillig hat sich in ihrem ganzen Leben noch nie ein Mann in ihren Arm gekuschelt.«

Nachtigall spürte die eisige Kälte. Offensichtlich hatten die Schwestern kein liebevolles Verhältnis zueinander. Schicksalhaft aneinander gekettet, so schien es ihm. Die drei Frauen lebten sicherlich einen anstrengenden Alltag mit vielen Haken und Ösen.

»Hätte sie denn genug Kraft für eine solche Tat?«, bohrte Wiener nach.

»Wo ein Wille, da ein Weg. Hiltrud tut nur so schwächlich, wenn es ihr günstig erscheint.«

Als der diensthabende Arzt zu ihnen trat, waren die Ermittler erleichtert, Frau Hänsels Hass ausweichen zu können.

»So, Frau Hänsel. Ihre Schwester schläft nun. Am besten fahren Sie nach Hause und kommen nach dem Frühstück wieder. Wenn medizinische Entscheidungen Absprachen benötigen, werden wir selbstverständlich mit Ihnen Kontakt aufnehmen. Falls Sie ein Taxi benötigen, kann Ihnen die Schwester …«

»Nein! Ich fahre mit meiner Tochter. Sie wird gleich hier sein. Vielen Dank!« Mit hartem Schritt, um das energische Stampfen mit ihrem Stock erweitert, ging sie in Richtung Fahrstuhl zurück. Über die Schulter rief sie zurück: »Passen Sie gut auf, dass sie nicht verschwindet. Das tut sie gern. Und geben Sie den beiden Herren hier gern Antworten auf all ihre Fragen! Es geht schließlich um Mord.«

»Und Sie wünschen?«, erkundigte sich der untersetzte Mediziner der Nachtschicht etwas gereizt. »Ich verstehe gar nicht, was heute um diese Zeit los ist.«

Nachtigall übernahm die Vorstellung.

»Wir wüssten gern, wie weit die Hirnfunktion bei Frau Manecke eingeschränkt ist. Ist sie orientiert? War sie möglicherweise mit dem jungen Mann verabredet?«

Der Arzt reagierte konsterniert. »Kriminalpolizei, aha. Was hat man Ihnen denn erzählt? Wir reden doch über die Patientin, die den Leichnam gefunden hat? Oder gab es noch einen ähnlich gelagerten Fall?«

»Hoffentlich nicht. Frau Manecke wurde neben dem Opfer aufgefunden. Wir haben bisher nur die allgemeine

Information bekommen, dass sie dement sei. Mehr nicht. Und als man sie fand, hat sie wohl wirr geredet.«

»Es gibt sehr unterschiedliche Formen von Demenz, verschiedene Schweregrade, unterschiedliche Ursachen. Durchblutungsstörungen im Hirn zum Beispiel können dafür verantwortlich sein, die Alzheimersche Krankheit, allgemeine Hirnabbauprozesse durch ungesunde Lebensweise. Manchmal ist auch Stress zumindest mitverantwortlich.«

»Und bei Frau Manecke?«

»Das weiß ich noch nicht! Als sie auf Station kam, war sie deutlich verstört, verstand nicht, was mit ihr gerade geschah. Stand völlig neben sich, wenn Sie es so ausdrücken wollen. Aber wäre das bei so einer Situation nicht normal? Sie hat einen Leichnam gefunden. Da wären viele von uns, die wir glauben, unser Hirn funktioniere prachtvoll bis zufriedenstellend, auch völlig durch den Wind. Und diese Schwester von ihr war nun auch nicht gerade hilfreich.«

»Frau Manecke stand neben sich, sagen Sie? Wie bei einem Durchgangssyndrom?«, fragte Wiener. »Ein Freund von mir hatte so was nach einem schweren Motorradunfall. War eine anstrengende Zeit für alle. Sie hält sich für jemand anderen und hat keine Ahnung, in welchem Jahrtausend sie lebt?« Er zückte sein schwarzes Notizbuch.

»Ähnlich. Sie weiß nicht, wer sie ist, wo sie ist, warum sie hier ist und was passiert ist. Frau Hänsel meinte, ihre Schwester sei schon manchmal nicht ganz bei sich, aber so schlimm sei es sonst nicht.«

»Wird ihr wieder einfallen, warum man sie ins Klinikum gebracht hat? Und was sie dort auf dem Feld wollte?«, fragte Nachtigall.

Der Arzt wand sich. Bewegte den ganzen gewichtigen Körper, während er über die Antwort nachdachte. Sein Gesicht durchlief alle Stadien von Skepsis, Hoffnung und Zuversicht, pegelte sich schließlich zwischen Skepsis und Hoffnungslosigkeit ein.

»Wahrscheinlich nicht«, entrang er sich endlich.

Peter Nachtigall sah auf den Mediziner hinunter, die rechte Augenbraue ruckte hart Richtung Haaransatz und verharrte dort.

Abwartend.

Unzufrieden.

Der feiste Arzt begann erneut, holte diesmal deutlich weiter aus. »Selbst wenn es ihr einfallen würde, könnte sie sich nicht daran erinnern wollen, es schlicht nicht zulassen. Es war beängstigend, bedrohlich – Gefühle, die sie wahrscheinlich nicht gut aushalten kann, weil die Demenz allein schon oft genug verwirrende Dinge im Denken produziert. Sie wird vielleicht nicht zulassen wollen, dass diese erschreckenden Bilder wieder konkrete Erinnerung werden. Ich hoffe, das klingt in Ihren Ohren nicht nach Ausflucht.«

»Aber eine Flucht ist es schon, nicht wahr? Sie verbietet den Bildern zu ihrer Vergangenheit zu gehören und belügt damit sich selbst.« Nachtigall war ungeduldig. »Selbstschutz.«

»Ja«, bestätigte der Arzt. »Es ist legitim, die eigene Psyche vor dem Schrecklichen zu bewahren.«

»Sie hat immer wieder gefragt ›Mein Kleiner, was hat man dir nur angetan?‹. Heißt das, sie kennt das Opfer?«

»Nicht notwendigerweise. Vielleicht hat sie sich zeitlebens einen Sohn gewünscht, aber diese Sehnsucht blieb unerfüllt. Da mag sich manches Bahn gebrochen haben, als sie den Körper fand.«

»Damit kommen wir zum nächsten Punkt: Ist es denkbar, dass Frau Manecke selbst den Mord begangen hat? Wäre sie dazu in der Lage?«, fasste Wiener einen neuen Aspekt zusammen. »Ihre Schwester hält sie für die Täterin.«

»Ja, die Schwester.« Der Arzt seufzte tief. »Sie haben schon mit ihr gesprochen, wissen also, dass man sich nicht gerade herzlich zugetan ist. Wie ist das Opfer gestorben?«

»Das wissen wir noch nicht. Die Obduktion steht noch aus. Als man die beiden entdeckte, hielt sie das Opfer im Arm. Und dem jungen Mann fehlte der Kopf.«

Der Arzt sah Nachtigall lange an.

Wortlos.

Mit geweiteten Pupillen.

»Aha«, machte er schließlich und schluckte hart.

»Ja. Wir konnten den Kopf des Opfers noch nicht bergen, er ist verschwunden, was die Identifizierung deutlich erschwert.«

Räuspern.

Pause. Stille.

Erneutes Räuspern. »Und nun«, krächzte der Arzt, »fragen Sie mich, ob eine demente ältere Dame ihm den Hals durchtrennt und den Kopf versteckt hat?«

»Nein«, stellte der Hauptkommissar richtig. »Ich wollte wissen, ob sie in der Lage wäre, einen Mord zu begehen.«

»Allgemein gilt: Jeder kann töten. Bei Menschen mit Demenz ergeben sich zu diesem Aspekt gleich mehrere Probleme. Manche Patienten haben ein hohes Aggressionspotenzial, greifen Verwandte und Pfleger tätlich an. Aber das ist nicht so häufig, wie in der Regenbogenpresse kolportiert wird. Außerdem resultiert diese Aggression aus der Angst, die entsteht, wenn Sie plötzlich nichts in

Ihrer Welt mehr verstehen, niemanden kennen, nichts mehr ist wie früher. Das Opfer des Übergriffs ist mit der Aggression nicht persönlich gemeint. Man könnte es am ehesten als Überreaktion verstehen. Zu viele Reize, zu viele Rätsel im Alltag, Panik. Über den Grad der Demenz, der Fähigkeit zu planvollem Vorgehen unserer Patientin kann ich noch keine Aussage treffen. Wir haben nur die Befunde, die wir selbst erheben konnten. Unterkühlung, Verwirrtheit …« Er zuckte mit den Schultern.

»Schweregrad?«, bohrte Nachtigall nach. »Für die Feststellung der Pflegebedürftigkeit?«

»Nicht nur. Es hilft den Angehörigen auch zu entscheiden, ob der Patient noch allein auf die Straße gehen kann oder ständige Begleitung benötigt, ob er seinen Alltag noch meistern kann oder eine umfassende Betreuung notwendig ist. Der Blick der Angehörigen ist mitunter – wie soll ich sagen? – getrübt.«

»Getrübt? Man glaubt, der Angehörige braucht unbedingt Betreuung und das ist eine Fehleinschätzung?«

»Getrübt in beide Richtungen! Die einen halten den alten Vater für betreuungswürdig und er ist noch sehr gut in der Lage für sich und seine Belange zu sorgen. Man will ihn entmündigen. Und auf der anderen Seite gibt es Familien, in denen dauert es viel zu lange, bis jemand den desolaten Zustand des Patienten begreift. Dann reden wir über Verwahrlosung, Unterernährung, Hygienenotstand.«

»Und Sie unterscheiden in Schweregrade?«, kam Wiener wieder zum Ausgangspunkt zurück.

»Leicht, mittel, schwer – das ist das grobe Raster. In den Graden werden Punkte vergeben, die dann eine feinere Beurteilung ermöglichen. Aber das konnten wir bisher noch nicht überprüfen. Zunächst müssen die vitalen

Bedrohungen behoben werden, der Patient stabilisiert sein.«

»Und stabil ist Frau Manecke jetzt?«, schaltete sich Wiener ein.

»Naja.« Die Handbewegung deutete das Schwanken des Zustandes an.

»Wir würden gern mit ihr sprechen.« Nachtigall klang nicht, als wolle er diesen Punkt diskutieren.

»Das verstehe ich durchaus. Aber ich fürchte, es wird weder erhellend für Sie noch förderlich für die Genesung meiner Patientin, wenn wir sie nun stören. Fremde, das bedeutet immer Angstpotenzial, besonders wenn sie Fragen stellen, die man nicht beantworten kann oder will.«

»Muss ich Sie daran erinnern, dass dies eine Mordermittlung ist? Vielleicht hat sie etwas beobachtet, das uns weiterhilft.«

»Oh, ich denke, bei einer dementen Person ist so ein Geheimnis ziemlich sicher.« Der Arzt winkte genervt ab. »Ja, ja. Ich komme mit. Wenn ich Ihnen signalisiere, dass es genug ist, gehen Sie sofort.«

Die beiden Ermittler nickten artig.

Die alte Dame hielt beide Augen fest geschlossen.

Sie war offensichtlich recht groß und schlank, das graue Haar kurz geschnitten. Die Hände auf der Bettdecke waren faltig, Venen zogen bläulich schimmernd darüber, die Finger waren in Bewegung, strichen über den Stoff, als versuchten sie, sich zu orientieren.

Wirklich hinfällig wirkte sie auf die beiden Ermittler nicht.

Nachtigall beobachtete das faltige, blasse Gesicht.

Es zuckte.

Wild. Unkontrolliert.

»Wir erwärmen ihren Körper langsam. Möglicherweise war die ganze Aufregung sehr ermüdend für sie und sie schläft.«

Die vorsichtige Formulierung fiel Nachtigall sofort auf und er fragte: »Es könnte auch sein, dass sie nur so tut, ja?«

»Ja. Der Monitor zeigt uns nicht, ob sie träumt. Er bietet uns nur die Vitalfunktionen an.«

»Frau Manecke? Ich weiß, dass Sie mich hören.«

Das Zucken nahm zu. Die Hände verschwanden unter der Decke.

»Wir möchten uns mit Ihnen unterhalten. Sie wollen doch bestimmt über Ihr Erlebnis sprechen. Das war schon ziemlich unheimlich, nicht wahr?«, begann der Hauptkommissar mit seiner angenehmen Stimme, die warm und vertrauenswürdig klang.

Zu seiner Verwunderung öffnete sich nur das linke Auge. Warf dem Fremden am Bett einen eindeutig übellaunigen Blick zu.

»Die Tür war offen«, beschwerte sie sich leise.

»Das sollte sie nicht sein.«

»Virchen mag das nicht.«

»Elvira Hänsel. Virchen ist der Kosename der Schwester«, kitzelte die Stimme des Arztes in seinem Ohr.

»Virchen mag Kirschen nicht. Magenschmerzen. Rollt weinend am Boden. Mutter ist dann zornig und …« Sie verstummte.

»Und dann?«

Plötzlich wimmerte die Patientin, steigerte das Geräusch zu einem schrillen Schreien, begann mit den Fäusten auf die Bettdecke zu schlagen.

Damit wandte sie den Kopf zur Seite und schwieg.

»Besser Sie gehen jetzt.« Der dicke Mann im weißen Kittel schubste die Ermittler förmlich zur Tür hinaus auf den Gang.

»Wir kommen morgen wieder und bringen jemanden mit, der solch ein Gespräch professionell führen kann.«

»Tun Sie das. Vielleicht ist sie nach einer ruhigen Nacht auch mitteilsamer. Sie wird die Wärme genießen, sich entspannen. Nach diesem Blick auf die Patientin ist Ihnen wohl klar, dass sie schon rein körperlich nicht in der Lage wäre, einen gesunden jungen Mann zu töten.«

»Ruhigen Dienst noch!«, verabschiedeten sich die beiden und eilten wenig später den Gang entlang zum Hauptausgang.

6. KAPITEL

Jürgen, Thomas und Christian saßen am wackligen Küchentisch und besprachen den Plan, der die alltäglich und wöchentlich anfallenden Arbeiten auflistete und verteilte.

Wie immer, dachte Thomas gereizt, nie gibt es eine einfache Einigung, immer muss über jedes Detail diskutiert werden. Er seufzte unmerklich, um nicht eine neue Runde Ärger zu verursachen, und ruckelte sich vorsichtig etwas bequemer auf dem harten Stuhl zurecht.

»Ick mach nich schon wieder det Bad! Det stand schon letzte Woche in meinem Plan. Ne! Einer von euch bede is nu dran!«, beschwerte sich Christian, als er einen flüchtigen Blick auf die Verteilung der Aufgaben geworfen hatte.

Jeder von ihnen hatte eine eigene Farbe zugewiesen bekommen, und hinter »Bad putzen« war unübersehbar ein grüner Balken.

»Gut!« Der arrogant-süßliche Ton von Jürgen ging den anderen beiden schon lange auf die Nerven. »Wenn du dann lieber kochen möchtest, übernehme ich das Bad.«

Alle drei wussten, dass Christian nur Spiegeleier braten konnte. Eine ganze Woche gäbe es dann im Wechsel Spiegeleier mit Speck oder Speck mit Spiegeleiern. Thomas stöhnte gequält auf, fing sich dafür einen giftigen Blick aus vier Augen ein.

Jürgen wartete entspannt.

Wusste, dass die beiden anderen die Sache unter sich ausmachen würden. Er war hier nämlich der Könner, das Kochgenie – und die schmackhafte Versorgung durch seine Küche das Highlight des Tages für alle drei. Viel mehr »lichte« Momente gab es nämlich gerade nicht in ihrem Leben.

In gewisser Weise waren sie eine staatlich geförderte Zwangsgemeinschaft.

Eine ReSoWoG.

ReSozialisierungsWohnGruppe.

Und der breitschultrige Jürgen hatte ein beeindruckendes Vorleben – zwei Tötungsdelikte.

Die beiden anderen wollten sich also mit ihm nicht nur seiner unbestreitbaren Kochkünste wegen gut stellen.

Thomas, der wegen Steuerhinterziehung gesessen hatte, fühlte sich ihm gegenüber unterlegen, ja sogar schwach, klein und hilflos. Zumal Jürgen gern mit grausigen Tatdetails aufwartete und dabei nie den Eindruck aufkommen ließ, er bereue auch nur eine Sekunde, was er getan hatte.

Seine eigene Resozialisierung hatte er, Thomas, sich anders vorgestellt. Irgendwie komfortabler.

Sicher gab es Rückschläge. So hatte zum Beispiel sein früherer Arbeitgeber seine Neubewerbung kommentarlos abgelehnt. Verständlich.

Steuerberatung Müller-Schmidt-Kunzler lief nun besser ohne Müller.

Schließlich war es keine Werbung, wenn der steuerhinterziehende, Geld unterschlagende Mitarbeiter grandios auflog, für mehrere Jahre im Knast verschwand.

Aber dieses ewige Gezanke ging ihm auf die Nerven.

Sicher deshalb, weil er schutzlos war.

Er spürte die Blicke der anderen auf seiner Haut brennen. Seufzend nickte er.

»Gut. Dann tauschen wir.«

Wortlos beobachtete er, wie Grün zu Schwarz mutierte. Seiner Farbe.

Grün durfte nun eine Woche lang saugen, die Post aus dem Briefkasten holen und sich um Kleinigkeiten kümmern.

Schwarz übernahm das Bad, das Waschen der Wäsche (waschen und gegebenenfalls bügeln), das Aufräumen und den allgemeinen Einkauf.

Gelb – wie seit der Gründung der ReSoWoG – nur das Kochen und den Einkauf der Zutaten. Gut, in der Regel nur das Überwachen und Kontrollieren des Einkaufs. Jürgen ging bei schlechtem Wetter nicht vor die Tür. War Gelb mit dem kreativen Exzess fertig, fiel das gründliche Reinigen des Schauplatzes natürlich an Schwarz.

Scheiße!, fluchte Thomas' innere Stimme wütend. Er würde bei Gelegenheit mal mit ihrem »Betreuer« über die Situation sprechen. Oder vielleicht besser nicht. Jürgen sollte man sich nicht zum Feind machen. Christian war harmlos. Missglückter Banküberfall – was sonst?

7. KAPITEL

Peter Nachtigall und Michael Wiener fuhren schweigend zur Adresse von Hiltrud Manecke.

»Hübsch hier!«, stellte Wiener beim Aussteigen fest. »Ein kleines Häuschen. Ruhige Gegend.«

»Ein bisschen mehr aufmerksame Nachbarschaft wäre in diesem Fall gar nicht schlecht gewesen. Aber immerhin, ein paar Menschen wohnen in Sichtweite.«

Garten an Garten reihte sich aneinander. Schmucke Häuschen standen hinter den Zäunen, Mal mit Dach, Mal noch als Bungalow erkennbar. Bunt verputzt wirkten sie fröhlich, freundlich und einladend. Zwerge oder Sagengestalten passten neben den Gartenwegen auf, Katzen huschten im Schutz der Dunkelheit grenzenlos über die Grundstücke, jagten nach Mäusen oder anderen Abenteuern. Kurz vor dem Ende der Straße stand das Haus der Schwestern.

»Wie konnte sie hier ungesehen im Nachthemd losgehen? Vorne an der Ecke ist ein Einkaufsmarkt.« Nachtigall wirkte schlecht gelaunt. »So unaufmerksam kann man gar nicht sein. Die Hauptverkehrsstraße musste Frau Manecke überqueren. Da muss sie jemand gesehen haben. Die ist tagsüber stark befahren.«

Elvira Hänsel öffnete.

Sie hatte das strenge Kostüm gegen einen bequemen Jogginganzug getauscht und wirkte insgesamt etwas ruhiger als zuvor im Klinikum.

»Ah, Sie sind das!« Sie machte eine einladende Geste. »Kommen Sie herein. Gibt es etwas Neues?«

»Wir haben mit dem Arzt gesprochen und auch kurz mit Ihrer Schwester. Neue Erkenntnisse konnten wir aber nicht gewinnen.«

»Nein, bei einem Gespräch mit Hiltrud sicher nicht.« Der Ton war nach wie vor überraschend aggressiv. Geradezu verächtlich.

»Dem Arzt ist es ohne eingehende Untersuchung nicht möglich, die Schwere der Demenz Ihrer Schwester einzuordnen, im Augenblick stehen andere Dinge im Vordergrund, zum Beispiel die Unterkühlung. Danach kann er uns vielleicht mehr über die Wahrnehmungsfähigkeit unserer Zeugin sagen.« Nachtigall hörte selbst, wie verschwurbelt dieser Satz formuliert war und ärgerte sich. »Aber in diesem Punkt können Sie uns ja sicher weiterhelfen«, schob er eilig nach.

»Oh, da kann meine Tochter Auskunft geben. Sie sammelt alle Befunde und weiß als Krankenschwester auch, wie man sie interpretieren muss.«

Frau Hänsel führte die späten Besucher weiter ins Wohnzimmer, wo eine jüngere Frau in den Polstern der Couch auf sie wartete.

Es kostete sie einige Mühe, ihre üppige Figur zum Aufstehen zu zwingen.

»Marion Hänsel«, sie reichte den beiden Männern die Hand. Der Druck war weich, feucht und flau. »Seit meine Tante nicht mehr allein leben kann, sind wir eine Frauenlebensgemeinschaft.«

»Seit wann wohnt sie denn bei Ihnen?«

»Ach, das sind nun sicher auch schon zwei Jahre. Muttilein?«

»Ja. Aber vorher ging es auch schon schlecht. Sie fing an Dinge zu vermeiden, die ihr früher Spaß gemacht haben. Theater zum Beispiel. Dann begannen die kleinen Vergesslichkeiten, sie verlief sich auf dem Heimweg, einmal griff sie einen Streifenpolizisten tätlich an, der fragte, ob sie Hilfe bräuchte. Und plötzlich die Diagnose: Dementielle Erkrankung.«

»Wir nahmen sie bei uns auf. Ist genug Platz hier. Und ich weiß, wie man pflegt. Im Großen und Ganzen lief alles reibungslos, nicht wahr Muttilein?« Marion Hänsel bot den Ermittlern Platz an und glitt zurück auf die Couch. »Eine Weile können wir den Weg noch gemeinsam gehen«, endete sie theatralisch.

»Ihre Tante konnte also ihr Leben nicht mehr selbstständig organisieren?«

»Nein. Sie ist inzwischen an manchen Tagen völlig hilflos, komplett desorientiert. Kann sich nicht einmal an sich selbst erinnern. Stimmt doch, nicht wahr, Muttilein?«

Wiener stellte gereizt fest: »Sie konnte die Wohnung verlassen, wenn sie wollte.«

»Nein! Natürlich nicht!«, schaltete sich Elvira Hänsel empört ein. »Sie findet ja nicht zurück. Und kleidet sich auch nicht angemessen. So wie heute. Ich habe die Vormundschaft für sie und entscheide über ihr Tun und Lassen. Wenn sie rausgeht und Schaden anrichtet, fällt das in meine Verantwortung. Ich gehe keine Risiken ein.«

»Ihre Schwester sagt, die Tür war offen.« Nachtigall musterte die beiden Damen genau. Waren sie wirklich überrascht? Er war sich nicht sicher.

»Das ist vollkommen absurd!« Elvira Hänsel hatte als Erste die Sprachlosigkeit überwunden. »Nie und nimmer!«

»Wie erklären Sie sich dann, dass sie ganz offensichtlich das Haus verlassen konnte?« Jetzt wurde der Ton des Hauptkommissars schärfer.

»Ganz ehrlich: Wir wissen es nicht«, mischte sich die Nichte wieder ein, riss in einer hilflosen Geste beide Arme in die Luft. »Das ist ein echtes Rätsel!«

»Als ich nach Hause kam, war die Tür nur leicht angelehnt. Natürlich bin ich zutiefst erschrocken, dachte an Einbrecher. Ich ging schnell durch alle Räume, sah mich gründlich um, aber es gab weder eine Spur von einem Einbrecher noch von meiner Schwester. Ich benachrichtigte meine Tochter und wir begannen mit der Suche in der näheren Umgebung. Alarmierten die Polizei. Alles Weitere wissen Sie ja schon.«

»Hätte Frau Manecke einen Schlüssel verstecken können?«, wollte Wiener wissen. Machte eifrig Notizen.

»Nein, wie sollte das denn gegangen sein?«

»Haben Sie vielleicht vor einiger Zeit Ihr Bund verloren, mussten Schlüssel nachmachen lassen?«, hakte Nachtigall nach.

»Meine Schwester klaut nicht!«, stellte Elvira Hänsel klar. »Sie ist ohne Zweifel eine schwierige Mitbewohnerin. Aber bestehlen? Das würde sie uns nicht! Nein, nein!«

»Würde sie denn noch erkennen, dass sie etwas stiehlt? Oder ist sie zu solch einer Bewertung im Grunde gar nicht mehr in der Lage?« Deutliche Skepsis in Peter Nachtigalls Mienenspiel provozierte eine heftige Gegenreaktion der Angehörigen.

»Ich hoffe doch sehr, dass ihr moralisches Denken und Handeln noch so weit bewusst ist!«, antwortete Elvira Hänsel entschieden, und ihre Wangen röteten sich vor Erregung.

»Und wenn die Tür offen stünde, aus welchen Gründen auch immer«, Nachtigall hob beschwichtigend die Hände, als wolle er mit den Handflächen die Wogen der Empörung glätten, »wäre sie dann einfach losgegangen?«

Mutter und Tochter sahen sich lange an. Zuckten schließlich synchron mit den Schultern.

»Es gibt bei Hiltrud sehr unterschiedliche Tage, ihr Zustand ist nicht stabil. Manchmal ist sie weinerlich, schreit, wimmert grundlos. An anderen ist sie ganz ruhig, wirkt beinahe entspannt. Gelegentlich hat sie einen plötzlichen Bewegungsdrang, und an anderen Tagen könnte man den Eindruck gewinnen, sie habe vergessen, wie man einen Fuß vor den anderen setzt. Es gibt unruhige Phasen, manchmal wird sie fast panisch. Und nie kann man einen Grund erkennen.«

Und die Tochter ergänzte: »Wenn eine offene Tür nun in eine Bewegungsdrangphase fällt …«

»… könnte sie die Gelegenheit genutzt haben«, schloss die Schwester in genervtem Ton. »Möglicherweise lehnte sie die Tür sogar noch an und zog los. Trotz der Kälte, des Regens und der einsetzenden Dunkelheit. Deshalb ist die Tür aus Sicherheitsgründen abgeschlossen.«

»Heute waren Sie beide unterwegs, Frau Manecke allein zu Hause. Kam das öfter vor?«, bohrte Nachtigall.

»Nein! Natürlich nicht. Meine Tochter arbeitet und wir stimmen unsere Termine stets ab. Freunde treffe ich, wenn Marion zurück ist. Wir haben das ganz gut durchorganisiert. Bei den Vorbereitungen fürs Abendessen stellte ich vorhin fest, dass mir Öl fehlte. Ich bin ja nur schnell zum Einkaufen gegangen, die Straße wenige hundert Meter geradeaus. Hiltrud hat geschlafen. Fest. Das habe ich vorher überprüft.«

»Bei Ihrer Rückkehr war sie fort, die Tür geschlossen?«

»Genau kann ich das gar nicht sagen. Ich glaube, ich habe aufgeschlossen. Das wäre das Normale, nicht wahr? Weil ich natürlich immer ganz automatisch hinter mir zusperre. Aber das kann nicht sein. Also gehe ich davon aus, dass die Tür nur angelehnt, bestenfalls ins Schloss gezogen war. Wie auch immer das möglich gewesen sein soll. Ich bin in die Küche gegangen, habe das Öl abgestellt und habe dann nach meiner Schwester gesehen.« Die alte Dame wurde blass. »Was für ein Schock! Bett und Zimmer – niemand da. Ich lief sofort durch alle Räume. Sie war weg!«

»Meine Mutter rief mich vollkommen aufgelöst an. Natürlich habe ich sofort die Polizei verständigt. Kaum zu Hause suchte ich mit meiner Mutter alle Räume ab, auch im Keller, um sicherzustellen, dass sie sich nicht irgendwo versteckt hatte. Aber es war schnell offensichtlich: Meine Tante hatte das Haus im Nachthemd verlassen. Bei dem Wetter.«

»Hat man Ihnen erzählt, wie sich die Situation darstellte, in der Frau Manecke gefunden wurde?«

Die beiden Frauen schluckten.

»Wir haben Fotos gesehen.« Marion Hänsel flüsterte. »Ein schockierender Anblick, das war es doch Muttilein? Meine Tante war blutverschmiert und redete wirr. Ich empfinde das als sehr beängstigend. Wer weiß schon, was das für die Entwicklung ihrer Demenz bedeutet – und für unsere Situation.«

»Ihre Tante sagte immer wieder ›Mein Kleiner, was haben sie dir angetan?‹. Kannte sie das Opfer?«, drang Nachtigall tiefer vor.

»Wie sollte sie?« Die Stimme von Elvira Hänsel nahm eine hysterisch schrille Farbe an. »Wie hätte sie ihn erkennen können? Er hatte keinen Kopf! War völlig nackt!«

»Wir würden gern das Zimmer von Frau Manecke sehen«, wechselte der Hauptkommissar entschlossen das Thema.

8. KAPITEL

Phil schlief unruhig in dieser ersten Nacht ohne Matz.

Bilder aus dem letzten Urlaub drängten sich in seine Traumphasen.

Matz am Strand, Matz in den Wellen, Matz mit fröhlichem Gesicht, glücklich, lachend. Sein trainierter Körper glänzte in der Mittelmeersonne, und stolz hielt er das Tattoo in die Linse der Kamera.

Phil for ever!

An dieser Stelle war er aufgewacht.

Tastete neben sich über die Matratze, suchte Wärme und Geborgenheit.

Fand nur Leere, Einsamkeit, die tief schmerzte.

Warum nur? Warum war Matz einfach gegangen?

Ohne ein Wort! Ohne eine Erklärung! Ohne ihm eine Chance zu geben, die Situation noch zu retten.

Aber, überlegte Phil im Dunkel des Schlafzimmers weiter, wäre es denn wirklich leichter, wenn er etwas gesagt hätte wie »ich liebe dich eben nicht mehr!« oder »alles hat seine Zeit, und die dieser Beziehung ist abgelaufen«?

Nein!

Was blieb, war die quälende Frage, ob Matz nicht genau in diesem Moment, in dem er ihn so schrecklich vermisste, selig in den Armen eines anderen lag.

Wieder rollten Tränen über den Lidrand. Phil wischte sie nicht weg.

Er war ja mit sich allein.

Deprimiert griff er nach dem Handy, rief die Urlaubs-
fotos auf. Klickte sich durch.

Hatte Matz damals schon gewusst, dass diese Beziehung
endlich war, er ihn verlassen würde? Sah er nur deshalb
auf den Bildern so glücklich aus, weil er frisch verliebt
war? In einen anderen. Schließlich war die Urlaubsbräune
noch nicht einmal verblichen, schon war Phil for ever
Geschichte, Phil schlicht abgeliebt.

Einen Moment schwebte seine Fingerbeere über der
Funktionstaste »Löschen«, gab er sich der Lust der Rache
hin, die Matz treffen würde, wenn er die Fotos ausradierte
und sich von der Bahnhofsbrücke stürzte.

Dann könnte Matz nie mehr glücklich sein! Ha!

Er löschte nicht.

Blieb bewegungslos im Bett liegen. Wie eingefroren.

Auch, weil bei so einer Entscheidung für den finalen
Sprung nur eine einzige Sache sicher und kalkulierbar war:
Er wäre tot.

9. KAPITEL

Nachtigall sah sich in dem kleinen Raum um.

Am Tag vielleicht lichtdurchflutet, aber freundlich auch dann nicht. Das Regal hatte kaum noch Böden, war vollkommen leergeräumt, beeindruckende Metallwinkel hielten es an der Wand. Das überdimensionale Pflegebett dominierte, verursachte bei ihm ein Gefühl der Beklemmung.

Ein Schaukelstuhl. Sonst nichts.

»Etwas karg.«

»Damals, als ich eine Zeugin aus der Demenz-WG befragt habe, erklärte mir die Betreuerin, die Bewohner bräuchten Anker für ihr Gedächtnis. Erinnerungen an Ehemänner, Kinder, Ereignisse. Deshalb waren die Wände voller Fotos. Hier ist nichts dergleichen«, stellte Wiener unbehaglich fest.

»Keine Fotos, keine Bücher, kein Schrank. Wo mögen ihre Kleider sein? Wahrscheinlich auch unter der Kontrolle der Schwester.« Nachtigall warf einen Blick durch das Fenster. Rüttelte am Beschlag. Abgeschlossen. »Aber immerhin kann sie von diesem Stuhl aus auf die Straße sehen. Menschen gehen vorbei, Autos sind unterwegs. Sie kommt sich dann vielleicht nicht so allein vor.« Die Beklemmung blieb.

»Hier. Auf dem Bett liegt ihre Krankenakte.« Wiener schlug den beigefarbenen Deckel zurück. »DemTect? Was ist das?«

»Ein Test zur Erfassung des Schweregrades der Demenz. Meine Tante Erna hatte einen durchführen lassen. Sie ist natürlich ›durchgefallen‹. Keine Spur von Demenz.«

»Aha. Hier steht eine Zahl im Arztbericht: 8. Gibt es Noten dafür, dement zu sein? Und was bedeutet dann dieser Wert?«

»8? Hm, genau kann ich mich nicht mehr erinnern.« Nachtigall grinste leicht. »Ich glaube aber, damit fällt sie noch in einen mittleren Bereich. Es bedeutet aber wohl, dass sie nicht mehr allein leben sollte. Aggressives Verhalten, Verwirrung, Angst – all das kann bei Patienten in diesem Stadium auftreten. Wenn du die Welt um dich herum nicht mehr verstehst, führen Ängste schon gelegentlich zu Wut und Tätlichkeit. Manchmal ausgelöst durch ein Missverständnis. Zwischenmenschliche Kommunikation ist schon ohne Demenz nicht immer einfach. Das hat man uns im Krankenhaus ja auch schon zu verstehen gegeben. Notier dir doch bitte den Namen des Pflegedienstes und den behandelnden Arzt. Wir müssen mit der Schwester sprechen, sie hat die Betreuungsverfügung.«

Michael Wiener fotografierte die entsprechenden Angaben.

»Warum ist das Regal völlig leer?«, fragte er, als Elvira Hänsel ins Zimmer trat. »Keine Fotos, nichts Persönliches.«

»Das Regal. Ja. Die noch verbliebenen Bretter sind fest verschraubt. In einer Höhe, in der sie sie nicht erreichen kann. Das hat mehrere Gründe: Zum einen hat sie die Bretter als Wurfgeschosse gegen uns verwendet, zum zweiten benutzte sie die Böden als Leiter. Beides sehr gefährlich für sie und für uns. Deshalb stehen auch keine beweglichen Dinge in diesem Raum. Nachdem der Glaser zum dritten Mal die Scheibe im Fenster ersetzen musste, hat ein freundlicher Nachbar die Regale mit Metallwinkeln an der Wand befestigt, die Bretter zur Stabilisierung verschraubt.«

»Sie hat die Bretter nach Ihnen geworfen? Die sind doch schwer!« Nachtigall staunte.

»Ja. Hiltrud hat manchmal richtig schlechte Tage.«

10. KAPITEL

Silke Dreier erwartete die Kollegen bereits ungeduldig im Büro.

Und sie war nicht allein.

Staatsanwalt Dr. März stand vor der Wand mit den Tatortfotos. Seit einer gefühlten Ewigkeit. Die Hände in den Hosentaschen, wippte er von den Zehen auf die Fersen und zurück. So kraftvoll, dass sein Sakko unruhig mitschwang.

Er war eindeutig gereizt. Silke beobachtete ihn nachdenklich, hoffte, die Kollegen brächten bald neue Informationen mit. Sie war nicht gern allein mit ihm, hatte er doch in der Vergangenheit sehr zornig auf ihre Alleingänge reagiert und sie hätte um ein Haar ihren Job … Aber zum Glück war sie mit einer Art Bewährungsfrist plus Auflagen davongekommen.

Als die Tür zum Büro endlich aufgestoßen wurde, empfing die Kollegen ein frostiges »Guten Morgen!«. Der Staatsanwalt hatte sich nicht einmal umgedreht. »Was haben wir?«

»Wir waren gerade im Haus der Frau Manecke. Sie teilt es sich mit ihrer Schwester und deren Tochter.«

Michael Wiener zeigte Dr. März und der Kollegin die Fotos, die er im Raum gemacht hatte.

»Unwohnlich wäre eine viel zu positive Umschreibung.« Dr. März war entsetzt. »Man kann doch eine demente Person nicht so unterbringen!«

»Nach Aussage der Schwester konnte sie sehr aggressiv werden, warf mit den Regalböden nach den Familienangehörigen. Die Scheibe des Fensters musste mehrfach ersetzt werden. Deshalb reduzierte man die Wurfwerkzeuge im Zimmer der Patientin.« Nachtigall atmete tief durch. »Ehrlich gesagt, ich empfand es ebenfalls als schrecklich. So, als habe man ihr gesamtes Leben ausgelöscht – selbst den Teil, an den sie sich noch hätte erinnern können.«

»Vielleicht wollte man sie schnell tiefer in die Demenz treiben«, mutmaßte Wiener in wütendem Ton. »Wahrscheinlich wäre sie in einer spezialisierten Pflegeeinrichtung besser versorgt.«

»Manchmal sind die Angehörigen schlicht überfordert, brauchen selbst Unterstützung.« Dr. März zog die Stirn in Falten. Skeptisch. »Aber das werden Sie ja vom Hausarzt erfahren. Wie geht es nun weiter?«

»Wir suchen den Kopf. Die Kollegen durchkämmen das gesamte Gebiet. Bisher konnte er noch nicht gefunden werden. Dr. Pankratz schickt sicher schnell die ersten Ergebnisse, wir fahren zu ihm, sobald der Termin für die Obduktion steht. Ansonsten suchen wir nach besonderen Merkmalen am Körper des Opfers, die vielleicht jemand identifizieren könnte – wenn wir einen Namen haben, wird alles leichter.«

»Wie ist die verwirrte Frau aus dem Haus gekommen?«, fragte Dr. März.

»Wir hatten Gelegenheit, ein paar Worte mit ihr zu wechseln. Sie erzählte, die Tür sei offen gewesen. Ich habe sie so verstanden, dass die Tür plötzlich hinter ihr zuschlug und sie nicht zurück ins Haus konnte. Also ging sie einfach los«, fasste Nachtigall zusammen. »Dieser Bericht deckt sich nicht mit den Aussagen der Schwester und der Nichte. Die beiden sind überzeugt, dass Frau Manecke die Tür nicht allein öffnen konnte, sie hatte keinen Zugang zum Schlüssel, wäre nicht in der Lage gewesen, einen Nachschlüssel anfertigen zu lassen, da sie das Haus nur in Begleitung verlässt. Frau Elvira Hänsel sagt aus, die Tür habe möglicherweise bei ihrer Rückkehr von einem kurzen Einkauf offen gestanden. Sie weiß es nicht genau. Das ist also noch abschließend zu klären …«

»Kannte Frau Manecke das Opfer?«

»Die beiden Damen haben Bilder von der Auffindesituation gesehen. Sie erkannten den Mann nicht, meinten, ohne den Kopf sei das schwer zu entscheiden. Aber sie können sich nicht vorstellen, dass Frau Manecke ihn kannte.«

»Hm. Das ist alles noch ausgesprochen vage und unbefriedigend. Frau Dreier konnte bisher keine passende Vermisstenanzeige finden. Er bleibt demnach vorerst namenlos.« Dr. März stellte abrupt das Wippen ein.

»Möglich, dass noch niemand sein Verschwinden bemerkt hat. Es ist ja im Grunde noch mitten in der Nacht. Am Arbeitsplatz fehlt er nur, wenn er Nachtschicht hatte und nicht erschienen ist.« Wiener hängte seine feuchte Jacke über die Stuhllehne, rieb die Hände kräftig gegeneinander. »Was kann er nur auf dieser Wiese gewollt haben – bei dem Wetter?«

»Sie vermuten aber nicht ernsthaft eine Liebelei, oder?« Der Staatsanwalt sah den Ermittler überrascht an. »Bei den Temperaturen und Schneeregen?«

»Eher ein Treffen. Die Kleider wird man im Augenblick nicht freiwillig ausziehen wollen.«

»Schlafsack«, schlug Wiener vor und zwinkerte.

Peter Nachtigall schrieb Treffen auf den neuen Block am Flipchart.

»Vielleicht mit kriminellem Hintergrund?«, schlug Silke vor. »Menschenhandel, Drogen, Erpressung.«

»Möglich.« Der Hauptkommissar schrieb mit.

»Hoffen wir, dass uns die Ergebnisse der Obduktion einen Schritt voranbringen. Wichtig wäre doch zu wissen, warum eine demente Frau zielstrebig zum Opfer eines Gewaltverbrechens läuft. Warum sie überhaupt diese Richtung wählte. Wie konnte sie eine relativ große Entfernung in unpassender Kleidung überwinden? Sie muss doch gesehen worden sein.«

»Wir besprechen all diese Punkte mit dem behandelnden Neurologen und ihrem Hausarzt. Natürlich klären wir mit den beiden Damen Hänsel, ob dieser Ort auch heute noch eine besondere Bedeutung für Frau Manecke hat. Nach dem Frühstück holen wir die beiden ab und fahren mit ihnen zum Fundort.« Nachtigall versuchte, nicht genervt zu klingen.

Offensichtlich ohne Erfolg.

»Ja, ich weiß, dass Sie erfahrene Ermittler sind. Sie sind ein sehr erfolgreiches Team, wissen genau, was zu tun ist. Aber wenn ich mir dieses Bild ansehe«, Dr. März zeigte auf das Foto, das die alte Dame mit der kopflosen Leiche im Arm zeigte, »dann gruselt es mich durch und durch. Zumal wir sie als Täterin noch nicht ausschließen können. Oder?«

11. KAPITEL

Dr. Pankratz streifte sich tatendurstig die Handschuhe über.

»Na dann. Die Polizei ist sicher gleich da, wir bleiben nicht zu dritt.«

Er ging in die Hocke.

Betrachtete den Halsstumpf genauer, hob mit einer Pinzette ein Stück Gewebe an, ächzte laut.

»Rücken?«, erkundigte sich der Kollege mitfühlend.

»Nein, nein. Ich fürchte bloß, es wird dem Cottbuser Hauptkommissar nicht gefallen, was wir ihm über den Tathergang erzählen werden. Nun ja, auf der anderen Seite: Der letzte Fall aus Cottbus war auch nicht recht appetitlich.«

»Das war der Arm aus dem Tigergehege. Ich erinnere mich.«

»Stimmt genau. Diesen Körper hat eine demente Frau gefunden, der Kopf fehlt noch. Vielleicht hat der Täter ihn in der Spree entsorgt. Oder in einem der Seen um Cottbus. Dann bekommen wir ihn womöglich nie zu sehen.«

Der zweite Rechtsmediziner sah zum Monitor hinüber. »Ein wirklich junger Mann. Auf den Röntgenbildern sind keine eindeutigen Hinweise auf die Todesursache zu erkennen. Ein paar gut geheilte Knochenbrüche, naja, kommt schon mal vor. Sport vielleicht. Und sehen Sie sich mal die Wirbelsäule an, die Gelenke. Da ist nichts an degenerativen Veränderungen zu sehen. Beneidenswert. Die Beweglichkeit meiner eigenen Lendenwirbelsäule wird durch diverse ›Anbauten‹ bereits erheblich eingeschränkt.«

»Ja«, lachte Dr. Pankratz leise. »Der Zahn der Zeit. Mal baut er an, mal baut er ab, gern auch an der Hirnsubstanz. Unser Einfluss ist da begrenzt. Und Sport treiben Sie auch im Moment nicht, oder?«

»Ach, Sie wissen ja. Nach der Geburt des zweiten Kindes … Plötzlich sind die Nächte kurz, Zeit knapp.«

Stimmen verrieten die Ankunft der Ermittler.

»Dabei wäre es wichtig. Es ist – um es deutlich zu sagen – im Moment die einzige Chance für uns, dem Alter ein Schnippchen zu schlagen. Ausdauersport auf Wettkampfniveau verjüngt uns angeblich um zwanzig Lenze. Aber wer weiß, vielleicht findet demnächst ein schlauer Roboter eine hilfreiche Substanz, die uns ewig jung bleiben lässt.« Er machte eine Pause, lächelte lausbübisch, »Die Frage, die sich stellt, ist nur, ob er sie den Menschen dann auch zugänglich machen würde. Vielleicht hielte er die Entdeckung lieber geheim. Damit die Menschen altern und wegsterben. World of robots is world without humans!« Er lachte laut über das entsetzte Gesicht des Kollegen. »Na ja. Keine Sorge, so schnell kommt diese Entwicklung nicht.«

Stimmen waren zu hören.

»Hallo, Peter, hallo, Michael«, freute sich Dr. Pankratz. »Habt ihr den Kopf? Vielleicht sogar dabei?«

»Nein. Man sucht eifrig. Und den würde man uns auch nicht einfach so mitgegeben haben, meinst du nicht?« Nachtigall ahnte Schlimmes. Thorsten Pankratz umarmte ihn zur Begrüßung freundschaftlich. Fester als sonst. Wie ein vorweggenommener Trost, schien ihm.

»Es ist natürlich so, dass das Fehlen des Kopfes all unsere Aussagen zu vorläufigen macht. Vielleicht hat er ein tiefes Einschussloch im Schädel. Todesursächlich.«

»Das ist uns bewusst. Die Identifizierung würde es auch erleichtern, wenn er ein Gesicht hätte.«

»Wir haben noch keinen Vermissten, auf den der Körper überzeugend passt.« Wiener warf neugierige Blicke zum Opfer hinüber.

Dr. Pankratz reichte den beiden Kittel, Mundschutz und Haube.

»Auf den ersten Blick ist er bei bester Gesundheit. Guter Ernährungs- und Allgemeinzustand. Körper durch die Eröffnung der Halsgefäße weitgehend blutleer. Die Leichenflecken am Rücken und Rückseiten der Oberschenkel schwach ausgeprägt. Folge des starken Blutverlustes. Rigor mortis bei Erstuntersuchung am Fundort laut Unterlagen nicht nachweisbar, bei Untersuchung um 7 Uhr voll ausgeprägt. Wir haben verheilte Knochenbrüche an beiden Unterarmen entdeckt, ältere aber auch relativ frische. Ein paar Rippenbrüche hat er auch gelegentlich davongetragen. Vielleicht hat er eine Risikosportart betrieben. Hämatome im Bereich der Oberarme und des Brustkorbs, schwach ausgeprägt. Deutlichere Hämatome im Bereich von Ober- und Unterbauch. Grundgelenke des Ring- und Mittelfingers der rechten Hand noch leicht geschwollen, Einblutungen im Gewebe nachweisbar.«

»Er hat sich geprügelt«, stellte Wiener fest. »Erhöhter Blutalkohol?«

»Nein. Im Blutrest konnten 0,02 Promille Alkohol nachgewiesen werden. Ein kleines Feierabendbier.«

»Wer legt sich mit jemandem an, der einen derart trainierten Körper hat? Da kann man ja nur den Kürzeren ziehen«, meinte Wiener kopfschüttelnd.

»Nicht, wenn du Türsteher einer Disco bist. Zum Bodyguard hat es bei diesem jungen Mann noch nicht gereicht. Aber sicher, kräftig austeilen hätte er schon gekonnt. Kopf fehlt, wir beginnen also mit der Eröffnung ab Halsstumpf.« Der Rechtsmediziner wies auf die Verletzung. »Radiale Abtrennung des Kopfes auf Höhe des dritten und vierten Halswirbels. Rötungen unterhalb der Schnittstelle. Möglicherweise beim Abstützen entstanden. Der Knochen weist eine deutliche Sägeverletzung auf. Gewebe und knöcherne Strukturen wurden mit demselben Werkzeug durchtrennt. Deutliche Abrutschspuren im umgebenden Gewebe erkennbar.« Er griff nach einem speziellen Skalpell. Knirschend zog er den obligatorischen Schnitt vom

Halsstumpf bis zum Schambein, der die Körperhöhlen eröffnete.

»So.« Er begutachtete Trachea, Ösophagus und Kehlkopf, diktierte weiter: »Hautläsionen in den seitlichen Halsregionen. Wahrscheinlich durch Verschiebung des Gewebes auf der Muskelschicht. Zungenbein nicht beurteilbar, fehlt. Trachea und Ösophagus leicht gequetscht, Einblutungen über dem Kehlkopf, auch im äußeren Gewebe Läsionen nachweisbar. Wahrscheinlich von außen beim Abstützen entstanden.«

Peter Nachtigall zuckte zusammen. Schon zum zweiten Mal diese Formulierung. »Beim Abstützen? Als der Täter den Kopf abtrennte? Dann war er zu diesem Zeitpunkt noch am Leben, nicht wahr? Es gibt kein tödliches Einschussloch im Schädel.« Nachtigall hörte die Hysterie in seiner Stimme, räusperte sich, hustete. Hatte plötzlich Bilder vor seinem inneren Auge, die ihn schaudern machten. »Das kann doch nicht wahr sein?«, flüsterte er. Wurde fahl. Spürte sein Herz heftig hinter dem Sternum rumpeln, als protestiere es gegen diese Vorstellung.

»Ja. Du hast recht, womöglich gibt es kein Einschussloch, nicht einmal einen betäubenden Hieb. Keine gnädige Bewusstlosigkeit. Aber um das klären zu können, brauchen wir den Kopf.«

Der Rechtsmediziner entnahm eine Gewebeprobe vom Stumpf und begann, sie unter dem Mikroskop zu untersuchen. Seine Miene verfinsterte sich.

Nachtigall versuchte seine professionelle Haltung wiederzufinden.

Es wollte nicht so recht gelingen und selbst Michael Wiener, der bei Obduktionen sonst cool blieb, war ungewöhnlich schweigsam.

»Fassen wir bis hierher zusammen«, forderte Dr. Pankratz. »Dem Opfer wurde der Kopf abgetrennt. Muskeln, Gewebe, Gefäße, knöcherne Struktur. Dazu hat der Täter keine glatt geschliffene Hiebwaffe, wie zum Beispiel ein Beil oder einen Säbel, benutzt, sondern ein grob gezahntes, sägeartiges Instrument mit sehr kurzem Blatt. Er hat sich damit nur langsam vorarbeiten können, der ganze Prozess muss einige Zeit in Anspruch genommen haben. Möglicherweise hat das Opfer bei der Enthauptung noch gelebt, war vielleicht ohne Bewusstsein. Ohne den Kopf ist dieser Umstand nicht mit Sicherheit zu belegen.«

»Bei lebendigem Leib enthauptet. Ich kann das nicht glauben! Womöglich hat er den Täter dabei fest im Auge behalten. Was für eine grausige Vorgehensweise! Wäre wohl eher Stoff für einen Horrorfilm«, fassungslos fuhr der Hauptkommissar sich mit den Händen durchs Gesicht. »Wieso hat er das zugelassen? Den Täter nicht einfach abgeschüttelt?«

»Wenn der Täter schwer genug war, hatte er möglicherweise keine Chance. Weder konnte er sich herauswinden, noch den anderen abschütteln, wie du das nennst.«

»Der Arzt vor Ort meinte, Waffe könnte vielleicht die Säge eines Taschenmessers gewesen sein.« Wiener hatte seine Schweigsamkeit überwunden.

»Tja, das ist schwierig. Dazu müsste man probieren, wie lange diese kleine Säge durchhält, ob sie überhaupt Gewebe und Knochen durchtrennen kann. Sicher ist, das Blatt war kurz. An einigen Stellen sieht man, wo der Griff angestoßen ist. Ich messe das noch aus, dann können wir diese Säge ein bisschen deutlicher fassen. Aber nun …« Damit kehrte er zum Sektionstisch zurück und begann mit der Untersuchung des Brustkorbs. Als die Rippen durchtrennt wurden, drehte Nachtigall sich zur Seite, hätte sich bestimmt auch gern die Ohren zugehalten. Knacken und Knirschen. Er würde sich in diesem Leben nicht mehr daran gewöhnen, erkannte er. Nie und nimmer.

»Leichte Einblutungen in die Haut. Lungengewebe unauffällig, Leber«, er hob das Organ aus der Körperhöhle und legte es in eine Edelstahlschale, »normal groß, keine Fettansammlungen, keine Gewebeanomalien.«

Der zweite Rechtsmediziner wog das Organ. »Zwei Kilo, dreihundert Gramm.«

»Normalgewichtig. Pankreas unauffällig, Magen«, er öffnete das Organ und ließ den Inhalt in eine weitere Schale gleiten, schnupperte, »leicht gefüllt. Reste von Zwiebeln und Alkohol olfaktorisch wahrnehmbar.« Er sah zu den beiden Ermittlern. »Das heißt, er hatte noch nicht zu Abend gegessen und zum Mittag hat er etwas mit Zwiebel genossen, man kann sie noch deutlich riechen, ebenso den Alkohol, den er getrunken hat.«

»Ja, ist schon klar. Er war vielleicht auf dem Heimweg. Aber wohin wollte er auf diesem Weg gelangen?« Wiener wurde ungeduldig. Obduktionen dauerten ihm generell zu lang und die spannenden Ergebnisse, wenn es denn welche gab, verteilten sich gern über den gesamten Zeitraum der Leichenöffnung.

Nach einer weiteren halben Stunde meinte der Rechtsmediziner: »Er war, wie bei einem so jungen Mann zu erwarten, organisch gesund – was ich nur auf die von mir untersuchten Organe beziehen kann, das Hirn … naja. Vielleicht findet ihr den Kopf ja bald, dann reichen wir die Befunde nach.«

»Was wollte er nur dort auf diesem Feld? Ein Stelldichein? Bei dieser Witterung wohl eher im Auto? Aber mal ehrlich: Alle meine Kleidung würde ich dann doch nicht ausziehen.« Wiener fuhr sich über die Oberarme, als sei ihm kalt. »Wir müssen nach einem herrenlosen Wagen in der Nähe suchen. Der eifersüchtige Ehemann überraschte die beiden und tötete den jungen Mann mit der Waffe, die er gerade zur Hand hatte. Dem Taschenmesser«, spann er düster seinen fiktiven Handlungsfaden weiter.

»Möglich«, Dr. Pankratz wählte einen leichten Ton für seine nun folgende Warnung. »Dann solltet ihr den Täter schnell finden, sonst haben wir in Kürze wieder ein Treffen am Sektionstisch. Der andere oder die andere muss den Mörder ja erkannt haben.«

»Mal nicht den Teufel an die Wand!«, protestierte Nachtigall.

»Ich denke nur logisch«, konterte der Rechtsmediziner. »Wäre ja nicht so ungewöhnlich, dass ein Mörder Tatzeugen mundtot machen will.«

»Wir haben möglicherweise eine Zeugin. Die alte Dame, die den Körper gefunden hat. Denkbar wäre, dass sie den Täter gesehen hat, als dieser versuchte, den Leichnam über die Wiese zu zerren.«

»Na, dann könnt ihr ein Phantombild anfertigen lassen.«

»Nein. Eher nicht. Aber das weiß der Täter vielleicht nicht. Ihm mag die Dame als Risiko erscheinen.«

Wiener lief auf den Gang hinaus.

»Hallo, Silke! Wir brauchen Polizeischutz für Frau Manecke. Der Täter könnte glauben, sie habe ihn gesehen.«

Mit raschen Schritten kam er an den Sektionstisch zurück.

»Wie lange hat der Täter für das Dekapitieren benötigt? Von welchem Zeitraum sprechen wir?«, fragte Nachtigall.

»Nun, je nach tatsächlicher Länge des Sägeblatts ... so 20 bis 40 Minuten. Vielleicht ist der junge Mann gestorben, bevor der Mörder sein Tun beendet hatte. Der Blutverlust war logischerweise hoch – und zum Verbluten reichen manchmal wenige Minuten.«

»Dann müsste am Tatort jede Menge Blut zu finden sein, ja?«, hakte Wiener nach.

»Ja. Natürlich. Ein Mensch hat etwa vier bis fünf Liter Blut. Wenn die großen Gefäße eröffnet werden, kommt es zu einer arteriellen Blutung. Schlägt das Herz noch, spritzt das Blut hoch und weit aus dem Körper. Der Täter selbst muss auch voller Blut gewesen sein. Ebenso die dritte Person, so es eine gegeben haben sollte. Manchmal sammelt sich auch eine größere Menge im Körper, in der Bauchhöhle zum Beispiel. Aber hier haben wir nichts gefunden.«

Michael Wiener telefonierte wieder auf dem Gang.

»Was jetzt?«

»Er schickt den Erkennungsdienst noch mal raus zum Fundort. Mir kam es gestern nicht so vor, als sei eine so große Menge Blut dort zu finden. Aber vielleicht lag er nicht direkt an der Stelle, an der er getötet wurde. Es gab Schleifspuren, die nahelegten, dass der Täter den Körper ein Stück weit gezogen hat.«

»Du meinst, die alte Dame hat ihn noch ein Stück mitgenommen? Das ist unwahrscheinlich. Auch ohne Kopf war er mit 85 Kilo zu schwer.«

»Sie hatte Helfer? Vielleicht den Zeugen? Das wäre aber nun wirklich reine Spekulation! Bisher haben wir noch keinen Hinweis darauf gefunden, dass außer dem Opfer und der alten Dame überhaupt noch jemand dort auf dem Feld war.«

»Auf jeden Fall wollte der Täter euch etwas mitteilen – sonst hätte er eine viel einfachere Tötungsart wählen können. ›Dir sollen die Worte im Halse stecken bleiben!‹ vielleicht? Und falls das so ist, steigt die Wahrscheinlichkeit, dass es weitere Opfer geben wird«, orakelte Thorsten Pankratz. »Bericht kommt noch heute. Bis dann!«

12. KAPITEL

Thomas zog die Gummihandschuhe über die Hände und wurstelte den passenden Finger in die jeweils dazugehörige blaue enge Röhre, zerrte danach den breiteren Teil in Richtung Handgelenk. Spritzte den Toilettenreiniger sorgfältig unter den Spülrand der Schüssel, gab eine großzügige Menge der zähen, grünen Flüssigkeit ins stehende Wasser und klappte den Deckel zu.

Wartete.

Über die In-Ear-Headsets drang die Musik direkt und tief in sein Bewusstsein, hämmerte gegen die Unbilden des Lebens an. Rhythmisch. Drängend. Unabweisbar.

Diese Phase der Unterdrückung und Ungerechtigkeit würde bald Vergangenheit sein, tröstete er sich. Die Zukunft sah ziemlich gut aus.

Sein Weg war geplant. Die geknüpften Kontakte entwickelten sich vielversprechend. Und da er im Knast immer aufmerksam den Monologen oder Vorträgen der Mithäftlinge gelauscht hatte, wusste er genau, wie es funktionieren würde.

Alles war vorbereitet.

Jürgen musste raus hier und weg.

Und dann? Wenn er mit Christian allein zurückblieb, dann würde alle, wirklich alle Drecksarbeit an dem vollkommen verblödeten Möchtegern-Bankräuber hängen bleiben! Er grinste zufrieden.

13. KAPITEL

Die beiden, die den Namen des jeweils anderen nicht kannten, trafen sich am selben Ort wie immer.

Niemand wusste von diesem Platz, und sie selbst hatten dem Ort keine Bezeichnung gegeben.

Schweigend starrten sie vor sich hin.

In stillem Einverständnis.

»Alles erledigt«, durchbrach der Bass des Größeren die Stille.

»Gut.« Die Stimme des anderen ein Bariton. Eine angenehme, samtweiche Vorleserstimme. Verführerisch im Unterton, einladend, versprechend.

Wortlosigkeit legte sich wie eine warme, wollene Decke über die beiden, hüllte sie ein in lange vermisste Empfindungen wie Wohligkeit und Geborgenheit.

Erst als es wieder zu regnen begann, brachen sie auf.

Der Große nach rechts. Der Kleine nach links.

Grußlos.

In stillem Einverständnis.

14. KAPITEL

Silke Dreier hatte die beiden »Hänselladies«, wie sie Mutter und Tochter im Stillen nannte, wie vereinbart nach dem Frühstück abgeholt.

An der Wiese angekommen, stieg die Dreiergruppe aus

und Silke führte Schwester und Nichte bis zur polizeilichen Absperrung.

»Guten Morgen!«, grüßte einer der Kollegen des Erkennnungsdienstes freundlich. »Kann ich helfen?«

»Morgen. Danke für das Angebot, aber wir sehen uns nur diesen Ort genauer an. Vielleicht wissen die Verwandten der alten Dame ja, warum sie ausgerechnet hierher gegangen ist.«

Doch Elvira und Marion sahen sich eher ratlos um.

Zogen die Schals fester um den Hals und rieben die Hände gegeneinander.

»Es ist kalt!«, beschwerte sich Elvira Hänsel.

Lehrerinnenton.

Das löste in Silke Dreier seit jeher eine heftige allergische Reaktion aus. »Nun, liegt daran, dass der Sommer vorbei ist. Und das wird auch eine ganze Weile so bleiben«, gab sie viel zu giftig zurück.

»Nun patzen Sie mal nicht so rum hier«, schaltete sich Tochter Hänsel ein.

»Gut. Bringen wir es auf den Punkt. Wir sind in der Kälte unterwegs, damit Sie mir sagen, ob Frau Manecke irgendeine tiefe emotionale Beziehung zu diesem Ort hat. Das tun wir, weil Sie nicht gut auf sie aufgepasst haben. Ich empfinde den Sommer als wesentlich angenehmer, stehe aber im November mit Ihnen hier. Und das, obwohl ich für die Situation gar nichts kann. Sondern Sie!«

Elvira Hänsel starrte die Ermittlerin wortlos, aber bebend vor Zorn an.

Marion strich ihr sanft über den Oberarm, doch ihre Mutter schüttelte die tröstende Hand ab wie ein widerliches Insekt.

Silke wartete.

»Und? Was ist nun? Hat Frau Manecke eine Beziehung

zu diesem Ort? Ja oder nein? Wenn ja – welche?«, fragte sie dann unverändert übellaunig. Die warnende Stimme in ihrem Hinterkopf ignorierte sie geflissentlich. Sie wusste selbst, dass ihr Ton unangemessen war. Aber warum sollte sie sich von dieser Zeugin dumm anmachen lassen? Die innere Stimme wurde lauter, warnte jetzt deutlich.

»Ich werde mich über Sie beschweren!«, ließ Frau Hänsel die Kommissarin wissen. »Schuldzuweisungen muss ich mir von Ihnen nicht gefallen lassen!«

»Kannte sie diesen Ort? Verbindet sie ihn mit irgendwelchen Ereignissen?« Silke Dreier sah aus, als wäre sie bereit, die Antwort notfalls auch mit Waffengewalt aus der Zeugin herauszupressen. »Liebesabenteuer? Der erste scheue Kuss? So was in der Art?«, half sie den beiden Damen Hänsel auf die Sprünge.

»Meine Mutter und ihre Schwester haben hier früher manchmal gespielt«, schaltete sich Marion Hänsel ein. »Freundinnen und Freunde traf man im Sommer in diesem Waldstück, saß auf den Lichtungen. Es wurde geredet, manchmal auch …. Allerdings ist das wohl mehr als zwei Generationen her. Seit damals waren sie nie mehr hier. Hatten dieses Feld völlig vergessen. Es würde mich sehr überraschen, wenn meine Tante sich noch daran erinnern könnte.«

»Halt dich da raus!«, zischte die Mutter und Marion schrumpfte. »Zum einen sieht es hier völlig anders aus als früher. Zum anderen: Liebesabenteuer oder geheime Küsse hatte Hiltrud nie. Freunde gab es nie. Nicht einen! Weder Mädchen noch Junge. Keiner wollte mit ihr spielen, geschweige denn eine Beziehung knüpfen.«

»Frau Manecke verbindet dieses Feld wohl dennoch mit positiven Erinnerungen oder Empfindungen. Sie könnte deswegen gekommen sein. Wie in alten Zeiten sozusagen.«

»Was wissen Sie schon von alten Zeiten? Ich glaube nicht, dass jemand wie Sie solche Nachmittage oder Abende je erlebt hat. Mit Ihnen wollte doch auch nie einer spielen!«, patzte Mutter Hänsel und machte auf dem Absatz kehrt.

»Marion! Wir gehen!«

»Zu Fuß? Muttilein, du weißt doch, dass ich es dann nicht rechtzeitig zur Arbeit schaffen kann. Ist schon jetzt verflixt knapp. Meine Schicht …«

»Ich soll Sie herbringen und wieder nach Hause fahren.« Entschlossen stapfte Silke an den beiden vorbei und hielt auf den Wagen zu. Die verwunderten Blicke des Kollegen brannten zwischen ihren Schulterblättern. Mit eckigen Bewegungen drängte sie die Hänselladies auf Beifahrersitz und Rückbank.

Die kurze Fahrt verlief wortlos, der Abschied erfolgte ohne jeden Gruß.

Nur 35 Minuten später lief Silke Dreier durch den Verbindungsgang im Klinikum.

Erreichte etwas außer Atem die Station.

Sie litt unter den Gerüchen und Geräuschen des Klinikums, weckten sie doch schlummernde Erinnerungen an Schmerz, Therapie, Schwäche, Ausgeliefertsein.

Energisch schüttelte sie sich.

Machte sich auf die Suche nach dem Stationsarzt.

Eine freundliche Schwester mit straff gezurrtem Zopf erkannte ihre Ratlosigkeit und bot ihre Hilfe an.

»Oh, Frau Manecke! Ja, die liegt noch bei uns. Aber ich bin nicht sicher, ob sie sich über Besuch von der Polizei freuen wird. Ihre Körpertemperatur stabilisiert sich zwar, und sie hat sogar ein bisschen gefrühstückt. Vielleicht konnte das ihre Laune verbessern. Ist nicht ganz einfach für uns, weil wir nicht abschätzen können, was sie allein bewältigen kann und wobei sie unsere Unterstützung benötigt.« Sie lächelte fröhlich. »Sie wird dann manchmal ziemlich unwirsch. Und ganz ehrlich, ich glaube, Besuch schätzt sie im Grunde gar nicht.«

Silke beobachtete die Hände der Schwester, die in der Luft gestikulierten. Die sind sicher warm und weich, dachte sie. Solche Hände werden hier gebraucht, sie können trösten, ermutigen, halten. Silke ertappte sich bei einem sehnenden Ziehen in ihrer Mitte und schalt sich eine Idiotin.

»Ich müsste vor dem Gespräch mit ihr noch den dienst-habenden Arzt treffen.«

»Natürlich. Nehmen Sie doch einfach hier Platz«, sie wies auf ein paar einsame Klappstühle, die an der Wand befestigt waren. »Ich schaue mal nach, wo er gerade ist.«

Als Schwester Imme aus ihrem Blickfeld verschwun-den war, kehrte die Stressreaktion bei Silke mit Vehe-menz zurück. Sie kontrollierte ihren Atem. Konzentrierte sich ganz auf das langsame und gleichmäßige Luftholen. Eigentlich hatte sie gedacht, sie habe alles im Griff. Dem war wohl nicht so, gestand sie sich zornig ein.

Schon von Weitem erkannte Silke Dreier die gereizte Stim-mung des Arztes. Er kam mit raumgreifenden Schritten und wehendem Kittel auf sie zu, seine verkniffene Miene offenbarte sich beim Näherkommen Zug um Zug.

»So! Schon wieder Kriminalpolizei! Kann ich Ihren Ausweis sehen?«, forderte er und streckte seine Hand aus, um ihn Silke abzunehmen. Er las gründlich. »Aha, scheint zu stimmen.« Er reichte ihr das Dokument zurück. »Hören Sie, es wird nicht leichter für uns, wenn Sie uns ständig bei der Arbeit stören. Jetzt sitzt auch noch ein Beamter vor der Tür.« Dann betonte er jedes Wort des nächsten Satzes: »Es ist nicht hilfreich, wenn immerzu neue Gesichter die alte Dame verunsichern.«

Silke atmete tief durch, zählte bis zehn. »Das ist uns bewusst«, antwortete sie betont zurückhaltend. »Der Kollege bewacht Ihre Patientin, weil wir nach Stand der Ermittlungen einen Angriff auf ihr Leben nicht ausschließen können. Wir ermitteln in einem Mordfall. Je schneller wir den Fall klären können, desto eher zieht auf dieser Station wieder Ruhe ein.«

»Aus Ihrem Mund klingt das wie eine Drohung!«, gab der Arzt, den sein Kittelschild als Dr. Johannsen auswies, lachend zurück. »Wenn das also einer dieser unaufgeklärten Fälle wird, werden wir die Kriminalpolizei nie mehr los? Gruseliger Gedanke.«

»Zumindest nicht, solange Frau Manecke Ihre Patientin ist. Besser wir machen uns sofort an die Arbeit, nur so lässt sich der Grusel abbauen. Was können Sie mir über den Zustand der Patientin sagen?«

»Ehrlich? Nicht mehr, als der Kollege von der Nachtschicht Ihnen sicher schon erklärt hat. Sie spricht. Ob über ihr gestriges Erlebnis oder irgendeine andere viel weiter zurückliegende Erinnerung können wir nicht beurteilen. Alles unkonkret.«

Silke rief eine Datei auf dem Display ihres Handys auf und zeigte sie dem Arzt.

»So hat man sie gefunden!«, keuchte Dr. Johannsen und wich unwillkürlich zurück, hob abwehrend die Hände. »Die arme Frau!«

»Die arme Frau – aber vor allem der arme Mann. Der ist tot, wurde Opfer eines Mordanschlags.«

»Sie hielt ihn so im Arm? Wir hatten uns zunächst über das viele Blut an ihr und der Kleidung gewundert, offensichtlich hat man erst bei ihr nach einer Verletzung gesucht, konnte aber keine finden. Inzwischen wurde ja von Ihren Kollegen alle Bekleidung abgeholt. DNA, Fasern, Haare des Täters könnten sich darauf finden, erklärte man den Schwestern. Aber wenn ich das jetzt so sehe, erklärt sich das Blut von allein … Er hat keinen Kopf, oder?«

»Stimmt. Was uns die Identifizierung des Opfers erschwert. Frau Manecke hat mit dem Toten gesprochen. Wir müssen wissen, ob sie ihn kennt, sie vielleicht seinen Namen nennen kann.«

»Aber ohne ein Foto von ihm wird sie dazu gar nichts sagen können. Zum jetzigen Zeitpunkt ist völlig unklar, ob sie sich an die Vorfälle von gestern überhaupt erinnert.«

»Wir konnten den Kopf noch nicht finden und bergen.«

»Weit kann er nicht gekommen sein. So ein abgetrenntes Körperteil zeichnet sich nicht gerade durch Bewegungsfreude aus.«

»Genau darin besteht das Problem«, gab Silke trocken zurück.

»Oh, verstehe. Sie gehen davon aus, dass der Täter den Kopf mitgenommen hat, um Ihnen die Arbeit zu erschweren.« Der Arzt zwinkerte. »Und seine Chancen auf erfolgreiches Untertauchen zu erhöhen.«

»Möglich«, blieb Silke vage und versuchte das aufsteigende Bild einer geöffneten Kühlschranktür zu unterdrücken, die den Blick auf einen Teller mit menschlichem Kopf freigab. Trophäenjäger gab es gar nicht so selten, wie man hoffen mochte.

»Na gut. Versuchen Sie, mit ihr ins Gespräch zu kommen. Wählen Sie zunächst ein unverfängliches Thema, ein

Terrain, auf dem auch Sie sich auskennen. Wetter bietet sich immer an. So entwickeln Sie ein Gespür für den Wahrheitsgehalt und die Glaubhaftigkeit ihrer Geschichten. Aber machen Sie sich nicht allzu große Hoffnungen. Sie erzählt, ja, aber das meiste ergibt keinen Sinn.«

»Könnte sie als Täter in Betracht kommen? Sie hat aggressive Schübe, meinen die Verwandten.«

»Nun, eher nicht. Sehen Sie sich den Körper des Opfers an! Trainiert, muskulös, jugendlich. Sie dagegen ist eine alte Frau, verbringt die meiste Zeit im Bett oder in einem Sessel. Ich denke, er hätte sie leicht abwehren können, hätte sie ihn angegriffen.«

»Danke.«

»Zimmer acht. Sobald sie unruhig wird, brechen Sie ab. Es wäre fatal, wenn sie sich in einem aggressiv-verwirrten Ausnahmezustand alle venösen Zugänge für die Infusionen zieht«, mahnte der Arzt zum Abschluss und deutete auf eine der Türen. »Dort.«

Silke nickte dem Kollegen kurz zu, klopfte.

Wartete. Trat ein.

Die alte Dame lag mit aufgerichtetem Oberkörper im Bett und ihr Blick fixierte die Besucherin feindselig. »Was wollen Sie? Ich hatte mein Frühstück schon.«

»Das klingt nach einem guten Start in den Tag. Mit Brötchen?«

»Oh ja. Aber die kann ich natürlich nicht kauen. Ich habe sie in die heiße Milch getunkt. Meine Schwester bringt mir erst nachher meine Zähne vorbei.«

»Na, dann wird es bei der nächsten Mahlzeit auf jeden Fall einfacher für Sie.« Silke entspannte sich etwas, fand, die Sache ließe sich gut an. So wirr klang das gar nicht.

Aber wie sollte sie nun geschickt das Thema wechseln? Weg vom Essen hin zum Wetter und zur Leiche.

»Ja. Das hoffe ich auch. Fleisch kann man nicht in heiße Milch tauchen, das schmeckt nicht.« Die blassgrauen Augen wurden schmal. »Sie sehen nicht aus wie die Schwester«, half die Patientin der Ermittlerin unbeabsichtigt weiter.

»Ich bin Silke Dreier von der Kriminalpolizei.«

»Aha. Meine Schwester hat etwas verbrochen?« Ein listiger Zug kroch durch das faltige Gesicht. »Herrjeh. Ständig sorgt sie für Schwierigkeiten. Um was geht es denn diesmal?«

»Um einen Toten«, antwortete Silke wahrheitsgemäß.

»Aha.« Frau Manecke runzelte missbilligend die Stirn. »Schon wieder?«

»Dies ist nicht das erste Mal?«

»Aber nein. Wissen Sie das nicht? Meine Schwester sollte ihn schon längst abholen lassen. Nun stinkt er schon!«

»Der Tote, über den ich mich mit Ihnen unterhalten möchte, ist frisch. Von gestern. Und er hat keinen Kopf.«

»Natürlich nicht. Den schneiden wir immer ab. Ich habe noch nie erlebt, dass der drangeblieben wäre.«

Ein Alptraum! Die Schwester, eine kaltblütige Verbrecherin! Sie würde das gleich gründlich recherchieren, sobald sie wieder im Büro war. Möglicherweise handelte es sich gar um eine noch unentdeckte Mordserie!

»Ihre Schwester ist Frau Elvira Hänsel, das ist richtig?«

»Ach, Kindchen. Damals, als wir noch Filme gedreht haben, da nannten wir uns ›Die Unzertrennlichen‹. Es war eine schöne Zeit. Männer wussten damals noch, wie man sich zu benehmen hat!«

»Und Ihr bürgerlicher Name?«

»Manecke. Aber sie hat dann solch einen Idioten geheiratet. Storch oder Kiebitz oder so was. Mit Flügeln. Aber leider nicht geistiger Art. Hähnchen? Ist doch seltsam, dass die Blondchen dann auch immer kriegen, was sie verdienen!«

»Hänsel? Er hieß Hänsel, nicht wahr?«

»Ach? Hieß der so? Schwarzhaarig, unauffällig und ein Idiot! Bloß gut, dass mein Mann nicht so ungebildet war und einen guten Charakter hatte.«

Jetzt geriet Silke endgültig ins Schleudern. »Nach unseren Akten waren Sie nie verheiratet.«

»Was wissen schon die Akten!« Frau Manecke begleitete die Worte mit einer abfälligen Handbewegung. »Liebe passt nicht zwischen Pappdeckel.«

»Das müssen Sie mir erklären!«

»Eher nicht!« Damit war der Punkt für die alte Dame offensichtlich abgehakt.

»Wissen Sie, wo Sie gestern Abend waren?«

»Gestern?« Die Patientin musterte die Besucherin misstrauisch. »Was sollte Sie das angehen?«

»Sie sind eine wichtige Zeugin.«

»Zeugin? Hat der Söhnker sich wieder mit jungem Gemüse im Café amüsiert? Dann habe ich ihn jedenfalls nicht gesehen, ich war nicht aus. Und: Nein! Ich bin nicht eifersüchtig. Er liebt nur mich! Daran sollte besser niemand zweifeln!«

»Söhnker? Hieß er so?«

»Hans Söhnker. Ja.«

»Sie waren gestern Abend unterwegs. Im Regen!«

»Das ist schlicht Unsinn, junge Frau. Seit Hans tot ist, führen Ausflüge mich nicht in den Regen, sondern nur bis zum Auto meiner Nichte und von dort in die Praxis meines Neurologen!«

15. KAPITEL

Dr. Pankratz war irritiert.

Deutlich hörte man bis in den Sektionsbereich des Instituts für Rechtsmedizin, dass jemand an der Eingangstür randalierte.

»Ungewöhnlich!«, murmelte er, ließ sich aber bei der Vorbereitung für die Obduktion nicht aus der Ruhe bringen. »Es kommt ausgesprochen selten vor, dass Menschen freiwillig und mit Vehemenz in die Rechtsmedizin »aufgenommen« werden wollen. Die meisten kommen schließlich mit einem Einweisungsschein der Staatsanwaltschaft. Nur wenige auf Wunsch der Angehörigen. Und noch weniger auf zwei gesunden Beinen.«

Der Kollege, der bei der Leichenöffnung ebenfalls anwesend sein würde, grinste breit. »Was mag da nur los sein? Haben wir einen Notfall?«

»Oh, das wäre nun keine große Überraschung. In Cottbus haben sie vielleicht den Kopf gefunden.«

»Nun, mag sein. Aber seit wann randaliert man mit einem abgetrennten Kopf an unserer Tür?«

Als die beiden bemüht lauschten, hörten sie den Tobenden rufen. »Ich muss ihn sehen, bitte! Ich muss ihn ein letztes Mal sehen. Er kann doch nicht einfach so und ohne richtigen Abschied verschwinden!«

Dem folgte ein lautes Donnern.

Ein unartikulierter Schrei.

»Ach herrjeh. Entweder hat ihn jemand niedergeschlagen oder er ist schwer gestürzt.« Der zweite Obduzent machte ein verblüfftes Gesicht.

Die Tür zum Sektionssaal wurde geöffnet und einer der Assistenten stürmte herein. »Da hat sich irgendein Spinner mit voller Wucht gegen die Tür geworfen!«

»Verletzt?«, erkundigte sich Dr. Pankratz zwischen besorgt und amüsiert, legte ein neues Skalpell zurecht.

»Er blutet. Ich schätze mal, das ist eine schicke Platzwunde.«

»Dann herein mit ihm. Wir nähen ihn wieder zu, damit haben wir ja Erfahrung! Aber halt, natürlich nicht hier. In den Nebenraum mit ihm.«

Dr. Pankratz zog sich die Handschuhe aus, legte die Schürze ab.

»Zehn Minuten Pause zur Behandlung eines Notfalls!«, verkündete er. »Bringen Sie mir den feinsten Faden, den wir haben. Vielleicht kann ich ja auch mit Pflaster klammern, wäre bei der Dicke unserer Fäden besser. Sehen wir uns erst mal die Wunde an.« Doch dann lachte er laut. »Noch besser ist, Sie holen meine Notfalltasche mit sterilem Material aus dem Auto. Da ist sogar eine schöne ›Schmerzfreispritze‹ drin. Und mein Faden ist auch selbstauflösend. So was brauchen unsere Patienten ja eher nicht.«

»Ich muss ihn sehen!«, jammerte Phil. »Er wollte mich verlassen! Aber von Sterben war doch nie die Rede. Ich ging von einer neuen Beziehung aus.«

»Aha! So, nun halten Sie mal still, ich setze eine lokale Anästhesie und tackere Ihre Augenbraue wieder fest.«

»Wir haben uns geliebt, verstehen Sie? Richtig geliebt!«, heulte Phil, und der zweite Obduzent konnte gerade noch verhindern, dass der emotional aufgewühlte Mann mit einer ungeschickten Armbewegung Dr. Pankratz die Spritze aus der Hand schlug. »Und dann legt er plötzlich den Schlüssel auf den Tisch und sagt Tschüß. Ohne Vorwarnung! Ich habe nichts davon bemerkt, dass er einen anderen hat!«

»Spüren Sie das noch?« Der Rechtsmediziner zupfte an der Haut in der Umgebung der Verletzung.

Der Randalierer zeigte keine Reaktion.

Ob wegen emotionaler Erregung oder der einsetzenden Anästhesie, war unklar.

»So, ich fange an, Ihre Wunde zu nähen. Mein Zwirn ist fein, löst sich in ein paar Tagen bis etwa zwei Wochen selbst auf. Es wird nur eine kleine Narbe zurückbleiben. Klammern haben wir nicht.«

»Wieso?«

»Weil bei unseren Kunden selbst bei intensivster Pflege nichts mehr heilt. Wer bei uns eine OP bekommt, ist tot.«

»Eben! Deshalb will ich ihn ja sehen!«

»Sie können bei uns nicht einfach reinspazieren und Leichen ansehen!«, tadelte Dr. Pankratz.

»Doch, klar. Im Fernsehen …«

»Ja, im Fernsehen geht das. Bei uns im wirklichen Leben nicht. Wie viele Biere hatten Sie denn heute so zum Frühstück?«

Um die zwei Promille, schätzte der Rechtmediziner den Alkoholpegel. Vielleicht sogar ein bisschen mehr. Geübter Trinker. Sonst könnte er nicht mehr klar sprechen, die Koordinationsfähigkeit wäre deutlich eingeschränkter.

»Weiß ich nicht mehr!«

»Wie sind Sie nur auf die Idee gekommen, Ihren Freund bei uns zu suchen?«, erkundigte sich der zweite Obduzent wenig freundlich.

»Na, da war doch der Bericht heute im Radio. Eine unidentifizierte Leiche in Cottbus. Männlich. Mein Matz! Selbstmord aus Liebeskummer!«

»Und da sind Sie sofort zu uns aufgebrochen? Wegen eines vagen Gedankens?«

»Nicht vage. Gar nicht. Matz ist manchmal so. Ich weiß, dass er sensibel ist.«

Hm, dachte Dr. Pankratz, vielleicht fällt es dir leichter, mit der Trennung umzugehen, wenn du glauben kannst, Matz habe seine Entscheidung bitter bereut, wollte aus Scham nicht zurückkehren. Angenehmer, als anzunehmen, er läge entspannt und selig im Bett seines neuen Partners.

»Ich werf nur mal einen schnellen Blick auf sein Gesicht. Dann weiß ich es ja. Nur ganz kurz, eine Sekunde. Das muss doch möglich sein! Bitte!«, flehte der Verlassene.

Dr. Pankratz schnitt den letzten Faden hinter dem Knoten ab. Klebte ein Pflaster über die Naht. »So, das hätten wir. Hatte Ihr Matz denn eine auffällige Narbe, ein spezielles Tattoo oder ein seltsam geformtes Muttermal? Dann sagen Sie es mir und ich sehe nach.«

»Es stimmt also? Er ist hier?«, heulte Phil auf. »Ich wusste es!«

»Aber ich nicht. Solange Sie mir nichts erzählen, kann ich nicht nachsehen, ob unsere Leiche Ihr Matz ist. Bis dahin gilt: Es gibt eine namenlose männliche Leiche. Punkt.«

Phil wischte sich die Tränen ab.

Sein Blick wurde konzentriert. Offensichtlich dachte er nach. Angestrengt.

»Er hat eine halbmondförmige Narbe unter dem rechten Rippenbogen. Schlecht genäht. Von einem Haiangriff vor Kalifornien. Da ist er beim Surfen in eine Gruppe hungriger Biester geraten.«

»Da hatte er aber Glück, mit dem Leben davongekommen zu sein.«

»Jaha! Mein Matz ist nicht feige! Der hat den Hai, der sich in die Seite verbissen hatte, zu packen gekriegt und gewürgt, bis er losgelassen hat. Gleichzeitig ist er auf die Küste zugeschwommen, signalisierte seine Notlage. Baywatch wurde auf ihn aufmerksam, die haben sofort reagiert. So konnte er gerettet werden!« Stolz und Bewunderung schwangen in Phils Stimme. »Und er hat auf dem rechten Oberarm ein Tattoo ›Phil for ever‹. Aber vielleicht hat er es ja entfernen lassen. Ich konnte das nicht sehen, weil er gern halblange Ärmel trug. Dann spannte der Stoff bis zum Knacken, wenn er seine Bizepse anspannte.«

»Gut. Ich sehe nach. Sie bleiben hier.« Er gab dem Sektionsassistenten ein Zeichen. Der baute sich breitbeinig mit – vor der eher schmächtigen Brust – verschränkten Armen vor der Tür zum Sektionsraum auf.

»Wie sind Sie eigentlich hergekommen? Auto, Bahn?«, wollte der zweite Obduzent wissen.

»Learjet! Wenn ich zum Frühstück Bier hatte, nehme ich den immer.« Phil lachte nervös, die Miene des Rechtsmediziners bleib unbewegt und unergründlich. »Bahn, natürlich! Ich habe schon lange kein Auto mehr. Führerschein hatte ich ohnehin nie.«

»Gut. Dann müssen wir Ihnen auch nicht den Wagenschlüssel abnehmen.«

Dr. Pankratz brauchte den Leichnam nicht noch einmal anzusehen. Er wusste, dass es weder eine halbmondförmige Narbe noch ein Tattoo auf dem Oberarm gab. Stattdessen verließ er das Gebäude durch den zweiten Ausgang und inspizierte die Fahrzeuge auf dem Parkplatz und an der Straße vor der Rechtsmedizin, fahndete nach einem Auto mit Cottbuser Kennzeichen. Keines zu entdecken. Er atmete auf.

»Er ist es nicht«, erklärte er dem überraschten Phil. »Es gibt keine Narbe und auch kein Tattoo. Wer auch immer unser Kunde ist, es ist nicht Ihr Matz.«

Phil erhob sich taumelnd. »Und das ist auch wirklich wahr? Sie schwindeln nicht, um mich zu schonen?«

»Nein. Sicher nicht. Fahren Sie nach Hause.« Dr. Pankratz führte den Liebhaber zur Tür hinaus.

»Vielleicht ist es keine schlechte Idee, etwas feste Nahrung unter Ihr flüssiges Frühstück zu mischen. Sonst wird Ihnen am Ende noch übel.« Er sah ihm nach.

»Na, sowas hatten wir auch noch nie.«

»Ja«, bestätigte Dr. Pankratz trocken und kehrte an den Edelstahltisch zurück, »sonst nähen wir immer ohne Lokalanästhesie.«

Er band die Schürze um, setzte die Haube auf seine Glatze und zog Handschuhe über seine langen Finger. Sah zu den beiden uniformierten Beamten hinauf, nickte ihnen entschuldigend zu. »Leiche weiblich, Alter 64 Jahre, Größe 160 Zentimeter, Gewicht 90 Kilogramm. Wurde tot in ihrer Wohnung aufgefunden, Bescheinigung unnatürliche Todesursache, Trauma am Hinterkopf, Schädeldach weder eindrückbar, noch in Teilen verschieblich«, diktierte er – und der Alltag hatte sie wieder.

16. KAPITEL

Die Sprechstundenhilfe warf den beiden Fremden einen missbilligenden Blick zu.

Las dann noch einmal sorgfältig das Dokument, das die beiden vorgelegt hatten, und stöhnte.

Wies mit der freien Hand auf den Wartebereich.

»Na, dann schau'n wir mal, was der Doktor dazu meint. Es wird eine Weile dauern, Sie sehen ja selbst, was heute los ist«, erklärte sie pampig und legte das Schreiben zur Seite.

Nachtigall und Wiener fanden zwei freie Plätze, setzten sich und sahen sich interessiert um.

Manche der Wartenden sprachen flüsternd miteinander, andere lasen in Zeitschriften und einige starrten leer vor sich hin.

Eine ältere Dame, die sich offensichtlich für den Arztbesuch aufgebrezelt hatte, sprach mit ihrem Mann, der allerdings kaum antwortete. »Du kannst ihm ruhig erzählen, dass du wieder im Supermarkt warst. Eingefangen haben sie dich und mich angerufen, damit ich dich abhole. Ich habe meine Zeit auch nicht gestohlen, weißt du! Ich kann nicht einfach mit den Lockenwicklern im Haar aus dem Friseursalon weglaufen, bloß um dich einzusammeln. Wieso bist du eigentlich überhaupt aus dem Salon weggegangen? Hä?«

Der Mann schwieg.

»Ja, prima. Keine Antwort ist ja auch viel praktischer, als sich damit auseinandersetzen zu müssen. Und heute sitze ich mit dir hier beim Arzt rum. Dabei könnte ich in der Zeit zum Einkaufen gehen.«

»Der Doktor wird dich fragen, was du gestern gemacht hast. Da erzähl ihm mal ruhig von deinem Abenteuer!«

Als sie wieder keine Antwort bekam, wandte sie sich an die Dame auf der anderen Seite: »Ach, früher, als es noch die Zivis gab, war das alles leichter zu bewältigen.«

»Ja, das stimmt schon. Heute sind wir auf uns gestellt. Die jungen Leute, die dieses Freiwilligenjahr absolvieren, sind ja auf den Umgang mit dieser Art von Patienten nicht vorbereitet.«

»Tja, er ist dement. Schon seit Jahren. Erst habe ich ja noch gedacht, er ist nur schusselig. Aber irgendwann war schon klar, dass es ernster sein musste. Immerhin kann er noch manche Dinge allein erledigen – mit Unterstützung. Und Pflegestufe hat er auch.«

»Na, dann geht es ja. Mir fällt es manchmal schwer im Alltag. Eigentlich würde ich ganz gern einfach mal raus. Aber das geht im Moment gar nicht.«

»Oh, ich kann das gut verstehen. Mir geht das auch so. Aber am kommenden Wochenende fahre ich zu einer Freundin nach Berchtesgaden. Das wird sicher sehr schön. Wir sehen ein Theaterstück, gehen schick aus, besuchen ein tolles Restaurant, trinken Champagner bis zum Abwinken, lassen es uns rundum gut gehen.«

Die andere war erstaunt. »Und Ihr Mann? Geben Sie ihn in eine Tagespflegeeinrichtung? Meiner schreit dort immer, das funktioniert nicht wirklich gut.«

»Nein, ich habe mit dem Nachbarn gesprochen. Der kommt dreimal am Tag vorbei und kümmert sich. Sind ja nur zwei Tage. Und die Hauptsache ist, dass er was zu essen hat. Der Rest kann notfalls warten, bis ich zurück bin. Er wird sich nicht gleich wundliegen. Möglicherweise ist der Nachbar auch bereit, ihn zu waschen und ihm die Windel zu wechseln. Aber wenn nicht, dann halt nicht. Ich brauche auch mal ein bisschen Kontakt zu meinem eigenen Leben!«

Wiener zuckte zusammen. Flüsterte dem Freund ins Ohr: »Die gibt ihn in Pflege wie eine Katze!«

Nachtigall antwortete: »So was würden wir den Katzen nie zumuten. Die haben ein Rundumpflegepaket, wenn wir nicht da sind. Nix mit drei Mal am Tag.«

»Na ja«, grinste Wiener, »deine Katzen wollen Streicheleinheiten. Der Herr braucht das vielleicht nicht.«

»Och, da kann man sich sehr täuschen«, mischte sich ein Herr neben Wiener ein. »Männer können durchaus anspruchsvoll sein. Frauen wollen das bloß nicht wahrhaben. Ist ja auch unpraktisch, denn dann müssten sie sich mehr um den Gatten kümmern. Nix mit schlechter Pflege durch einen überforderten Nachbarn, den der Mann wahrscheinlich gar nicht mehr kennt.«

Schweigen zog ein.

Als die beiden Beamten aufgerufen wurden, entstand Unruhe unter den Wartenden.

»Ja, ja. Sicher privat versichert! Unsereiner kann ja gern stundenlang hier warten. Trotz Termins! Ich wäre schon vor 42 Minuten dran gewesen!«, zeterte eine Frau in mittleren Jahren, und andere bekundeten Beistand.

Ein Herr wandte ein: »Wir können froh sein, dass es die Privaten noch gibt. Die bezahlen nämlich das Honorar für den Doktor. Von dem, was er für unseren Besuch bekommt, könnte er die Praxis gar nicht weiterführen! Dann müssten wir bis sonstwo fahren, um einen Facharzt zu finden.«

»Trotzdem ist es nicht in Ordnung. Ich bin doch nicht schuld daran, dass es so läuft. Das muss die Politik ändern! Aber die will ja nicht«, giftete eine ältere Dame zurück.

»Polizei. Kriminalpolizei. Wir ermitteln in einem Mordfall, sind keine Patienten.« Wiener versuchte die Wogen zu glätten, erreichte allerdings genau das Gegenteil.

»Ach, Sie hatten nicht mal einen Termin. Sie werden jetzt auch noch zwischengeschoben. Na das ist ja toll! Polizeiausweis hilft in allen Lebenslagen, was?«

Die beiden Ermittler beeilten sich, der Sprechstundenhilfe zu folgen.

Der Neurologe wand sich in seinem Stuhl, gab nur widerwillig Auskunft.

»Ja, natürlich sehe ich, dass Sie eine Schweigepflichtsentbindung dabei haben. Mir ist es dennoch nicht nachvollziehbar, was Sie mit diesem Besuch bei mir bezwecken.«

»Wir möchten genau über den körperlichen und geistigen Zustand von Frau Manecke Bescheid wissen. Sie wurde mit einer Leiche im Arm entdeckt! Einem Mordopfer!«

Der Arzt zog die Stirn in Falten. Schwieg.

»Es war ein junger Mann. Sie hielt ihn über dem Schoß, sprach mit ihm. Dabei scheint es sie nicht gestört zu haben, dass er keinen Kopf hatte. Alles in Allem eine surreale Situation.« Nachtigall zuckte mit den Schultern. »Sie sind ihr Neurologe. Also erhoffen wir uns von Ihnen Informationen über die Patientin.«

»Sie können doch nicht ernsthaft eine alte, demente Frau des Mordes an einem jungen Mann bezichtigen! Alle Tests zeigen deutlich, dass sich ihr Zustand in der letzten Zeit auf einem mittleren Niveau stabilisiert hat. Aber sie bedarf permanenter Zuwendung. Ist zeitlich und örtlich orientie-rungslos. Und natürlich ist sie körperlich niemals zu einer solchen Tat fähig.« Nach einer Pause setzte er hinzu: »Der Kopf wurde abgetrennt?«

»Das zeigen Ihre Tests?« Nachtigall ignorierte die Frage.

»Ja. Wir führen sie durch, um den Verlauf der Erkran-kung zu dokumentieren, festzulegen, welche Art von Pflege der Demenzkranke braucht.«

»Gut. Dann können Sie uns doch sicher erklären, wie solch ein Test aufgebaut ist, durchgeführt wird und wie Sie die Auswertung der Ergebnisse vornehmen und zu Ihrer Interpretation gelangen«, stellte Nachtigall fest. »Wir möchten es verstehen.«

Der Neurologe seufzte.

»Na dann …« Er beugte sich hinunter und tauchte mit einem Stapel Papier wieder auf.

»Sehen Sie, dieser Uhrtest offenbart ziemlich schnell eventuell vorhandene Defizite. Wir lassen den Patienten ein Zifferblatt auf ein Blatt Papier zeichnen, zum Bei-spiel eine runde Grundform und bitten ihn die Eintei-lungsstriche für die Stunden einzuzeichnen. Ich möchte dann von ihm wissen, wie die Zeiger stehen werden, wenn es 10.50 Uhr oder 11.10 Uhr ist. Das fällt vielen sehr schwer, ist einigen gar unmöglich. Manche bekom-men schon 6 Uhr nicht hin. Bei der Auswertung geht es nicht nur um das korrekte Einzeichnen der Striche für die Stunden und der Zeiger, sondern das Gesamt-bild Uhr wird bewertet. Sind die Abstände zwischen den Strichen annähernd gleich? Sind alle da? Erkennt man die Zeiger? Einige Patienten zeichnen die Stundenein-teilung dicht gedrängt in einen kleinen Bereich des Zif-ferblattes. Oder es sind nur zwei Teilstriche zu finden.

Stunden- und Minutenzeiger sind unterschieden? Nicht zuletzt: Konnte der Patient überhaupt die Grundform zeichnen? Für die Bewältigung der einzelnen Arbeitsschritte gibt es dann Punkte.«

»Und das ist ein sicheres Zeichen für Demenz? Seit Generationen haben wir digitale Uhren. Könnte das Problem nicht auch dadurch entstehen, dass die Menschen nur die Zahlenfolge ablesen können und gar nicht wissen, wie das Zeigerbild einer analogen Uhr aussieht?«, fragte Nachtigall skeptisch.

»Sie haben recht, viele Jugendliche gucken nur noch auf ihr Handy. Aber dennoch können sie eine analoge Uhrzeit ablesen und »umbenennen«. Das ist eine Transferleistung wie zum Beispiel einen Druckbuchstabentext in Schreibschrift umzusetzen oder umgekehrt. Aber natürlich ist dieser Uhrentest nicht das einzige Diagnoseverfahren. Ich unterhalte mich mit dem Patienten, frage ihn, in welchem Jahr wir sind, ob der Patient weiß, wo er sich befindet, welches Datum heute ist und so weiter. Manchmal lasse ich sie rechnen, Sätze wiederholen und dergleichen. Aus der Auswertung der einzelnen Testverfahren ergibt sich dann jeweils ein Punktewert. Beim DemTect legt ein Wert um acht eine Demenz nahe. Die gewonnenen Ergebnisse aus den unterschiedlichen Test- und Diagnoseverfahren führen dann zur diagnostischen Einschätzung durch den Arzt. Die Klinik entspricht nicht in jeder Situation den einzelnen Testergebnissen. Tagesform.«

»Und bei Frau Manecke?«

»Liegt eindeutig eine Demenz vor. Deshalb hat ihre Schwester sie auch in ihr Haus aufgenommen. Alleine konnte Frau Manecke ihren Alltag nicht mehr bewältigen. Als Mörderin kommt sie nicht in Betracht. Sie kann sich nur schwer orientieren, hat keinerlei zeitliche Vorstellung mehr. Andere Funktionen sind gut abrufbar, wie zum Beispiel das Schlucken. Auch zusammenhängendes Reden gelingt ihr. Nur ist es nicht immer sinnvoll. Und natürlich leidet sie unter Angstzuständen, wie so viele meiner Demenzpatienten. Wenn das Leben jeden Tag nur aus Rätseln besteht, sie ständig in ihrer Wohnung Unbekannten begegnen, wird es für die Betroffenen schwierig, geradezu unheimlich.«

17. KAPITEL

Birk, Henning, Uta, Helge, Juist, Janina, Pedro, Liu und viele andere trafen sich hinter dem Gebäude der Parkeisenbahn.

Allgemeine Vorstellung. 15 Teilnehmer, sieben Nationen, ein Gedanke!

»Herzlich willkommen euch allen zum ersten Cottbuser Nacktlauf! Es freut mich sehr, dass mein Aufruf so viele erreicht hat, die mittun wollen. Offensichtlich hat dieses Angebot im Kanon der Stadt noch gefehlt. Endlich ist es soweit!«

»Obwohl ja ein Start im Sommer vielleicht besser gewesen wäre! Oder nicht? Ich persönlich fand die Temperatur- und Wetterhürde verflixt hoch«, warf einer der Teilnehmer ein.

»Keine Sorge, beim Laufen wird euch allen warm!«, beteuerte Helmfried, der Initiator, überzeugt.

»Wo lassen wir denn die Klamotten?«, fragte Henning. Ich bin mit dem Rad hier, ich kann sie ja nicht gut auf den Gepäckträger klemmen. Nachher sind sie weg!«

»Voll Mist, ey! Dann musst du textilfrei nach Hause radeln!«, rief einer aus der hinteren Reihe.

Allgemeines Gelächter.

»Die Kleidung packen wir in den Kofferraum meines Wagens. Der ist groß genug. Und mein Hund wird für uns darauf aufpassen. Eine Dänische Dogge, Katharina. Sie lässt keinen ran – und ehrlich gesagt, da will dann auch keiner ran!«, lachte der Veranstalter.

»Müssen wir eigentlich alles ausziehen?«, fragte Angelika besorgt, wirkte ein wenig unglücklich bei dieser Vorstellung.

»Nun, es heißt Nacktlauf, oder nicht?«, wurde sie von Uta unfreundlich belehrt.

»Ja, das weiß ich natürlich. Was ist mit Laufschuhen? Ich spiele Basketball, eine Verletzung an den Füßen kann ich nicht riskieren!«

»Ich habe auch Schuhe mit!«, rief eine Stimme vom Rand der Gruppe.

»Aha! Und ich laufe immer barfuß. Immer. Jeden Tag, zu jeder Gelegenheit«, ertönte die volle Stimme Birks. »Also wenn jetzt hier plötzlich Schuhpflicht herrscht, dann laufe ich nicht mit!«, ließ er die anderen wissen. Ein baumlanger Kerl, dessen lockige Haarpracht bis auf seine Schultern fiel, dessen Bart sich üppig unter dem Kinn kringelte und dessen Statur deutlich Assoziationen an Wikinger weckte. Der Däne, konstatierte Helmfried, der im Geiste die Anmeldeliste durchging.

»So ist das? Gut, wenn hier Schuh-aus-Zwang herrscht, gehe ich auch nicht mit. Ich dachte nicht, dass dies eine Veranstaltung mit Dresscode ist! Nacktlauf!«, beschwerte sich ein anderer.

Allgemeines aggressives Gemurmel drohte die lockere, erwartungsvolle Stimmung auszulöschen. Einer der Interessenten aus einer deutlich wärmeren Region der Erde zog bereits den Zipper seiner Jacke wieder hoch, machte Anstalten zu gehen.

Helmfried musste die Gemüter wieder abkühlen. »Es heißt Nacktlauf, weil wir keine Körperbekleidung tragen werden. Schuhe sind, schon wegen des Verletzungsrisikos, von dieser Regelung ausgenommen. Wer will kann, wer nicht will, muss nicht.«

»Und wie ist das rechtlich abgesichert? Dürfen wir das überhaupt? Nackt. In der Öffentlichkeit.«

»Seid unbesorgt. Der Lauf wurde ordnungsgemäß angemeldet – als Nacktlauf, als neues Event der Freizeitkultur der Stadt. Er ist genehmigt. Die Strecke habe ich gekennzeichnet. In Baden-Württemberg gibt es Nacktwanderer. Alles legal.«

»In Kalifornien kann man überall nackt aufkreuzen. Im Museum, im Park egal wo. ›Bring your own towel‹ ist die einzige Regel, die beachtet werden muss, wenn man zum Beispiel ins Restaurant geht. Damit man den nackten Hintern nicht ohne Zwischenschicht auf die Polster schiebt. Mag ja dem nächsten Gast nicht recht sein. Aber ehrlich:

Keiner guckt, keiner meckert«, wusste der Wikingernach-fahre.

»So, genug gequatscht. Wenn wir jetzt nicht aufbrechen, schaffen wir unser Zeitfenster nicht. Außerdem wird es im Wald verflixt rasch dunkel. Am Ende stürzt noch jemand. Also: Kleider runter!«

»Und wo stecke ich mein Handy hin, wenn ich keine Tasche habe? Ich höre immer Musik beim Laufen«, fragte jemand und bekam im Schutz der anonymen Gruppe eine derbe Antwort: »Schieb es dir in ...!«

Helmfried bekam langsam Zweifel am Erfolg seiner Idee. Er musste auch noch etwas anderes ansprechen, bevor sie starten konnten. Ein wenig gehemmt setzte er nach: »Also: Gegen einen Gurt fürs Handy am Oberarm gibt es keine Einwände, das ist keine Kleidung. Musik ist okay, aber stän-diges Stehenbleiben, um das Display zu checken, ist nicht drin. Und eines noch: Dies ist ein Nacktlauf. Betonung liegt auf Lauf! Sex am Wegesrand ist tabu, erzwungener gar straf-bar. Nur weil wir keine Kleider tragen, bedeutet das nicht, dass man den Hormonen das Spiel überlassen darf!«

»Uhhh. Spaß am Rand der Strecke ist uns nicht ver-gönnt! Schade!«

»Wem das nicht passt, der kann nicht mitlaufen. Wir sind kein Dating-Event.«

Wenig später überspielten die Läufer ihre Verlegenheit durch anhaltendes Lachen.

Für die meisten war es ungewohnt, sich in der Öffent-lichkeit vollständig auszuziehen.

Giggelnd verstauten die weiblichen Teilnehmer ihre Kleiderbündel im Kofferraum des großen Wagens, die Männer gaben sich eher betont herb und unbeeindruckt.

Etwa die Hälfte der Gruppe trug Sportschuhe.

Helmfried richtete seine Stirnlampe so aus, dass sie den Weg direkt vor ihm gut ausleuchten würde. Dann befestigte er sein Handy mit einem Gurt am Oberarm, schob den Autoschlüssel darunter und hängte ihn mit einem Karabiner ein. »Nur für den Notfall. Falls sich jemand beim Laufen verletzt.«

Er sah in die Runde. Alle waren bereit. Es konnte losgehen! »So, mir nach. Da wir zu unserem ersten gemeinsamen Lauf starten, werden wir auf diejenigen achten, die bei einem forschen Tempo nicht mithalten können sollten. Heute ist kennenlernen und Grenzen ausloten angesagt. Ab dem nächsten Mal weiß dann jeder, wo er leistungsmäßig steht, kann sich sinnvoll einreihen. Noch eine Bitte: Wenn sich das Läuferfeld zu weit auseinanderzieht, gebt bitte Laut. Wir sollten möglichst immer Sichtkontakt zur Gruppe behalten.«

Sie trabten zügig an.

Einige schlotterten bereits laut in der Novemberluft, leises Gemecker war hörbar.

Nun gut, dachte der Initiator, es war nicht zu erwarten, dass alle den Kältekick positiv zu würdigen wussten. Aber, war er überzeugt, so trennt sich die Spreu vom Weizen und übrig bleibt, wer es wirklich ernst meint.

Seine Stirnlampe würde im Wald den Weg beleuchten, und das Klappern seines Autoschlüssels bot allen eine grobe Orientierung.

Gelegentliche Schmerzensschreie, wahrscheinlich von denen, die auf festes Schuhwerk verzichtet hatten, vielleicht sogar zum ersten Mal seit Kindertagen, sorgten als soziales Geräusch für das Gefühl von Gruppenzusammenhalt. Corporate Identity im weitesten Sinne.

Der Antritt war unerwartet temporeich.

Offensichtlich wollten alle so schnell wie möglich in den Schutz der Bäume eintauchen. Für die meisten war es ungewohnt, so ganz ohne Kleidung in der Öffentlichkeit. Tja, überlegte Helmfried und grinste dabei breit, die FKK-Erfahrung aus DDR-Zeiten ging leider zunehmend verloren, aber hier hatten die gelernten Ostbürger einen klaren Vorteil.

Bald hatten sich Schritt und Atmung eingepegelt, noch hielten alle Teilnehmer den Rhythmus mit, ein Gefühl von Stolz machte sich unter den Läufern breit, gepaart mit dem Eindruck der eigenen Verwegenheit.

Sie fühlten sich als Wegbereiter einer neuen, einer Kleidergrenzen ignorierenden Freiheitsbewegung, überwanden locker einen alltäglichen, manchmal gar unerträglichen Zwang dieser Gesellschaft. Helmfried spürte die Veränderung in der Gruppe, freute sich sehr darüber, dass er auch diese 15 hatte überzeugen können.

Mitten auf dem Berg der Woge des Wohlgefühls, traf der Fuß eines Nacktläufers auf einen Widerstand, der den Schwung aufnahm und davonrollte. Der Treter konnte nicht schnell genug stoppen und stolperte über das Ding, das er sich selbst in den Lauf gekickt hatte.

»Was zum Henker …?«, hörten die anderen und kamen prompt aus dem Takt.

»Hey, Helmfried! Kannst du mal herkommen? Ich weiß nicht, was das hier ist!«

Helmfried kurvte in lockerer Laufart heran. Der Lichtpunkt an seiner Stirn näherte sich mäandernd.

»Na, was haben wir denn gefunden? Einen verrottenden Fußball vielleicht?«, fragte er, als habe er bei dem Teilnehmer von Anfang an intellektuelle Defizite vermutet, und sähe sich nun bestätigt. »Oder hat sich jemand verletzt?«, setzte er, plötzlich besorgt, nach.

»Es ist irgendwo da drüben hingerollt. Genau erkennen konnte ich nicht, was es war. Aber es fühlte sich extrem sonderbar an.«

Alle Augen und der Lichtpunkt folgten dem ausgestreckten Finger.

»Oh, mein Gott!«, kreischte Anke und begann einen wilden Tanz aufzuführen. »Oh, mein Gott! Und ich bin da auch drangestoßen! Igitt! Wie entsetzlich, wie ekelhaft. Ahhhh!«

»Aha«, mischte sich eine lehrerhafte Stimme ein, »nun wird sich gleich erweisen, wie legal unser Treiben hier ist, nicht wahr? Gleich rückt die Polizei an. Und: Schuhe zu tragen ist wohl doch nicht ganz verkehrt, oder wie siehst du das, Birk?«

Der Kopf, der nun abseits des Weges lag, zeigte sich von der ganzen Aufregung völlig unbeeindruckt.

Auch von dem Gezeter desjenigen, dessen Fuß ihn fortgestoßen hatte und an dessen Zehen deutlich Gewebe des fremden Körperteils auszumachen war.

Birk grunzte nur.

Starrte entgeistert auf seinen Fuß und das glitschige, tote Auge, das zwischen dem Großzeh und seinem Nachbarn klemmte!

»Mach das weg! Um Himmels willen!« Birk hüpfte auf dem einen Bein, schüttelte den Fuß des anderen, um den leblosen Blick loszuwerden.

Helmfried packte ihn energisch am Oberarm. »Hör auf! Ich mache ein Foto mit dem Handy, und dann können wir es vorsichtig mit einem Blatt abheben.« Er zog das Smartphone aus der Tasche am Gurt hervor und rief die

Kamera auf. »Moment! Gleich haben wir es. Und ihr anderen: HÖRT MIT DEM GESCHREI AUF! ES NERVT!« Er veränderte den Blickwinkel des Objektivs. »So, nun noch zwei von dieser Seite. So! Hier, ich hebe das Auge jetzt vorsichtig mit dem Blatt hier an und rufe die Polizei. Wir bleiben zusammen, bis sie kommen. Wer sich verdrückt, erscheint sicher verdächtig!«

»Aber, ich gehe an die Spree und mache alle Zehen sauber! Ich stehe nicht hier in der Kälte und habe Reste von …«, der Däne begann zu würgen und rannte zum Flussufer. Dort erbrach sich der furchtlose Urenkel der Wikinger.

Helmfried fluchte leise. Das war wohl das Ende seiner Nacktlauftour. Diese Gruppe käme mit Sicherheit nicht zum nächsten Termin zusammen.

»Hallo? Polizei? Ja, wir haben einen abgetrennten, menschlichen Kopf gefunden!«

Er beantwortete ruhig alle weitergehenden Fragen der Stimme, beendete dann das Gespräch.

18. KAPITEL

»Sie haben den Kopf!« Nachtigall war ungewohnt kurz angebunden.

Wiener sah ihn überrascht an. »Warum bist du so gereizt? Wenn wir den Kopf haben, können wir auch Fortschritte bei der Identifizierung machen. Ist doch gut.«

»Wird sich wohl erst erweisen. Der Kollege meinte, die Gruppe sei sehr aufgeregt. Konkrete Informationen lassen sich nicht gewinnen, erzählte er.«

»Wer hat ihn gefunden? Mehrere gemeinsam? Nordic Walker?«

»Eine Gruppe von Nacktläufern, die im Park des Fürsten unterwegs waren. Von dort aus überquerten sie die Schienen der Parkeisenbahn und liefen auf dem Spreedamm weiter. Ich fürchte, der Fürst wäre entsetzt gewesen, hätte er diese Läufer angetroffen!«

»Nachtläufer, die am Tage geübt haben?«

»Nicht Nachtläufer! Nacktläufer! Einer der Teilnehmer ist mit dem bloßen Fuß an einen Widerstand ... Der hat jetzt einen Schock. Den anderen geht es wohl auch nicht besser.«

»Mit dem nackten Fuß?«

Der Kollege nickte langsam.

»Okay. Ich glaube, da wäre ich auch schockiert. Trifft dich ja in einer solchen Situation völlig unerwartet, du suchst Entspannung beim Sport. Warum solltest du an Leichenteile denken?«

»Sie bringen uns die Gruppe vorbei. Sind sicher gleich hier. 15.«

»15 insgesamt? Oder wie bei der wilden 13? Der Anführer wurde doppelt gezählt? 14 und einer ist der Führer, also 15?«

»Da müssen wir uns wohl gedulden. Gib mal Silke Bescheid. Wir brauchen sie hier.«

Offensichtlich hatte sich die Aufregung bei den meisten Läufern bereits gelegt, war einer bleiernen Schwere und Müdigkeit gewichen.

Schweigend saßen sie auf den Stühlen, starrten vor sich hin, schüttelten von Zeit zu Zeit ratlos mit den Köpfen. Sie hatten sich angezogen, nur Birk war, wie immer, barfuß geblieben, sah seine Füße an, als gehörten sie nicht zum Rest seines Körpers, bewegte manchmal die Zehen, als wolle er überprüfen, ob sie auf Befehle reagierten. Gelegentlich schauderte er, murmelte Unverständliches. Mitleidige Blicke der anderen Läufer besserten die Situation ebenso wenig wie das gelegentliche Auflegen einer Hand auf seiner Schulter oder Klopfen auf den Rücken.

Birk war schlicht nicht ganz bei sich.

Nachtigalls Blick wanderte über die gesenkten Köpfe der Gruppe.

»Sie waren alle dabei, als der Kopf entdeckt wurde?«

»Mehr oder weniger«, erklärte Helmfried. »Man läuft ja nicht nebeneinander. Das Feld hatte sich ein wenig in die Länge gezogen. Demnach waren einige näher dran, andere liefen erst nach und nach auf.«

»Sie selbst sind?«

»Helmfried Glaser, der Initiator des Laufs. Ich war schon an der Stelle vorbei, kam aber zurück, weil man

97

mich rief. Als ich erfasst hatte, was passiert war, informierte ich die Leitstelle.«

»Aha. Wer war noch unmittelbar in der Nähe?«

Zögernd hoben einige Läufer die Hand.

Nachtigall gab Silke ein Zeichen. Sie begann damit, die Personalien aufzunehmen.

»Sie haben den Kopf gefunden?«, wandte sich der Hauptkommissar an Birk. Er sprach langsam und ruhig. Drängte nicht, wartete. Doch der Mann schwieg beharrlich. Er konzentrierte sich auf seine Füße, wackelte mit den Zehen, wirkte unbeteiligt.

»Er hat eine Spritze bekommen.« Der Leiter der Gruppe warf Birk einen besorgten Blick zu. »Damit er mit dem gellenden Schreien aufhört.« Er zückte sein Handy und rief einige Fotos auf. »So hat der Fuß nämlich ausgesehen. Dieses Auge hat ihn förmlich angeguckt. Das war selbst für einen wie Birk zu viel. Und da hat er angefangen zu schreien.«

»Wir werden mit Ihnen allen sprechen. Drei Kollegen führen die Gespräche, es wird also nicht so lang dauern. Wir beginnen mit denen, die unmittelbar dabei waren als … nun ja. Meine Kollegin, Frau Dreier, ruft nun die Ersten auf.«

Nach einer Stunde war klar, dass niemand genau gesehen hatte, was passiert war.

Nur Anke, die neben Birk lief, erzählte von einem Ding, das davonrollte. Es sei zunächst völlig rätselhaft gewesen, was da vom Weg rutschte. Auch sie sei in Kontakt mit dem … hm, Ding, gekommen.

Man war sich einig darüber, dass das sonderbare, saftig dumpfe Geräusch alle in der Nähe veranlasste zu stoppen, nach dem Birk fast gestolpert wäre. Ein Hindernis hätte den Nachfolgenden ja gefährlich werden können. Sie beschlossen nachzusehen, was dort lag, und machten dabei die grausige Entdeckung. Helmfried habe auch Birks Fuß abgeleuchtet, um eine Verletzung auszuschließen. In diesem Moment sahen nun alle Umstehenden das Auge. Man habe dann umgehend die Polizei verständigt.

Mehr an Informationen wurde es nicht.

Birk selbst erzählte wenig.

War vollkommen auf die Bewegungen seiner Zehen konzentriert. Über sein Gesicht breitete sich immer wieder ein Ausdruck grenzenlosen Staunens, verschwand wieder und kehrte zurück. Er wirkte, als habe er keine Kontrolle über seine Füße, als führten die Zehen ein Eigenleben und er sei darüber mehr als beunruhigt.

»Worin besteht denn der Reiz beim Nacktlaufen?«, versuchte Nachtigall eine vorsichtige Annäherung. »Um diese Jahreszeit ist es schon unangenehm kalt. Alle gehen in dicken Mänteln, und Sie legen freiwillig alle Kleider ab!«

»Hmhm.«

Das war als Antwort sparsam und für den Fragenden eher unbefriedigend.

Die Leiche des Mordopfers war ebenfalls unbekleidet gefunden worden. War der unbekannte junge Mann auch Mitglied einer Nacktläufergruppe? Gab es mehrere davon?

»Gibt es nur diese eine Gruppe von Nacktläufern oder wissen Sie noch von anderen?«

»Nö.«

»Nö, es gibt keine oder nö, ich weiß nichts von anderen?«

Birks Blick verlor sich in der Ferne.

Glitt an Nachtigalls Ohr vorbei, weg aus diesem Raum, weg von diesem Thema, weg von diesen Fragen.

»Weich.«

Nachtigall seufzte. Die Befragung würde wohl bis morgen warten müssen.

»Blau. Mein Zeh hat ein blaues Auge und kann mich sehen!«

»Nein. Das Auge gehört nicht zu Ihrem Zeh. Es war ein fremdes Auge.«

»Mein Zeh hat mich mit einem fremden Auge angesehen? Bedeutet das, jemand anderes guckt mir in meinem Leben zu? Bestimmt hat es seine Sehfähigkeit an meine Zehen abgegeben. Die beobachten mich jetzt. Und das fremde Auge guckt mit! Spioniert mich aus. Glotz in mein Leben solange ich keine Socken und Schuhe trage? Ich trage nie Socken und Schuhe!«

»Herr Glaser! Auf ein Wort bitte! Gibt es jemanden, der sich um Birk kümmern kann? Ich kann ihn nicht guten Gewissens gehen lassen. Wir bringen ihn nach Hause, aber dort muss jemand ein Auge ...« Der Hauptkommissar stockte. Das war im Moment kein gutes Bild. »Dort muss sich jemand um ihn kümmern!«

»Ich habe nicht einmal seine Adresse. Man konnte sich bei mir anmelden und gut. Wir kennen uns noch nicht. Es war unser erstes Treffen!«

»Sie haben keine weiteren Daten? Und wenn nun jemandem etwas zugestoßen wäre? Ein schwerer Sturz, Bewusstlosigkeit – was hätten Sie dann gemacht?«

Helmfried zuckte bedrückt mit den Schultern. »Ja, war leichtsinnig. Sie haben recht.«

In diesem Moment brach der Tumult los.

Der starke, große Mann brüllte wie ein Tier, dem man ein Messer in den Körper gerammt hatte. Krachen deutete an, dass er damit begann, die Einrichtung zu zerlegen.

»Silke!«, rief Nachtigall. »Wir brauchen einen Notarzt!«

Damit lief er in sein Büro zurück.

»Hören Sie sofort damit auf, Birk! Dies ist mein Schreibtischstuhl, den Sie da über Ihren Kopf halten. Und den brauche ich jetzt. Stellen Sie ihn sofort wieder auf dem Boden ab«, hörte man die Stimme des Hauptkommissars bis auf den Gang hinaus. Es gelang ihm mühelos über das Gebrüll Birks hinweg deutliche Ansagen zu machen.

Es wurde fast sofort still.

Auf dem Gang herrschte angespanntes Lauschen. Was geschah dort drinnen? Hatte Birk den Ermittler niedergeschlagen? Oder – schlimmer noch?

Als der Notarzt kam, saß der Barfüßige ruhig auf dem Besucherstuhl und starrte lächelnd auf die beiden Zehen, die das Auge gehalten hatten. Über beiden klebte nun jeweils ein Pflaster.

»Jetzt sieht es nichts mehr«, murmelte der Zeuge zufrieden. »Ist wie blind. Hat er gemacht. Endlich gut!«, erklärte er und zeigte auf Peter Nachtigall.

Diese Nacht verbrachte Birk stationär im Klinikum.

19. KAPITEL

Peter Nachtigall hatte eine sehr kurze, unruhige Nacht hinter sich.

Das Bild der Frau, die den toten, kopflosen Körper im Schoß hatte, stellte sich jedes Mal scharf, wenn er die Augen schloss. Wie sollte man so in den Schlaf finden? Ganz abgesehen davon, dass der Brief mit dem beängstigenden Befund noch immer in seiner Nachttischschublade lag. Von dort Störsignale aussandte. In der Stille der Nacht wusste er, dass er es Conny sagen musste. Es war unfair, sie im Unklaren zu lassen, schließlich war es eine Sache, die sie beide anging. Oder auch nicht, murrte stets ein anderer Teil seines Denkens an diesem Punkt, es ist mein Bauch, es ist mein Problem.

Aber er wusste sehr genau, dass das nicht stimmte.

Das Ganze war lebensbedrohend. Ging seine Frau natürlich etwas an, denn es gefährdete ihrer beider Zukunft.

Morgen, nahm er sich fest vor, bevor er in einen unruhigen, oberflächlichen Ruhezustand fiel, morgen.

»Sieh mal!«, empörte sich Conny und tippte mit bebendem Finger auf eine Anzeige in der Lausitzer Rundschau. »Das ist ja nun wirklich der Gipfel!«

Peter Nachtigall konnte auch ohne Lesebrille mühelos erkennen, was seine Frau so aufgebracht hatte.

»Fassungslos nehmen wir Abschied von unserem verdienten Ermittler, Kollegen und Freund Peter Nachtigall.

Er starb im Einsatz gegen das Verbrechen. In großer Dankbarkeit: Das Land Brandenburg, Polizeidirektion Süd, im Namen aller Kollegen«

Beklommen schob er die Zeitung ein Stück von sich.

»Wir finden raus, wer die aufgegeben hat. Sicher nur ein blöder, geschmackloser Scherz.«

»Versuch nicht, mich zu beruhigen! Sieh dir mal das Sterbedatum an!« Wütend pochte Connys Finger auf die Anzeige.

Widerstrebend zog der Gatte die Zeitung näher heran. Las. Stutzte. Fluchte herzhaft.

Sprang auf.

Griff zum Telefon.

»Michael? Hast du heute schon die Zeitung gelesen? Nein? Da ist meine Todesanzeige in der LR! Alles dilettantisch gemacht. Sieht aus wie eine Werbung, ganz klein unten steht, man könne sich für Textentwürfe an folgende Firma wenden. Brauchen wir nicht zu überprüfen, die gibt es sicher nicht. Ja, wirklich. Sterbedatum ist der Mittwoch der kommenden Woche!«, schäumte der Hauptkommissar heiser. »Stümperhaft gemacht! Da hatte jemand keine Ahnung!«

»Eine Morddrohung! Hängt die mit unserem aktuellen Fall zusammen?« Wieners Stimme entgleiste hörbar. Schockiert. »Oder meinst du, es ist irgendeine alte Geschichte?«

»Kann ich nicht sagen. Wir werden mal checken, welche der Inhaftierten, die mir den Tod an den Hals wünschten, gerade entlassen wurden.«

»Ich rufe gleich mal Silke an. Hast du schon Dr. März informiert?«

»Nein. Vielleicht sollten wir das auch gar nicht so ernst nehmen. Ein blöder Scherz, mag sein, da will nur jemand die Wirkung testen.«

»Und wenn nicht?«

»Was bleibt uns schon? Soll ich jetzt mit bewaffneten Kollegen an den Einsatzorten auflaufen? Wir werden einfach ein bisschen aufmerksamer sein.«

»Dr. März sollte unbedingt informiert sein. Du kennst ihn doch. Wenn du ihn nicht …«

»Ja! Schon gut. Du hast recht.«

Kaum hatte er das Gespräch mit Michael beendet, klingelte das Telefon in seiner Hand.

»Herr Nachtigall – Sie haben es schon gesehen? Gut. Wie ernst ist diese Drohung zu nehmen?«

»Guten Morgen Herr Dr. März. Wir wissen nicht, mit welchem Fall das Ganze zusammenhängt. Möglicherweise ist es nur ein grober Scherz. Unser aktueller Fall scheint noch nicht genug »Fläche« zu bieten. So was hatte ich schon mehrfach. Morddrohungen per Mail oder als Wurfsendung direkt in meinem Briefkasten. Und seit wann nehmen wir das Wunschdenken unserer Klientel so ernst, dass wir uns Sorgen machen?« Peter Nachtigall legte deutlich mehr Zuversicht und Unbekümmertheit in seine Stimme, als er tatsächlich empfand. Aber er wollte auf jeden Fall verhindern, dass man der Drohung zu viel Bedeutung beimessen würde.

Über den Rand des Hörers sah er den Rücken seiner Frau in Richtung Küche verschwinden. Wusste, dass sie sich über seine Worte ärgerte, sich in ihrer Angst um ihn nicht ernstgenommen fühlte. Nervös, wütend und ängstlich zugleich war.

»Lassen Sie uns später im Büro noch mal darüber reden. Ich bin schon fast auf dem Weg. Bis dann.«

Und nun zu Conny, beschloss er, die Wogen glätten.

Er warf den Katzen einen auffordernden Blick zu.

»Na, los! Schnurren, schmusen, um die Beine streichen.

Euer gesamtes Beruhigungsrepertoire ist jetzt gefragt! Ihr müsst eurem Hauptkommissar richtig fest zur Seite stehen.«

Die beiden Fellträger signalisierten Verstehen und liefen ihm voran eilig in die Küche.

Hoffentlich lauern sie jetzt nicht doch einträchtig vor dem Kühlschrank und warten auf einen Snack, überlegte Nachtigall misstrauisch, als er sich den beiden anschloss.

20. KAPITEL

Phil war erleichtert.

Einerseits.

Andererseits bedeutete das Ergebnis seines Besuchs bei diesem Rechtsmediziner ganz klar, dass Matz ihn schlicht verlassen hatte. Musste er nun doch annehmen, dass sein Partner ihn einfach satt hatte, seiner überdrüssig geworden war? Sah ganz danach aus, räumte er widerstrebend ein.

Aber warum?

Gut, Reichtümer hatte er nicht zu bieten, aber Geld war

nie ein Thema zwischen ihnen gewesen. Es war immer mehr als genug da. Und sexuell – alles paletti.

Der Altersunterschied? Erträglich. Oder fühlte Matz sich an der Seite des Älteren nicht mehr wohl? Hatte er ihn mit seinen Lebensweisheiten gegängelt, Entscheidungen über seinen Kopf hinweg getroffen? Phil ließ die letzten Wochen Revue passieren. Nun ja, er legte fest, was gegessen wurde, wann man zum Einkaufen ging, welcher Film im Kino … Aber Matz war immer eingeladen, einen anderen Vorschlag zu machen. Phil schüttelte den Kopf. Nein! Sein Wort war nie Gesetz – nur Diskussionsgrundlage. Obwohl Matz meist mit allem einverstanden war. Hatte der Geliebte sich nur untergeordnet? Was er für Einverständnis gehalten hatte, war nur schweigendes Sich-Fügen?

Ein anderer Gedanke: Wenn Matz nun nicht der Tote war, dann bestand doch eine realistische Chance darauf, dass er zurückkehrte.

Ein kurzes Beziehungsintermezzo mit einem anderen, das Erkennen des Irrtums, die Heimkehr zu ihm, Phil, der wahren großen Liebe!

Sein eigener Wunsch, dem Leben ein Ende zu setzen, war nicht aus seinem Denken verschwunden. Aber nun hatte er einen deutlichen Aufschub in der Entscheidungsfindung. Er konnte sich Zeit lassen, musste nichts überstürzen, schließlich war es jederzeit möglich, solch einen finalen Plan umzusetzen.

Phil durchdachte derweil eine andere Strategie.

Es gab ja gemeinsame Bekannte.

Sollte er denen gegenüber offen von seiner Einsamkeit und Todessehnsucht sprechen, bestünde immerhin die Möglichkeit, dass Matz davon erfuhr und besorgt an seine

Seite eilte. Einen Versuch war es wert, Peinlichkeit hin, verletzter Stolz her.

Er griff nach Zettel und Bleistift.

Andreas und Maik.

Susanne und Monika.

Josef und – ach verflixt, jetzt hatte er den Namen des Neuen vergessen! Wie hieß der denn gleich? Irgendetwas mit A? Arthur?

Nach dem dritten Kaffee beschloss er die Zeitung zu holen. Schlüpfte in eine warme Jacke. Zog die Tür mit einem harten Ruck zu.

Kehrte wenige Minuten später zurück, schob den Schlüssel ins Schloss.

»Was zum Teufel …? Eine Ankündigung der Wohnungsgesellschaft? Kommen die jetzt bei Nacht und Nebel und tackern die Info zur Mieterhöhung direkt auf Augenhöhe an die Tür?«, fauchte er zornig und riss den Wisch ab.

Warf ihn zusammen mit der Zeitung auf den Tisch.

Schlurfte zur Kaffeemaschine, holte sich noch eine Tasse des tiefschwarzen Gebräus und ein kleines Croissant aus der Tüte in der Brotbox. Mist, einkaufen müsste er auch noch gehen!, registrierte er und überlegte auf dem Weg zum Tisch, was sonst noch fehlte.

Dann griff er nach dem Zettel, las den krakeligen Text.

Wurde bleich. Die Notiz in seiner Hand zitterte.

»Ja, nun ist aber gut! Eine Morddrohung! Ne, also wann ich mein Leben wegwerfe, entscheide ich noch immer selbst. Wo kommen wir denn hin, wenn irgendein Jemand einem das Heft aus der Hand nehmen will!«

21. KAPITEL

»Wieder Potsdam?«, fragte Wiener und Nachtigall schüttelte den Kopf.

»Thorsten ist hergekommen. Er hat das seinen eigenen Worten nach gleich so geplant. Schließlich kenne er ja unsere Fälle. Ha! Wir brauchen die Identität. Wir müssen sein Leben rekonstruieren! Freunde, Verwandte, Sportverein, Job ...«

Wiener warf dem Freund einen fragenden Blick zu. »Und sonst alles klar?«

Der Hauptkommissar lachte unfroh. »Alles klar? Immerhin weiß ich jetzt, wann ich sterben soll, der Täter lässt mir eine Frist, um meine persönlichen Dinge zu regeln. Prima! Dr. März ist beunruhigt, aber ich konnte ihn davon überzeugen, dass man die Sache nicht zu hoch hängen sollte. Conny ist sauer. Sie wollte, dass ich den Fall abgebe. Nun redet sie von Leichtsinn, männlicher Überheblichkeit, Arroganz, Rücksichtslosigkeit, Mangel an Verantwortungsbewusstsein. Schon der Katzen wegen sei ich verpflichtet, auf mich achtzugeben.«

»Nun ja. Ganz ehrlich: Marnie würde das ähnlich sehen«, räumte Michael ein.

Nachtigall schwieg.

Erst nach mehreren Minuten Stille fragte er leise: »Und? Wie würdest du dich entscheiden?«

»Vielleicht so wie du. Würde mich auf dich und deine

Umsicht verlassen, mich bei und von dir beschützt fühlen. Aber sicher bin ich mir nicht.«

»Ist bei euch alles in Ordnung?«, wechselte der Hauptkommissar das verfängliche Thema.

»Wieso?«, staunte der Freund.

»Du kommst mir in letzter Zeit irgendwie verändert vor. Gereizter, empfindlicher, nachdenklicher, angespannt. Das Alter?«

Wiener lachte leise.

»Merkt man mir das etwa an?«

»Ich merke es.«

»Nein, das Alter ist es noch nicht. Aber lange wird das nicht mehr dauern, oder? Ab 30 wächst die Prostata und der Mann altert rapide.«

Er schwieg.

Starrte auf die Straße.

Räusperte sich.

Nachtigall überlegte, ob er nachhaken sollte. Das alte Dilemma. Wenn er fragte, kam er sich widerlich neugierig vor, ließ er es bleiben, dachte Michael vielleicht, er sei gar nicht wirklich interessiert. Ach ja, dachte er genervt, du redest schließlich auch nicht!

Was nun?

»Also, die Prostata ist nicht der Grund. Was dann?«

»Marnie.«

Nachtigall dachte kurz darüber nach, ob das als Antwort gelten konnte, entschied sich dagegen, was allerdings notwendiger Weise weiteres Nachfragen erforderte. Mist!, fluchte die innere Stimme des Hauptkommissars.

»Wieder Probleme mit der Betreuung der Dreiergang?

Ist sicher nicht leicht, die aufgeweckte Bande im Zaum zu halten«, bot er verständnisvoll eine Erklärung an.

»Das ist es nicht. Wenn es mal so einfach wäre!« Der Ton des Freundes war ungewohnt hart. »Marnie will zurück nach Baden-Württemberg!«

»Gefällt es ihr nicht mehr in Cottbus?« Konnte er seinen Schreck verbergen? Nachtigall war sich nicht sicher, ob ihm das gelungen war. Er spürte, wie seine Hände leicht zu zittern begannen.

»Ach, nein! Ich verstehe das alles nicht!«, brach es aus dem Freund hervor. »Es war ihr Plan, nach Brandenburg zu ziehen. Ihr Studium, ihr Wunsch nach Familienleben mit Kindern. Und nun? Plötzlich will sie unbedingt zurück! Ausgerechnet in die Gesellschaft, die sie so spießig fand!«

»Vermisst sie denn die Unterstützung der Familie?«, fragte der Hauptkommissar, bekämpfte die aufsteigende Kälte, die der Angst vor Verlust des Freundes folgte. Natürlich, er hatte gar kein Recht, sich einzumischen, aber dennoch: Was sollte er ohne Michael anfangen? Nur mit Silke als Partnerin? Nein! Womöglich käme ein neuer Kollege. Er schüttelte unwillkürlich den Kopf. Nein, das stand sofort für ihn fest, einen anderen Partner als Michael wollte und konnte er sich nicht vorstellen!

Gut, dachte er trotzig, wenn alles gründlich schiefgeht, brauche ich auch keinen neuen mehr. Vorzeitiger Ruhestand.

»Ich weiß nicht recht. Familie war noch nie ihr Ding. Einmischung ist ihr ein Horror. Wenn sie mal, was selten genug vorkommt, mit irgendeinem telefoniert, streitet sie sich nach fünf Minuten schon, selbst über die Distanz von 800 Kilometern. Und ihre Freundinnen von damals sind alle längst weg. Leben in Berlin, Hamburg, im Harz, auf Sylt. Da kann man keine Kontakte aufwärmen oder gar wiederbeleben.«

»Hat sie denn gar keinen Grund genannt?« Denkst du auch mal an mich?, hätte er gern hinzugefügt, wusste aber, dass dies kein guter Moment für persönliche Wehleidigkeit oder gar Selbstmitleid war.

»Sie hat damals ein völlig anderes Leben geführt als heute, weißt du? Immer Pläne, immer aktiv, immer das nächste Projekt im Blick. Ständig war sie verabredet, sie war allgemein beliebt, man suchte ihre Gesellschaft, ihre Fröhlichkeit, ihre Unbeschwertheit. Hier hat sich alles geändert. Natürlich hat sie Freundinnen. Die haben auch Kinder. Termine für Aktivitäten ohne den quengelnden Anhang sind schwierig zu finden, müssen doch die Papas oder ein Babysitter einspringen. Ich zum Beispiel kann nicht immer versprechen, dass ich wirklich pünktlich zu Hause bin, um unsere drei zu übernehmen.«

»Sie wird auch in Baden-Württemberg Mutter dreier Kinder sein. Wirst du bei der Kriminalpolizei bleiben?«

Wiener lächelte schmal. »Ja, stimmt alles. Und da ich nur Kripo kann … Kinder erziehen liegt mir wohl nicht so im Blut.«

»Ach komm, läuft doch prima mit den Dreien!«, protestierte Nachtigall.

»Marnie sagt, das läge nicht an mir. Wenn ich in meinem Beruf bleibe, wird sich in puncto unregelmäßige Arbeitszeiten nichts ändern.« Das kam patzig.

»Hm. Klingt alles in allem nicht nach einem Problem, das sich durch einen Umzug lösen lässt.«

»Sehe ich auch so!« Wiener nahm den letzten Kreisverkehr vor der Lagune sportlich. Nachtigall atmete auf, als der träumende Radler sich unbeschadet in Sicherheit gebracht hatte. Kommentierte nicht.

»Sie wollte unbedingt Kinder! Wusste um meinen Job. Und nun passt es ihr nicht mehr, dass ich Arbeitsschübe habe. Es ist eben anders, als mit einem Bankangestellten verheiratet zu sein.«

»Hat sie dir gesagt, was durch den Umzug besser werden soll? Damit du weißt, was du ändern sollst?«

»Elles! Se moint s'wird elles besser in Bade-Wüttemberg! Elles!«

»Sie will berufstätig sein?«

»Noi, wie sott des gehe? Se hot drei Kinder z'haus. Da isch nix mit arbeite. Abg'sehe davo, dass ma des in manche Gegenden no immer net gern siecht, wenn de Mutter zum Schaffe aus em Haus goht. Da gibt's no a guat g'richtetes Frauebild. Des wird ihr au net g'falle. Se het des elles vergesse!«

Sie brüteten schweigend vor sich hin.

Wiener parkte den Wagen schwungvoll im Parkhaus des Klinikums ein, stoppte ziemlich ruppig.

Wortlos stiegen die Freunde aus.

»Ob es bei dem Mord um ähnliche Probleme ging?«, überlegte Nachtigall laut. »Und als die Argumente ausgingen, wurde der übergriffig? Schnitt seinem Opfer wortwörtlich jedes weitere Wort ab?«

Dr. Pankratz hatte die beiden schon kommen sehen, öffnete ihnen die Tür.

»Guten Morgen! Ich weiß schon … Wir werden jetzt dem Opfer ein Gesicht geben müssen, nicht wahr?«

Er reichte den beiden Ermittlern Kittel, Haube, Überzieher für die Schuhe und Mundschutz.

»So! Appetitlich sieht das Gesicht nicht aus. Zum Teil des kraftvollen Tritts wegen. Den Rest verdankt es der ätzenden Flüssigkeit. Analyse steht noch aus.«

Der Kopf starrte die Besucher aus einem braunen Auge an.

Nicht appetitlich, wie der Rechtmediziner das genannt hatte, was die beiden Ermittler erwartete, war ein Euphemismus.

Der erste Gedanke, der Nachtigall durch den Kopf schoss, war, dass man aus dieser Ansammlung rohen Fleisches nur schwer würde ein Gesicht rekonstruieren können. Die Identität des Opfers bliebe also weiterhin im Dunkel. Mist! Und hinter ihm selbst war ein Mörder her.

»Der Kopf gehört zu dem aufgefundenen Körper. Die Abtrennspuren an Gewebe und Wirbeln sind passend, beide weisen dieselben Spuren eines sägeartigen Werkzeugs auf. Die rechte Gesichtshälfte zeigt deutliche invasive Zersetzung. Möglicherweise ging der Tötung ein Laugeangriff voraus. Das Auge wurde nicht erreicht. Das dem Kopf fehlende Auge wurde vom Fuß des Läufers asserviert und wies ebenfalls keine weiteren Verletzungen auf. Auch der Oberkörper wurde nicht von der Flüssigkeit erreicht.«

»Taucheranzug, Schutzkleidung?« Nachtigall warf Dr. Pankratz einen überraschten Blick zu.

»Eure Kollegen haben bisher keine Kleidungsstücke gefunden – oder? Tauchsport ist im November in unseren Breiten nicht wirklich populär.«

»Nein, leider wurde nichts entdeckt. Tauchsport ist im Winter bei uns nicht verbreitet, das stimmt. Aber es gibt ja Berufsgruppen, die entsprechende Anzüge tragen. Taucher der Feuerwehr, der DLRG ... Selbst in einigen Zoos wird in den Aquarien getaucht, um die Scheiben zu reinigen oder spezielle Bewohner zu füttern.«

»Wäre schon gut, wenn wir endlich einen Namen hätten. Einen Beruf, Hobbys, Freunde, Feinde …«, seufzte Wiener.

»Ach, ihr wollt wissen, wie der junge Mann heißt? Damit kann ich dienen. Seit wenigen Minuten heißt er Benjamin Horsch.«

Der Rechtsmediziner sonnte sich in der Überraschung der anderen. Kostete diesen Moment gründlich aus. »Zahnstatus.«

»Ach, so einfach?«

»Ja. Wir haben alles rumgeschickt – und hatten sofort einen Treffer. Es handelt sich zwar um einen jungen Mann, allerdings hat er ein gründlich überarbeitetes Gebiss. Anlagebedingt oder durch schlechte Mundhygiene kann ich nicht sagen. Da aber umfassend saniert wurde, ging die Identifizierung relativ fix. Er heißt Benjamin Horsch und wohnt in der Petersilienstraße 25, Cottbus.«

Michael Wiener zerrte das Handy hervor, nickte in die Runde und lief auf den Gang hinaus. »Hallo, Silke!«, hörten sie ihn noch. »Der Tote heißt Benjamin Horsch …«

Nachtigall betrachtete das Auge des Opfers. Fragte dann: »Warum ist dieses Auge braun? Das vom Fuß des Nacktläufers war blau.«

»Gut beobachtet. Er trägt eine braune Kontaktlinse. Möglicherweise hatte er die andere verloren. Die natürliche Augenfarbe ist blau.«

»Wozu braucht man farbige Kontaktlinsen?«

»Vielleicht wollte er ein bisschen wie David Bowie aussehen und trug immer nur eine. Oder er wollte nicht erkannt werden. Eine Korrektur der Sehfähigkeit nimmt sie nicht vor. Die Haarfarbe ist übrigens auch nicht echt.«

»Eine Typveränderung. Nun, wo wir den Namen haben, wird sich manches klären lassen.«

Wiener kehrte zurück. »Silke ist dran! Sie schickt mir alles aufs Handy.«

»So – und nun gucken wir mal nach, ob er uns noch mehr über die letzten Stunden seines Todes verraten möchte.« Die Hände des Rechtsmediziners wanderten über den Kopf, den verkürzten Nacken und wieder zurück. »Diskrete Schwellung am Hinterkopf. Verheilte Verletzung am Oberkopf, Nähe Fontanellenschluss. Vielleicht ein Hieb. Beim Röntgen haben wir außer einem verheilten Bruch des Jochbeins nichts gefunden. Und auf der anderen Seite einen postmortalen Bruch der Augenhöhle – der stammt wohl vom Tritt des Läufers, ist nicht prämortal entstanden.«

»Der Läufer war barfuß unterwegs!«, wandte Wiener ein. »Keine Schuhe mit Stahlkappen im Einsatz.«

»Trainierte Füße können so etwas auch ohne feste Schuhe schaffen. Unsere Zivilisationstreter stecken den ganzen Tag in Schuhen, die Muskulatur wird schwach, gerät völlig außer Übung. Wir sehen uns das alles gleich genauer an«, erklärte der zweite Obduzent.

Als Dr. Pankratz die Finger spreizte, knackte es laut. »Tja, das Alter. Da werden selbst die Übergewichtigen nochmal richtig knackig.« Er lachte, strich über seine Haube, die eine makellose Glatze verbarg, und seine wachen Augen funkelten Nachtigall amüsiert an, war er doch der Einzige in dieser Runde, der zu viel Kilos mit sich herumtrug.

»Ja, ja. Mach dich ruhig lustig über mich«, maulte der Hauptkommissar denn auch. »Schlanksein schützt auch nicht vor dem Tod. Früher oder später sterben wir alle!«

»Ja, eben. Ich würde dann lieber später …«, lachte der Rechtsmediziner.

»Ich arbeite dran.«

»Können wir bitte weitermachen?« Der zweite Obduzent war ungeduldig. »Meine Frau hat heute ihren Endtermin. Es kann jederzeit losgehen. Wenn das hier noch länger dauert, ist sie wahrscheinlich mit dem Baby noch vor mir zu Hause.«

»Na, dann wollen wir mal!«

Nachtigall sah schnell zur Seite, während der Rechtsmediziner damit begann, Gewebe abzutragen.

22. KAPITEL

Thomas hatte beim Betrachten der Toilettenbürste Mordgedanken.

»Dieses widerliche Arschloch. Drückeberger! Sich-Verpisser, Sich-aus-der-Schusslinie-Bringer! Na, ihr werdet schon sehen, wohin euch das am Ende führt. Ich bin es nur noch leid, für euch der Ausputzer zu sein.«

Mit energischen Bewegungen stopfte er die Bürste immer wieder tief ins Knie des WCs, versuchte den Reiniger, der eigentlich selbsttätig sein sollte, dazu zu bewegen, Urinstein und andere Ablagerungen zu entfernen.

Natürlich trug er zu dieser Arbeit Gummihandschuhe. Grundschutzmaßnahme.

Mundschutz wäre auch sinnvoll, dachte er entrüstet, als zum wiederholten Mal Wasser mit Reiniger in sein Gesicht spritzte. Wenn wenigstens jeder spülen würde! Aber nein! Wahrscheinlich stammten die beiden anderen vom Hochadel ab, da war das mit dem Toiletteabziehen nicht genetisch verankert, weil es für solche Tätigkeiten Personal gab, tobten seine Gedanken weiter.

Er schob die Bürste erneut mit Schwung in die Tiefe der Toilette.

Es spritzte. Kräftig.

»Ähhh! Jetzt klebt mir die Scheiße bis zur Stirn!« Angeekelt riss er sich die Handschuhe von den Händen, warf sie wütend in die Badewanne.

Stürzte zum Waschbecken.

Schaufelte literweise Wasser über Augen, Wangen, Stirn.

Irritiert griff er nach der Flasche mit dem Putzmittel. Schnupperte.

»Du riechst anders.«

Und plötzlich registrierte er den Schmerz.

Die Spritzer, die von den elastischen Kunststofffasern der Bürste in sein Gesicht geraten waren, waren nicht nur eklig.

Es bildeten sich rote Stellen.

An den Händen, die die Handschuhe berührt hatten, waren die Verfärbungen deutlich zu sehen.

»Hilfe!«, schrie Thomas. »Hilfe! Der Kloreiniger frisst mein Gesicht und meine Hände.«

23. KAPITEL

Als sie nach Cottbus hineinfuhren, klingelte Nachtigalls Handy.

»Alles in Ordnung, Conny. Wir sind schon auf dem Rückweg«, meldete er sich launig.

Schon nach den ersten aufgeregten Worten seiner Frau, verdüsterte sich seine Miene, sah nach Unwetter aus, der ganze Körper war plötzlich angespannt.

»Was? Hast du alles in eine Tüte …? Ja, ich weiß, dass du die Gattin eines Polizisten bist. Entschuldige. Wir kommen vorbei und holen alles ab. Für die Spurensicherung. Und Conny, die Katzen gehen ab sofort nicht mehr raus!«

Er ließ sich ächzend in seinem Sitz zurückfallen, lehnte den Kopf schwer gegen die Nackenstütze.

»Was ist passiert?« Michael war alarmiert.

»Ach, er will, dass ich leide. Conny hat einen wattierten Umschlag aus dem Briefkasten geholt. Drin war ein kleiner Beutel Katzenknabbereien und ein Brief. Der Morddroher kennt unsere Lebensumstände, die Adresse. Er kündigt an, Conny und die Katzen vor mir zu töten.« Nachtigall schloss die Augen, drückte mit den Fingern gegen die Lider, wartete auf die Farben, die sich einstellen würden, rang mit Mühe Panik und aufsteigende Tränen nieder.

»Zieht doch allesamt zu uns!«, schlug Michael vor. »Platz ist genug. Und ihr seid nicht mehr nur auf euch allein gestellt. Viele Augen sehen viel! Da wird sich der Kerl nicht trauen!«

»Und statt Conny und der Katzen geraten deine Kinder und deine Familie ins Visier! Kommt nicht in Frage! Ist nicht das erste Mal, dass die Situation für uns eng wird. Wir schnappen den Mörder von Benjamin Horsch, und der Spuk ist vorbei!«, behauptete der Hauptkommissar und wünschte sehnlich, dass er mit dieser Einschätzung richtig lag.

»Deine Entscheidung!«, gab Wiener verärgert zurück, wusste aber genau, dass der Freund recht hatte.

»Zur Adresse des Opfers.«

»Benjamin Horsch«, stand ordentlich gestanzt auf dem braunen Streifen, der neben der Klingel klebte.

Wiener drückte auf den Knopf, wartete.

Wenig später betraten sie den lichtlosen Flur, stiegen schiefe und ausgetretene Stufen hoch, die ebenfalls nur schwach befunzelt wurden. Es roch muffig, alt, verwohnt.

Hinter einer der Wohnungstüren jammerte jemand laut.

»Es tut so weh. Es tut so weh!«

Eine unfreundliche Stimme antwortete: »So? Du willst also, dass ich mich kümmere? Hast du schon vergessen, was passieren kann, wenn ich mich um jemanden kümmere? Willst du das? Na, also! Hör auf zu jammern, putz weiter und gib mir die Flasche da! Was grapscht du auch Sachen an, die dich nicht zu interessieren haben?«

Nachtigall blieb stehen.

Wartete, ob die andere Stimme wieder zu lamentieren beginnen würde.

Doch alles blieb still.

»Hm, nicht gerade der nette Typ.«

Sie stiegen weiter.

Wurden auf dem nächsten Treppenabsatz von einer jungen Frau erwartet.

»Kriminalpolizei Cottbus. Hauptkommissar Nachtigall und mein Kollege Wiener.«

Die Frau reagierte nicht.

»Ist dies die Wohnung von Herrn Horsch?«

Die mandelförmigen, intensiv schwarz umrandeten Augen verengten sich zu Schlitzen. Selbst die Nase schien zu einem angriffslustigen Strich zu werden.

»Was geht Sie das an?«, fragte die schlanke Frau, die ihre Zartheit durch enganliegende Jeans und taillierten Pulli unterstrich. Alles schwarz. Nur die Nägel und Lippen leuchtend rot.

»Können wir vielleicht hineingehen?«, schlug Nachtigall vor. »Sie sind seine Ehefrau?«

Die Frau schüttelte den Kopf. »Wir bleiben hier. Sagen Sie mir, was Sie mir sagen müssen. Bei meinem Mann überrascht mich kaum noch etwas und sei die Neuigkeit noch so albern oder widerwärtig.« Sie atmete tief durch. »Simone Horsch«, setzte sie dann hinzu.

Der Cottbuser Hauptkommissar hoffte, dass er sein Mienenspiel im Griff hatte. Er bemühte sich um einen professionellen, unbeeindruckten Gesichtsausdruck und begann zu erklären: »Wir müssen Ihnen leider mitteilen, dass Herr Horsch nicht mehr nach Hause kommt. Er hatte …«

»Ach!«, fiel sie dem Ermittler ins Wort. »Ist er doch mit diesem blonden Pummel auf und davon! Und mich lässt er auf Miete und Nebenkosten sitzen. Dieser Arsch! Super! Bravo, Herr Horsch!« Sie wirkte, als sei sie bereit irgendwen umzubringen, der gerade vorbeikam, nur um ihrer Wut ein Ventil zu verschaffen.

Die Ermittler wichen einen Schritt zurück. Sicherheitshalber.

Dann veränderte sich ihr Gesicht erneut. Ein schlauer Ausdruck gepaart mit uferloser Verachtung. »Und wieso hetzt er mir die Polizei auf den Hals, um mir das ausrichten zu lassen? So ein feiger Hund!«

»Ihr Mann ist Opfer eines Verbrechens geworden!«, stellte Nachtigall klar.

Die Frau puhlte mit der Zunge einen Kaugummi aus der Backentasche und jagte ihn wild zwischen den Zähnen umher. »Aha! Vor der Kneipe verprügelt und ausgeraubt worden?«

»Jemand hat ihn getötet. Wir benötigen Material zum DNA-Abgleich. Zur 100-prozentigen Sicherheit.«

»Klar. Und ich drehe mich um, ihr schlagt mich nieder und raubt mich aus. Guter Plan! Funktioniert allerdings nur bei Idioten! Zu denen gehöre ich nicht.«

Nachtigall und Wiener zeigten zum zweiten Mal ihre Ausweise.

»Sie können gern unsere Dienststelle anrufen und sich von dort unsere Identitäten bestätigen lassen.«

»Hauptkommissar mit Zopf! Pah! Name geklaut, Ausweis gefälscht. Kriegt man doch mittlerweile an jeder Ecke«, kaute sie zwischen den Zähnen hervor.

»Der Zopf ist erlaubt. Und wir sind echt.«

»Na, wenn ihr das sagt, Jungs!« Widerwillig trat die Frau zur Seite.

Die Wohnung duftete nach Knoblauch und Patschuli.

Mitten im Chaos ein Kinderbett.

Als Nachtigall hineinsehen wollte, zischte die Mutter wütend.

»Weg! Lassen Sie den Kleinen in Ruhe!«

»Aber ja. Ich bin selbst Großvater.«

»Toll. Dann nehmen Sie bloß alle Viren und Keime wieder mit, wenn Sie gehen. Ist nicht nötig, irgendeinen dieser Eindringlinge zurückzulassen!« Damit legte sie eine Windel über das Kopfende des Bettes. »Hauen Sie ab!«

Schnell warf der Hauptkommissar einen Blick in die angrenzenden Räume, fand schließlich das Badezimmer und kam mit einer Zahnbürste zurück. Zeigte der jungen Frau den Beutel. »Ist das seine?«

Sie nickte.

»Wir nehmen sie mit. Wir müssen die DNA abgleichen.«

»Das haben Sie schon gesagt. Und wenn es stimmt, was Sie behaupten, braucht er sie ja nun wohl auch nicht mehr.«

Nachtigall zuckte nicht nur innerlich zusammen. So viel Gleichgültigkeit erschreckte ihn tief.

»Es tut mir leid, aber Benjamin Horsch wurde wirklich ermordet. Er ist der Vater Ihres Sohnes, nicht wahr?« Er legte bewusst deutlich hörbar Wärme in seinen Ton, als versuche er, der Frau nahezulegen, Betroffenheit zu zeigen.

»Das habe ich verstanden. Er wurde getötet. Nach dem Mörder suchen Sie offenbar noch. Und ja, der Kleine ist sein Sohn. War es das jetzt?«, antwortete sie genervt.

»Nicht ganz. Wir würden gern seinen Laptop und die Akten aus dem Regal in seinem Schlafzimmer mitnehmen. Der Erkennungsdienst wird vorbeikommen.«

»Nur zu. Bevor Sie gleich fragen: Benji hat gern bis spät in die Nacht gearbeitet. Ich kann dabei nicht schlafen, wenn einer die ganze Zeit auf der Tastatur rumklickt. Und der Kleine schläft noch nicht durch. Deshalb hatte Benji sein eigenes Zimmer.«

»Wir haben seine Leiche auf einer Wiese gefunden. Grob gesagt, in einem Waldstück in Burg. Können Sie sich vorstellen, was er dort wollte?«

»Nein. Mit Landwirtschaft hatte er nix am Hut. Er war nie der Typ Naturbursche. Sie wissen schon, Baumwollshirt und Bio-Kost, Wanderschuhe und Knotenstock. Vögel versetzen ihn in Panik. Gegen Insektenstiche ist er allergisch, Katzen können ihn nicht leiden und Hunde versuchen immer, ihn zu beißen. Heuschnupfen und eine Allergie gegen Milben sind seine ewigen Begleiter.«

»Wie hat er denn das Geld für die Miete und das Leben seiner Familie verdient?«, erkundigte sich Wiener, als sie mit Nachtigall zur Tür zurückkehrte.

»Er ist angestellt. Bei der LEAG. Die werden ihn vermissen, er hat seinen Job dort sehr gut gemacht.«

»Damit hat er genug für Sie drei verdient?«

»Aber ja, ums Geld gab es nie Diskussionen.«

»Darf ich Sie was Persönliches fragen?« Nachtigall fühlte vorsichtshalber vor, wollte keinen weiteren Wutausbruch provozieren.

Sie nickte. Zögernd. Lauernd.

»Sie wirken nicht sehr traurig. Hatten Sie sich innerlich voneinander entfernt? War er Ihnen gleichgültig geworden, Ihre Beziehung Geschichte?«

Die junge Frau atmete tief durch.

»Nun ja. Es war nicht immer einfach mit ihm«, druckste sie herum, gab sich einen Ruck und setzte hinzu: »In letzter Zeit hat sich das mit unserer Ehe abgekühlt. Ist eben eine große Veränderung, wenn ein Kind geboren wird. Und Benji war nicht bereit, immer Rücksicht zu nehmen.«

»Und nun trifft es Sie gar nicht mehr, dass er nie mehr nach Hause kommen wird, dass er Opfer eines Mörders geworden ist?«

»Ja. Sieht so aus, nicht wahr?« Sie reichte Nachtigall einen Zettel mit ihrem vollständigen Namen und ihrer Handynummer. »Hier. Das wollen Sie doch, oder?«

Dann drängte sie energisch die beiden ungebetenen Besucher ins Treppenhaus zurück.

Schloss vernehmlich die Tür.

24. KAPITEL

»Frau Hänsel, dies ist der junge Mann, den Ihre Tante gefunden hat. Kommt er Ihnen bekannt vor?« Silke Dreier schob der Zeugin das Foto über den Tisch zu.

Die Endvierzigerin wich zurück. Bemerkte den befremdeten Blick der Ermittlerin, gab sich einen wahrnehmbaren Ruck und betrachtete die Züge des Getöteten genauer.

»Nein.«

»Noch nie gesehen?«

»Nein. Jedenfalls nicht bewusst. Mag sein, ich bin ihm mal irgendwo auf der Straße begegnet, im Blechen-Carré oder in der Straßenbahn. Es kommt mir bekannt vor, aber im Moment verbinde ich nichts mit diesem Gesicht.«

»Und Ihre Tante kannte ihn demnach auch nicht?«

»Es ist zumindest niemand, der sie je besucht hätte.«

»Bekommt sie denn öfter Besuch?«

»Nein. Nie.«

Es entstand eine Pause zwischen den beiden Frauen. Silke wartete. Vielleicht würde Marion Hänsel noch etwas mehr erzählen.

»Ich sehe ihnen gern dabei zu, wissen Sie?«

Irritiert sah Silke auf. »Wie bitte?«

»Ich sehe ihnen gern dabei zu, wenn sie sterben«, präzisierte die Zeugin. »Es ist ein sonderbarer Moment, müssen Sie wissen. Einzigartig. Wenn wir nicht wiedergeboren werden, erlebt ihn jeder Mensch nur ein Mal. Ich sehe ihnen dabei zu.«

»Sie arbeiten als Krankenschwester?« Silke war zugleich verunsichert, befremdet und abgestoßen.

»In einem Pflegeheim. Und natürlich sterben gelegentlich auch unsere Gäste. Wenn ich merke, dass der Augenblick gekommen ist, setze ich mich zu ihnen und warte. Meine Mutter sieht das ähnlich. Sie besucht Menschen im Hospiz und begleitet ihre letzten Atemzüge.«

Silke bekam eine Gänsehaut. Versuchte, sich nicht anmerken zu lassen, wie sehr sie dieses Bekenntnis verstörte. Ein psychopathisches Frauentrio?

»Der junge Mann auf dem Foto ist nicht einfach gestorben. Er wurde grausam getötet! Ich denke, da besteht ein grundlegender Unterschied«, warf sie heftiger als geplant ein.

»Oh, ja, ja. Das stimmt natürlich. Auf der anderen Seite muss man einräumen, dass die meisten nicht ganz freiwillig gehen, nicht wahr?«

»Bitte?«

»Sehen Sie, es ist doch so: Selbst die Kranken, für die es keine Heilung geben kann, hoffen auf Rettung in letzter Sekunde. Ein neues Medikament, eine neue Therapie. Die meisten Menschen hoffen auf bessere Tage, wollen nicht loslassen. Freiwillig gehen eher die, deren Schmerzmedikation zu knapp bemessen ist. Sie leiden. Und das vollkommen unnötig. Aber all die anderen träumen davon, aufzuwachen und wieder jung und voller Elan zu sein.«

Der Schlüssel klapperte im Schloss.

»Das ist meine Mutter. Dann können Sie auch gleich bei ihr nachfragen.«

Auch Elvira Hänsel betrachtete das Foto lang.

»So ein junger Mann. Wie schade«, seufzte sie. »Er hätte noch sehr viele Jahre vor sich gehabt. Hatte er eigentlich Familie?«

»Ja. Frau und Kind.«

»Tja. Das ist tragisch. Wo er selbst ja schon seine Eltern so früh verloren hatte. Und nun muss sein Kind auch ohne Vater aufwachsen.«

»Sie kennen den jungen Mann?«, hakte Silke hastig nach. »Sie haben ihn schon gesehen?«

»Aber ja. Mehrfach. Er nennt sich immer nur Benji. Und er bringt so wundervolle Dinge für seinen Bruder mit, wenn er ihn besucht. Autos mit bunten Lichtern, die richtig Krach machen, zum Beispiel.«

»Wo besucht er seinen Bruder?«

»Im Hospiz. Es gibt keine Hoffnung mehr für ihn. Er ist auf seiner letzten Reise. Benji und ich wollten ihn gemeinsam bei seinem Übergang begleiten. Wie tragisch, dass der Bruder nun ohne Benji gehen muss. Ich werde da sein. Es ist unglaublich, ihnen dabei zuzusehen, wissen Sie?«

Silke sah die Hänselladies an, bemerkte das milde Lächeln der beiden und kämpfte gegen das aufsteigende Grauen.

25. KAPITEL

Maik, Carsten und Luis testeten die Qualität ihrer neuen Mountainbikes in den Madlower Schluchten.

»Na los! Nun trau dich schon!«, rief Luis seinem Freund zu, der oben an der Abfahrt stand und sich ganz offensichtlich nicht überwinden konnte.

Zauderte.

»Mann! Maik ist schon unten am Wasser! Es ist ganz einfach. Geht wie von selbst!«

Aber das sah Carsten anders.

Seine Hände umklammerten den Lenker, die Knöchel traten weiß hervor.

»Wenn du lieber in die andere Richtung fahren willst, dann mach das doch einfach. Über die Brücke und dann nach links.« Luis wies auf die Steinbrücke. »Ist nicht so steil. Und dann am Krater vorbei. Kommst du auch an die Spree.«

Seit sie hier spielten, hatte die Geschichte der Bodenstruktur Maik beunruhigt. Bombentrichter. Hier hatten Soldaten gekämpft. Fürs Vaterland – und ums eigene Überleben. Sein Großvater konnte Unglaubliches über diese Gegend erzählen, gruselige Geschichten von Leid und Gewalt.

Wenn er allein hierher kam, sich auf den Rücken legte und fest auf den Boden drückte, konnte er sie spüren, hören, riechen.

Die Anwesenheit der Soldaten.

Ihr Blut.

Ihren Gestank.

Ihre Angst.

Ihr Gebrüll, ihr Stöhnen.

Ihren Tod.

Neulich hatte in der Zeitung gestanden, die Madlower Schluchten seien gar kein vom Krieg gezeichnetes Gelände. Einer der Bürgermeister der Stadt hatte das Gelände anlegen und gestalten lassen. Keine Schützengräben, Kampf Mann gegen Mann. Fade. Die Geschichten seines Großvaters waren eindeutig faszinierender. Junge Männer, die dem Tod in jeder Sekunde ins Auge starrten. Seither wusste er, dass es keine Schande war, Angst zu haben.

Allerdings wäre es ihm in diesem speziellen Fall lieber gewesen, die Freunde hätten nichts davon bemerkt.

Carsten zog das Rad ein Stückchen zurück.

»Los!« Aus dem Nichts war Maik aufgetaucht, der offenbar von therapeutischem Ehrgeiz getrieben ein spontanes, angstlösendes Verhaltenstraining geplant hatte.

Er gab dem Rad einen kräftigen Stoß.

Der Vorderreifen schoss über die Kante und Carsten raste in die Tiefe. Umschiffte einige Baumriesen, wich Stubben aus, versuchte krampfhaft Kurs auf die Brücke zu halten.

Was auch gelang.

»Geht doch!«, brüllte Maik zufrieden hinter ihm her.

Nur Bruchteile von Sekunden später krachte Carsten mit dem Kopf gegen einen der Brückenpfeiler, und alle Ängste tauchten ein in ein dichtes, suppiges Schwarz.

»Du Vollpfosten!«, war das Letzte, das er hörte.

Und er hoffte, die Worte hatten nicht ihm gegolten.

Maiks Miene zeigte Zerknirschung, aber Luis war sich nicht sicher, ob der Freund nicht vorsichtshalber schauspielerte. Er war schließlich schuld an dem Desaster.

»Was nun?«

»Ach, der wacht gleich wieder auf und kann sich an die geile Abfahrt gar nicht mehr erinnern.« Maiks funkelnde Augen wüteten über den Bewusstlosen. »Und wehe, du erzählst ihm dann, was passiert ist!«

»Das Rad hat sicher auch was abbekommen. Mann! Du bist so ein Idiot. Der kriegt sicher ordentlich Ärger zu Hause. Natürlich musst du ihm sagen, was passiert ist, falls er es wirklich nicht mehr weiß.« Luis sah den Freund voller Verachtung an. »Schon mal was von Fairness gehört?«

»Abwarten!«, konterte Maik. Stellte das Bike auf, begutachtete die Schäden. »Hier fehlt ein Stück vom Bremshebel. Kein Problem. Ein paar Kratzer im Lack.« Missmutig stapfte er los, wühlte lustlos mit dem Fuß im Laub. »Vielleicht finde ich das Teil.«

Luis kniete neben Carsten und schlug ihn leicht mit beiden Händen auf die Wangen. »Ey, komm! Mach mal die Augen auf!« Der Boden war eisig. Luis zog seine Jacke aus, schob sie unter den Körper des Freundes.

Plötzlich trat sein Fuß ins Leere.

Er warf hilflos die Arme in die Luft, schrie leise auf und verschwand neben der Brücke.

»Hej! Was ist denn nun schon wieder?«, brüllte Maik und kam angerannt.

Fand den Freund bleich und zitternd vor.

»Was? Hast du einen Geist gesehen?«

»Nein. Aber so was Ähnliches! Guck mal da!« Luis gelang es kaum, auf das Fundstück zu deuten.

»Wow!«, war alles, was Maik dazu einfiel.

»Wir müssen die Polizei verständigen!«, flüsterte Luis schwach. »So was liegt nicht einfach so im Wald herum.«

»Ach? Carsten liegt auch einfach hier rum!«, widersprach der andere.

»Du Idiot! Da liegt nur ein Kopf! Der kann ja nun schlecht von allein hierhergekommen sein. Und einen Notarzt brauchen wir auch. Das ist deine schuld! Hoffe lieber mal, dass Carsten sich nicht schwer verletzt hat.« Luis tippte den Notruf.

Peter Nachtigall starrte auf den Kopf.

»Weiblich?«

»Schwer zu sagen, ansehen kann man es diesem Gesicht nicht so ohne Weiteres«, meinte der Arzt. »Aber wenn es einen Kopf gibt, dann müsste es auch …«

»Ja. Genau. Die Kollegen suchen schon. Ist ja ziemlich unwegsames Gelände hier. Vielleicht hat der Täter den Körper auch einfach in den Badesee geworfen oder in die Spree.« Wiener sah sich um. »Hier zu graben, ist nicht ganz einfach. Wurzeln, Steine … Mühselig.«

»Wird sich zeigen«, blieb Nachtigall wortkarg.

Der Notarzt deutete auf die drei Freunde, die etwas abseits warteten. »Die drei Jungs haben den Kopf gefunden. Stehen unter Schock, ist ja nicht alltäglich, dass man so was beim Biken findet. Der eine hat eine Gehirnerschütterung – der ist schon vor dem Fund mit der Brücke kollidiert.«

»Ich kann alle drei befragen? Oder den Verletzten lieber nicht?«

»Ach, so erschütternd war das Erlebnis nun auch wieder nicht. Ein paar Fragen können alle drei beantworten. Sie haben übrigens Fotos von ihrer Entdeckung gemacht.

Wahrscheinlich schon bei WhatsApp oder Instagram eingestellt.« Der Arzt lachte. »Na, die drei haben jetzt so richtig was zu erzählen.«

»Abwarten, vielleicht hilft uns das sogar bei der Identifizierung. Möglich, dass jemand ihr oder sein Gesicht erkennt und sich bei uns meldet.« Nachtigall war der Gedanke unbehaglich, dass jemand einen Bekannten im Netz als Leiche entdecken sollte. »Ist schon eigenartig, dass man manchmal am Gesicht nicht das Geschlecht des Opfers erkennen kann.«

»Egal ob männlich oder weiblich – dieser Mensch ist seit mehr als ein paar Tagen tot.« Der Arzt packte seine Utensilien zusammen. »Alles andere klärt der Rechtsmediziner.«

Peter Nachtigall lehnte sich etwas ungelenk zwischen die Jungs, die auf der Brüstung saßen.

»Wer von euch ist Carsten?«

»Ich. Warum?«

»Du hast eine Gehirnerschütterung. Das müssen deine Eltern erfahren. Bloß gut, dass du einen Helm getragen hast. Noch mal Glück gehabt.«

»Na ja. Glück … Der Arzt hat mir alles für meine Eltern aufgeschrieben. Ich war wohl ein paar Momente bewusstlos.«

»Ihr habt eure Räder getestet. Sehen ziemlich neu aus.«

Die drei guckten schweigend auf den Boden unter ihren baumelnden Füßen. Konzentrierten sich auf einzelne dort klebende Blätter.

»Ja, so was in der Art«, grummelte Luis fast unverständlich.

»Und dabei ist Carsten gestürzt?«

»Ach, na, ja. Blöd eben. Ich bin gegen den Pfeiler gedonnert. Die Brücke hat gewonnen. Eins zu null, würde ich mal sagen.« Dabei betastete der Junge misstrauisch seinen Kopf, als glaube er nicht, dass er keine schlimmere Verletzung davongetragen hatte.

»Als Carsten liegen blieb, wurde uns beiden ganz schön mulmig. Ich kniete neben Carsten, habe ihm meine Jacke untergeschoben ... da ...« Luis schluckte.

»Genau«, sprang Maik ihm bei, weil er fürchtete, der Freund könne in Tränen ausbrechen. »Als er Carsten leicht ins Gesicht schlug, ist er plötzlich abgerutscht.«

»Und das Handy war mir aus der Hand gefallen. Ich wollte gerade einen Notruf ... weil Carsten doch nicht aufwachen wollte. Und als ich es dann ...« Luis fehlten die Worte.

»Ja. Da haben wir ihn gefunden!«, ergänzte Maik nervenstark. »Einen Kopf. Kein Körper dran.«

»Mann! Und ich hab davon so gut wie nichts mitgekriegt!«, meinte Carsten in tiefem Bedauern und schüttelte vorsichtig den Kopf. »Gesehen hab ich den erst, kurz bevor der Notarzt da war. Scheiße!«

Als die Freunde ihren Eltern übergeben waren, sah Nachtigall Dr. März kommen.

»Schon wieder? Man hat mich gleich informiert. Diesmal also erst der Kopf?«, fragte er schon von Weitem.

»Ja. Ein Kopf. Der Körper ist noch nicht gefunden«, erklärte Michael Wiener und wies diffus in die Schluchten. »Sie suchen mit Sonden, falls der Körper ebenfalls vergraben wurde.«

»Immerhin ist die Identität des ersten Opfers geklärt. Nun also ein zweites Rätsel. Konnte der Arzt eine Schätzung zur Liegezeit abgeben?«

»Seit Tagen tot – mehr hat er nicht gesagt. Wir sammeln alle Insekten im Umkreis ein und gucken mal, ob die uns mehr verraten können.« Nachtigall deutete auf Kollegen, die mit Pinzetten Tiere vom Gesicht des Opfers pickten und mit Gefäßen in der Hand im näheren Umkreis suchten.

»Gut. Demnach läuft alles.« Dr. März sah sich unbehaglich um. Beobachtete, wie gefundene Tiere in Alkohol abgetötet wurden, und schüttelte sich. »Alles wird ordentlich gemacht. Müssen wir nur noch hoffen, dass es uns auch weiterbringt.«

»Wir versuchen im Umfeld des ersten Opfers einen Hinweis zu finden.«

Dr. März warf seinem Hauptkommissar einen nachdenklichen Blick zu. »Zwei Opfer, ein Täter?«

»Spricht einiges dafür. Die Abtrennstelle am Stumpf sieht der des ersten Opfers sehr ähnlich. Wenn nicht die gleiche, so wurde zumindest eine ähnliche Waffe benutzt. Dr. Pankratz wird das ja feststellen.«

»Und? Wie geht es Ihnen nun mit all dem?«

Nachtigall war überrascht. »Oh, Sie meinen wegen der Drohung? Danke, es geht schon. Ich werde meine Frau und die Katzen aus dem Fokus nehmen, und dann sehen wir weiter.«

»Die Kollegen haben alles bei Ihrer Frau abgeholt. Der Brief liegt auf Ihrem Schreibtisch. Klingt gefährlich. Das Katzenfutter wird überprüft.«

»Ich halte es für denkbar, dass jemand nur auf diese neuen Mordfälle »aufgesprungen« ist. Wenn wir uns auf der Suche nach diesem Droher an diesem Fall festbeißen, entkommt der Mörder uns am Ende unerkannt«, meinte Nachtigall und versuchte das Gefühl abzustreifen, permanent beobachtet zu werden.

Dr. März warf einen letzten Blick über das Areal. »Schon zwei. Eines frisch, eines älter. Was meinen Sie, müssen wir mit noch mehr Opfern rechnen? Ist das der Beginn einer Serie – und wie lange liegt der Anfang wirklich zurück? Finden wir demnächst einen Totenschädel? Abgesägt? Oder einen noch frischeren Leichnam?«

»Ich weiß es nicht«, gestand Nachtigall ein. »Aber wenn ich raten soll: Dies ist nicht das letzte Opfer. Die Morde haben eine Bedeutung – und ich fürchte, der Täter hat noch was zu erledigen.«

26. KAPITEL

Sie wussten es nicht, oder?

Ich schon.

Ich habe sehr früh gemerkt, was hier nicht stimmt.

Es ist natürlich nicht leicht von diesen umgeben zu sein. Untoten. Zombies, gefühllosen Exwesen. Als einsamer Einzelner fähig zu sein. Und dann diese Fallen. Überall stellen sie sie mir in den Weg. Ist ja logisch. Aus ihrer

Sicht bin ich eine Bedrohung, ich passe nicht dazu, also werde ich passend gemacht. Ich habe Verständnis für ihren Standpunkt.

Aber dieser tägliche Kampf kostet Kraft. Viel Kraft.

Allerdings ist es nicht so einfach, mich zu kriegen.

Da sie die Fallen meist auf den Boden bauen, weiche ich eben aus. Am leichtesten gelingt das zu Hause. Dort stehen die Möbel so, dass ich durch die Wohnung komme, ohne den Boden überhaupt berühren zu müssen. Übers Schränkchen aufs Regal zum Tisch von dort über den Sessel ins Bett.

Draußen ist es zum Glück nur selten nötig, solche Ausweichmanöver durchzuführen. Kaum verlasse ich das Haus, beginne ich einfach damit, mich so ungelenk zu bewegen wie die anderen, so falle ich kaum auf. Die meisten der anderen stört es auch nicht, dass ich anders bin. Was daran liegt, dass sie ohnehin nichts mehr wirklich stört. Stumpfe Wesen, deren Denken nur um wenige Dinge kreist. Meist um die Beschaffung von Nahrungsmitteln, gelegentlich um Sex, noch seltener um Fortpflanzung.

Mich stören sie allerdings sehr.

Es ist so, dass die anderen nach dem Reiz-Reaktions-Schema reagieren. Dies ist, also tue ich das. Wie bei Tieren – ganz einfachen Tieren. Würmern zum Beispiel.

Sicher, das macht sie berechenbar.

Aber ich glaube, bei manchen sind die Schaltkreise defekt.

(* (siehe Danksagung))

27. KAPITEL

»Herr Nachtigall! Wir haben da was.« Der Kollege war bleich, auf seiner Stirn und der Oberlippe standen kleine Schweißperlen.

»Wenn sie sich übergeben müssen, ist das völlig in Ordnung. Aber nicht direkt hier – gehen Sie einfach nach dort drüben ins Unterholz. Das müsste ausreichend weit weg sein.« Sein Ton war mitfühlend, verständnisvoll. Ihm erging es bei der rechtsmedizinischen Untersuchung auch gelegentlich so.

Den Kommissaren im Fernsehen eher nicht. Aber deren Sonntagabendleichen stanken auch nicht wirklich nach Fäulnis, waren geschminkt und konnten nach dem Dreh mit den Ermittlern in die nächste Bar gehen, führte er den Gedanken weiter.

Sie gingen langsam in die Richtung, aus der sie den Kollegen hatten kommen sehen.

»Ah, da seid ihr ja!« Frau Linder hatte ihr Team schon versammelt. »Hier ist eine Art stabiler Müllsack vergraben worden. Wir glauben, er enthält den Körper. Für eine verstorbene Hauskatze ist der Inhalt zu groß.«

Vorsichtig hoben sie den Müllsack aus der Grube. Der Fotograf sicherte alles für die Akten. Form, Größe, Verschlussart, Nahaufnahme vom Knoten. Dann schnitt Frau Linder vorsichtig ein Stück am Boden auf. »Wenn wir oben schneiden, zerstören wir vielleicht Fingerabdrücke, die der Täter beim Zuknoten oder beim Ziehen gemacht hat. Könnte ja sein, dass er keine Handschuhe getragen hat.«

Sie bückte sich, ging dann in die Hocke und spreizte den kurzen Schnitt ein wenig, damit sie in die Plastikhülle hineinsehen konnte.

»Ich denke, hier liegen Torso und Extremitäten. Kopf fehlt. Kleidung fehlt. Damit liegt der Verdacht nahe, dass die beiden Fundstücke zusammengehören. Ruft den Rechtsmediziner her. Er soll entscheiden, wie wir den Leichnam transportieren. Klebeband!«

Damit schloss sie sorgfältig die Eingangspforte für allerhand interessierte Insekten, die sich bei dem Lockduft sehr schnell einfinden würden und am Ende womöglich die entomologische Auswertung verfälschten.

»Kopf, Körper – alles gefunden und doch gibt es keine Aussage zur Identität«, seufzte Nachtigall unzufrieden. »Wenn das also wirklich das erste Opfer unseres Täters war, handelt es sich bei Benjamin Horsch um das bisher letzte.«

»Zwei junge Menschen. Thorsten meinte ja, es könnte Zeugen des Mordes an Benjamin Horsch geben, die nun beseitigt werden müssen. Aber nun ergibt sich hier eine völlig andere Reihenfolge.«

»Benjamin Horsch wurde Zeuge des ersten Mordes und wurde deshalb auf dieselbe Weise getötet? Wozu? Also, ich meine, es gibt nun wirklich schnellere Methoden, jemanden umzubringen.«

»Offensichtlich wollte der Täter keine räumliche Distanz. Es war ihm wichtig, in unmittelbarem körperlichem Kontakt mit dem Opfer zu sein. Dafür muss es einen Grund geben«, überlegte Wiener laut.

»Ja, davon gehe ich auch aus. Den finden wir vielleicht, wenn wir wissen, wer dieses Opfer ist.« Zuversicht klingt anders, dachte Nachtigall, als er sich reden hörte.

Katia Linder trat zu ihnen. »So. Eine Information habe ich noch für euch. Das Opfer ist weiblich. Ich weiß, es ist wenig, aber euer Rechtsmediziner wird schnell mehr herausfinden. Hier ist klar: Es wurde ein Spaten benutzt. Die Stichstellen sind im Boden noch deutlich zu erkennen. Mehr als spatentief ausgehobene Grube. Vorsichtsmaßnahme. Hier gibt es jede Menge Wildschweine. Das Gelände im Uferbereich ist tiefgründig. Keine weiteren Spuren bisher, aber wir bleiben dran.«

»Danke. Mit ein bisschen Glück findet ihr ja Schuheindruckspuren, die mit denen am letzten Tatort identisch sind. Ein weiteres Puzzleteil.«

»Bis dann, also!« Damit verschwand die Leiterin des Tatortteams sofort wieder.

»Weiblich. Immerhin. Schaun wir mal, ob Silke jemanden in den Dateien findet!« Nachtigall stapfte los, Wiener folgte nachdenklich.

Sie wechselten die Schuhe, bevor sie ins Auto stiegen.

»Jemand bringt zwei junge Menschen um. Auf eine grässliche Art und Weise. Und wir tappen im Dunkeln.«

»Ehefrauen sind doch immer verdächtig«, feixte Wiener. »Und Frau Horsch vermutete doch ohnehin, dass ihr Mann eine neue Beziehung habe. Sie könnte erst die Geliebte und dann ihren eigenen Mann umgebracht haben.«

»Könnte. Ja. Das Baby hatte sie dabei in einem Tragegurt vor dem Bauch, oder?«, gab der Hauptkommissar zurück, wusste, dass er dieses Bild nun nicht mehr würde abstreifen können. Mist!

»Nein, nicht unbedingt. Der Kleine hat geschlafen und sie ist mit einer Säge aufgebrochen, um zu erledigen, was nicht warten konnte. Möglich, dass der Gatte sich von ihr trennen wollte. Sie bekam Angst vor der Zukunft und tötete die Geliebte. Doch das rettete die Ehe nicht mehr. Also starb er, weil sie Rache nehmen wollte, wütend war, ihn nicht mehr ertragen konnte …« Wiener war nicht zu bremsen. »Frauen haben da immer gleich einen bunten Strauß von Motiven. Sind nicht immer logisch, haben aber antreibende Wirkung.«

»Wollte der Täter, dass wir die Leichen finden?«, fragte er dann leiser.

Startete den Wagen und lenkte ihn langsam von der Spree in Richtung Straße.

»Du meinst, weil das zweite Opfer offen auf der Wiese lag? Nein, das glaube ich nicht. Die erste Leiche hat er vergraben – und Frau Linder meint ja, tief genug, um ein Herauswühlen durch die Schweine zu verhindern. Die Frau sollte nicht gefunden werden. Und beim zweiten Opfer wurde eventuell der Abtransport durch die alte Dame vereitelt.«

»Und der Kopf in den Wald geworfen? Bei Branitz? Nimmt ihn den ganzen Weg im Kofferraum mit, parkt den Wagen und geht dann noch ein Stück mit dem blutigen Leichenteil? Ist das logisch?«

Nein, dachte Nachtigall, das ist es nicht. Hatte der Täter den Kopf liegen gelassen, erst den Körper zum Fahrzeug bringen wollen? Ging zurück, nachdem die Frau sich auf die Wiese gesetzt hatte, nahm den Kopf und brachte ihn weiter weg? In der Hoffnung, er würde nie gefunden, weit weg vom Körper des Toten?

Unzufrieden brummte er vor sich hin.

Dann brach es unvermittelt aus ihm hervor: »Michael,

wenn du wirklich nach Baden-Württemberg gehen möchtest, werde ich dich unglaublich vermissen! Vielleicht gehe ich, findet man für mich eine Vorruhestandsregelung. Ehrlich, ich kann mir eine Mordermittlung ohne dich nicht mehr vorstellen – und ich will es auch nicht. Wir sind Freunde. Ohne dich wäre ich verdammt allein!«

Wiener schwieg.

Starrte auf den grauen Asphalt.

Nachtigall sah von der Seite, dass in den Augen des Freundes Tränen standen.

28. KAPITEL

Silke Dreier hatte eine Liste vor sich liegen, die sie abarbeiten wollte.

Viele Punkte waren schon abgehakt.

Als die Kollegen vom Tatort zurückkamen, konnte sie interessante Hintergrundinformationen zum ersten Opfer beisteuern.

»Hallo, schön, dass ihr zurück seid. Ich habe in der Zwischenzeit über Benjamin Horsch recherchiert.«

Nachtigall trat an seinen Schreibtisch und las das Schreiben, das seine Frau im Briefkasten gefunden hatte. Er atmete tief durch.

»Nachtigall, ick hör dir trapsen!
    Denkst du auch an deine Katzen?
    Und womöglich – ja, genau,
    vielleicht auch mal an deine Frau?
    Damit du mich nicht schnell vergisst,
    hol ich sie mir vor deiner Frist!«

»Aha. So ist das also. Na, dann werde ich mal an meine Lieben denken!«, murmelte er vor sich hin und überlegte, wie er Conny überreden konnte, ein paar Tage Urlaub zu machen. Last Minute in die Sonne?

Dann ging er schnell über den Flur zu den beiden anderen, damit er nichts von Silkes Zusammenfassung verpassen würde.

»Benjamin Horsch, verheiratet mit Simone, geborene Romero, hat einen Sohn, Hugo, drei Monate alt. Er arbeitet tatsächlich bei der LEAG, ist dort für Promotion zuständig, entwirft Flyer, organisiert Informationsveranstaltungen, dreht Informationsfilme und solche Dinge. Seine Eltern sind vor 15 Jahren bei einem Kletterunfall am Matterhorn ums Leben gekommen. War ein großer Presserummel damals. Die Geschwister plötzlich Waisen, durch Leichtsinn und Egoismus der Eltern. Verantwortungsvolle Kletterer wären an diesem Tag niemals in die Wand gestartet. Das übliche eben. Wetterumbruch, klirrende Kälte, ein Sturz, beide an einem Seil ohne weitere Sicherung. Die beiden Leichen konnten nicht geborgen werden. Der jüngere Bruder, Marko Horsch, wird im Hospiz in der Bahnhofstraße betreut. Er liegt nach einem schweren Fahrradunfall in einer Art Wachkoma, sein Bruder besucht ihn regelmäßig. Besuchte. Dort ist er Frau Elvira Hänsel begegnet. Sie und ihre Tochter begleiten Menschen in den Tod, oder, wie sie es nennen, sie beobachten sie gern, wenn sie sterben, das haben sie mir genau so gesagt.«

»Ach. Und Hiltrud Manecke ist er nie begegnet?«, fragte Nachtigall.

»Nein. Angeblich nicht. Aber ich bin dran. Benjamin Horsch hat einen sehr guten Freund. Der wohnt in Ströbitz. Man kennt sich seit Kindertagen.«

Nachtigall notierte sich den Namen: Gundram Meyer.

»Gut. Simone Horsch, geborene Romero. Freunde, Gynäkologe, Entbindungsklinik, Hebamme und so weiter. Michael hält Ehefrauen grundsätzlich für verdächtig. Und dann: Das zweite Opfer, das eigentlich das erste ist, ist weiblich. Guckst du bitte mal?«

Als er mit Wiener aus dem Büro stürmen wollte, stieß er in der Tür mit Dr. Pankratz zusammen.

»Holla! Habt ihr es sehr eilig?«

»Du weißt ja, wir haben nun schon zwei Opfer.«

»Ja. Zwei Köpfe und zwei Körper. Ich wollte euch nur schnell mitteilen, dass das zweite Opfer nicht mehr namenlos ist. Sandra Kältering. Sie wohnte mit Freundinnen direkt am Campus.«

»Na, das ging ja schnell!« Wiener staunte.

»Es gab eine Vermisstenmeldung und eine DNA-Probe. Wir haben verglichen, und es gab einen Treffer.«

»Silke, kannst du schon mal …«

»Habe ich! Hier: Sandra Kälterings Eltern haben die Vermisstenanzeige aufgegeben. Von ihnen haben wir auch die DNA. Sie wohnen in Berlin. Ich gebe den Kollegen vor Ort Bescheid und bitte sie, die Nachricht zu überbringen.«

»Gut. Es wäre günstig, wenn sie morgen zu uns ins Büro kommen könnten. Vielleicht kannst du mal nachfragen. Später, nicht sofort.«

»Ich muss dann mal«, verabschiedete sich der Rechtsmediziner. »Ich habe da noch einen Kunden, der auf mich wartet.«

»Und wir fahren zu Gundram Meyer. Ein Freund des getöteten jungen Mannes. Langsam kommt Bewegung in den Fall!«

Benjamin Horschs Freund wohnte in einem modernen Einfamilienhaus mit Blick auf einen parkähnlich angelegten Garten. Haus und Park gehörten seinen Eltern, der Sohn bewohnte eine Einliegerwohnung im Untergeschoss, mit separatem Eingang.

»Entweder ist der nie ausgezogen – oder ein Bumerang-Kind«, grinste Wiener.

Schwer zu entscheiden, dachte Nachtigall, als sie wenig später im überraschend hellen Wohnzimmer des jungen Mannes standen.

»Kriminalpolizei? Ganz echt? Und was wollen Sie nun von mir?« Dabei fuhr er mit den Fingern über den dünnen Zopf aus Barthaaren, der fast bis zur Brust reichte.

»Wir kommen wegen Ihres Freundes, Benji.«

»Benji? Hat er was ausgefressen?«, erkundigte sich der breite Mund über dem Bart.

»Wir haben seinen Leichnam gefunden. Und nun möchten wir ein bisschen mehr über sein privates und berufliches Leben erfahren.«

»Ja, das verstehe ich natürlich. Aber wieso »seinen Leichnam gefunden«? Was soll das denn bedeuten? Benji ist tot?«, erkundigte sich der schwere Mann nervös.

»Es tut uns leid. Tatsächlich wurde er Opfer eines Mordes.« Wieder einmal ärgerte sich Nachtigall über die Formulierung, die weder teilnahmsvoll noch tröstlich klang.

Gundram starrte die beiden Besucher mit offenem Mund an.

Fiel dann in seine Couch.

»Ein echt mieser Scherz!«, entrüstete er sich dann. »Benji ist so ein liebenswerter Kerl – der wird nicht ermordet. Im schlimmsten Fall läuft er vor ein Auto.«

Die beiden Ermittler schwiegen.

»Nicht Benji!«, heulte der junge Mann auf. »Das kann nicht sein!« Tränen purzelten über seine Wangen.

»Es tut uns sehr leid. Aber wir haben Ihren Freund ermordet aufgefunden. Wissen Sie etwas über ernste Streitigkeiten mit jemandem, gab es Feinde?«

»Von Benji? Wo denken Sie hin! Benji ist, war, wie soll ich das sagen, grundharmlos. Er beleidigte niemanden, nahm keine Drogen, vertrug keinen Alkohol. Nie gab es Streit mit jemandem. Er liebte seine kleine Familie, ging gern zur Arbeit, war nett zu jedermann und kümmerte sich hingebungsvoll um seinen kleinen Bruder Marko. Sie wissen ja vielleicht, dass er ...?«

Nachtigall nickte.

»Die beiden! So einen Bruder hätte ich mir auch gewünscht. Ich habe nur eine ältere Schwester. Zickig, schwierig, unfreundlich, unsozial. Benji dagegen – völlig anders. Er besucht seinen Bruder regelmäßig, kümmert sich um all seine Belange. Seiner Frau ist er treu, seit das Kind da ist, besteht sein Kosmos aus diesen drei Menschen.« Er schluchzte auf. Rappelte sich aus dem Polster hoch und kramte eine Packung Taschentücher aus einer der Kommodenschubladen. Schnäuzte sich laut.

»Irgendjemand war dennoch der Meinung, Ihr Freund müsse sterben. Es war die offensichtliche Absicht des Täters, dieses Sterben nicht schnell zu gestalten.«

Die Finger Gundrams stockten in der Bewegung. Er schloss für einen Moment die Lider über den blassgrauen Augen. Schweißperlen erschienen auf Stirn und Oberlippe, das Gesicht wurde ungesund rot. Diese Information war wohl noch sperriger als die vom Tod des Freundes. Er atmete zu schnell. Wischte sich die offensichtlich nassen Hände an einem zweiten Taschentuch ab.

»Wie geht es Simone mit all dem? Kommt sie klar?«, flüsterte er mühevoll.

»Wir hatten durchaus den Eindruck.«

»Mein Gott! Sie sind gerade ein Jahr verheiratet, da ist sie Witwe und der kleine Hugo Halbwaise. Wie furchtbar.«

»Gibt es außer Ihnen selbst noch andere Vertraute? Hatte er eine Stammkneipe, einen Lieblingsitaliener oder etwas in der Art?« Wiener wurde ungeduldig.

»Nein. Ich glaube nicht.« Gundram rang noch immer um Fassung. Sein T-Shirt zeigte deutlich feuchte Flecken.

»Ist Ihnen eine Veränderung an Ihrem Freund aufgefallen? War er in letzter Zeit weniger fröhlich, in sich gekehrt?«

»Nein. Er war nie frech, nie zugedröhnt, nie schlecht gelaunt, nie unfreundlich. Er war immer Benji. Zuverlässig, nett, umgänglich, ein wunderbarer Freund!«

»Wann haben Sie ihn zum letzten Mal gesehen?«, fragte Nachtigall.

»Das muss so etwa sechs Wochen her sein.«

»Ich dachte, er war ein sehr enger Freund!«

»Ja, das war er auch. SMS sind auch ein Weg, in Kontakt zu bleiben. WhatsApp. Aber auch da wurde es stiller. Benji hatte viel um die Ohren. Beruflich, und so ein Kind ist Stress. Kein Kino mehr. Die Geburt eines Kindes ist die Reduktion des Daseins auf das Wesentliche, die Erhaltung der Art. Ich kenne das von anderen Freunden. Nach einer Weile wird es wieder besser.«

»War er vielleicht krank, hat sich deshalb zurückgezogen?«

Gundram zögerte mit der Antwort.

Endlich meinte er: »Nun ja, ich hatte auch zuerst so einen Gedanken. Weil er ja auch ständig verletzt war. Er stürzte häufiger. Aber als ich ihn darauf ansprach, hat er es vehement bestritten.«

»Gab er denn irgendeine logische Erklärung für die Verletzungen an?«

»Immer in Eile, da übersieht man schon mal die unterste Treppenstufe. Nachts im Dunkeln durch die Wohnung, da fällt man schon mal. So was. Wenig Schlaf. Er sei einfach unkonzentriert.«

»Aber Sie hatten den Eindruck, er sei in etwas hineingeraten?«, mutmaßte der Hauptkommissar.

»Nun«, druckste der Freund, »hätte doch sein können. So eine Erstausstattung fürs Kind, das kostet. Ein größeres Auto. Auf der anderen Seite hätte schon etwas Halblegales ausgereicht, um ihn wortwörtlich aus der Balance zu bringen.«

»Drogen?«, hakte Wiener nach.

»Nein. Drogen sicher nicht. In dem Punkt war er direkt fanatisch. Eigentlich konnte ich mir bei näherer Überlegung gar nichts bei ihm denken. Ich verwarf den Gedanken fast so schnell, wie er aufgekommen war.«

»Und seine Frau. Die kennen Sie doch sicher.«

Es sah ausgesprochen sonderbar aus, was Gundram mit seinen langen Armen, den Händen und sogar den Beinen anstellte, wenn er unangenehme Dinge preisgeben sollte. Alles bewegte sich zeitgleich in unterschiedlichen Ebenen und verschiedene Richtungen, wirkte fast wie ein exotischer Tanz. Allerdings störte die Körperfülle den Eindruck von Eleganz und Leichtigkeit, der sonst hätte entstehen können.

»Na, Sie werden doch gelegentlich zu dritt ausgegangen sein!«

»Nein.«

»Sie mochten seine Frau nicht?«

»Ich habe Simone einmal gesehen, als ich für Benji etwas abgegeben habe. Sie war unglaublich abweisend. Ehrlich: Sie sah aus, als würde sie mich eher töten, als in ihre Wohnung zu lassen! Direkt beängstigend.«

29. KAPITEL

Silke Dreier klingelte.

Jürgen öffnete.

Klar, dachte Thomas giftig, der hat auch nichts zu tun! Während er selbst nun für Stunden mit dem Aufräumen der Küche befasst sein würde, dem Ort, an dem Jürgen seine kreativen Kochkünste hemmungs-und rücksichtslos ausgelebt hatte.

»Hallo, junge Frau. Können wir etwas für Sie tun?«, schleimte Jürgen, und Thomas spürte, wie die Blutgefäße an der Stirn anschwollen.

»Silke Dreier, Kriminalpolizei. Kannten Sie Ihren Nachbarn Benjamin Horsch?«

»Das ist der junge Mann von über uns, der ermordet wurde, nicht wahr?«

»Genau. Kannten Sie ihn näher?«

»Oh, näher ist ein dehnbarer Begriff, finden Sie nicht auch?«, lachte Jürgen.

Thomas hasste das Geräusch, das bei diesem Lachen entstand. Es klang böse. Vorsichtig guckte er um den Türrahmen in den Flur.

»Kannte ist eigentlich schon zu viel gesagt. Gelegentlich sind wir uns auf der Treppe begegnet, haben belanglose Worte gewechselt, uns über das Wetter ausgetauscht. Der Mann war eindeutig kein Talker.«

»Und seine Frau? Vielleicht sind Sie mit ihr ins Gespräch gekommen?«

»Ha! Mit der? Oh, nein. Sie ist immer unfreundlich, fertigt jeden mit knappen, unwirschen Worten ab. Kontakt scheint ihr lästig zu sein. So jemanden quatscht man besser nicht an. Was genau ist denn mit ihm passiert?«

»Weder sie noch er haben Zeit für ein paar Worte gehabt?«

»Früher schon«, mischte sich Thomas ein und zog mit einem saugenden Geräusch die Gummihandschuhe ab, die die Verbände vor Feuchtigkeit schützen sollten. »Also er. Da hat er schon mal ein bisschen erzählt. Er hat bei der LEAG gearbeitet, Werbeabteilung. Klang spannend. Aber seit sie schwanger wurde, gar nicht mehr.«

»Aha. Und Sie sind?«

»Thomas. Wir sind eine Zweckwohngemeinschaft hier. Drei Männer.«

»Und der dritte Mann?«, stieg Silke auf den lockeren Ton des Zeugen ein.

»Der hat heute ein Vorstellungsgespräch.« Bei seinem Bewährungshelfer, hätte er hinzufügen können, ließ es aber, weil es ja auch ihn selbst als Ehemaligen enttarnt hätte.

Jürgen musterte Thomas. Nachdenklich. Thomas spürte Übelkeit aufsteigen. Sie alle wussten, woran Jürgen am liebsten dachte, gerade wenn man ihn verärgerte. Immerhin hatte Jürgen seine Opfer nach eigenen Angaben endlos gequält, bevor er sie endlich tötete. Plante er in diesem Moment, was er ihm, Thomas, antun könnte, um ihn für die unerbetene Einmischung zu bestrafen?

»Als die kleine Familie entstand, hatte er kein Interesse mehr an Gesprächen im Hausflur? Verstehe ich das richtig?«

»Könnte man glauben, ja. Aber wenn Sie mich fragen: Die große Liebe ist das zwischen den beiden nicht gewesen. Bei dem Zoff«, riss Jürgen das Gespräch wieder an sich.

»Die Eheleute verstanden sich also nicht gut?«

Jürgen drängte sich vor seinen Mitbewohner, lehnte sich lasziv an den Türrahmen.

»Manche«, begann er in drohendem Ton, lächelte zur Entschärfung. »Manche Frauen sind eben wie die Pest, andere wie Ebola und einige sind sogar wie beides. So eine ist sie!« Dabei deutete er mit nach oben gerecktem Daumen zur Tür der Horschs hinauf. »Plus Pest!«

»Stand denn eine Trennung im Raum?«, ließ Silke nicht locker.

»Woher sollen wir so etwas Privates wissen, wenn er doch nicht mal zum Quatschen stehen geblieben ist?« Jürgen guckte auf die Kriminalpolizei hinunter. Arroganz im Blick.

»Da haben Sie recht.« Silkes Stimme blieb fest. Um sie einzuschüchtern, brauchte es mehr als Größe und Muskeln.

»Klar ist, wenn er nach Hause kam, ging der Krach los.«

»Vielleicht mochte er sich nicht mit Ihnen unterhalten, weil er wusste, dass Sie alles hören konnten. Es war ihm peinlich.«

»Na, dann hätten ihm aber eher die lautstarken Versöhnungen peinlich sein müssen! Immerhin leben wir drei verflixt abstinent.«

»Was Frauen betrifft«, ergänzte Thomas hastig, um keinen falschen Eindruck aufkommen zu lassen.

»Mag sein, dass der Typ krank war. Hirntumor oder so. Ich habe ihn oft mit total schmerzverzerrtem Gesicht gesehen. Und Probleme mit dem Gleichgewicht hatte er offensichtlich auch. Der ist ständig irgendwo gegengelaufen.«

»Na, zum Kindermachen war er jedenfalls fit genug«, knurrte Jürgen trocken.

Silke gab den beiden eine Karte. »Hier steht die Nummer der Zentrale. Wenn Ihnen noch etwas einfällt, lassen Sie es mich wissen. Silke Dreier mein Name.«

Als die Tür geschlossen wurde, hörte sie Jürgen noch sagen: »Na, gegen einen flotten Dreier, Frau Dreier, hätte ich nichts einzuwenden. Vielleicht rufen wir mal an, was Thomas?«

Sie klingelte an der Tür im Erdgeschoss.

Eine ältere Dame öffnete die Tür kettenspaltbreit, sah neugierig ins Treppenhaus.

Silke stellte sich vor, zeigte ihren Ausweis.

»Oh, Polizei. Diesmal sogar Kriminalpolizei. Was hat er denn nun wieder angestellt?«, fragte die Mieterin besorgt, schloss die Tür, klapperte mit dem Riegel der Kette, öffnete erneut.

»Na, dann kommen Sie mal besser rein. Muss ja nicht gleich die ganze Straße erfahren, dass Benji wieder ... Ach herrjeh.«

Silke trat ein.

Ihr war, als betrete sie eine andere Welt. Kleine Porzellanfiguren. Überall. Kinder, die Schmetterlinge auf dem Finger intensiv betrachteten, die spielten oder gemeinsam wanderten. Paare, die im Blick des jeweils anderen versanken. Fabelwesen, die freundlich in die Welt sahen und keineswegs den bedrohlichen Eindruck machten, sie wollten jemanden erlegen. Da war die Szene, die einen menschlichen Jäger zeigte, das Gewehr im Anschlag deutlich blutrünstiger. Silke schien, man könne die Mordlust des Mannes in den Augen schimmern sehen.

»Na ja. Ich sammle schon seit meiner Jugend«, erklärte Frau Dengler entschuldigend. »Da kommt im Laufe der Jahrzehnte einiges zusammen.«

Sie führte die junge Frau von der Kripo ins Wohnzimmer, bot ihr einen Sessel an.

Silke traute sich kaum, darauf Platz zu nehmen.

»So, nun sitzen wir bequem. Also, was ist mit Benji?«

»Kennen Sie den jungen Mann schon länger?«

»Ziemlich lange. Damals, nach dem schrecklichen Kletterunfall, waren die beiden Jungs ja von jetzt auf gleich auf sich selbst gestellt. Es gab niemanden, der sich um sie kümmern wollte. Benji war selbst noch ein Kind und Marko wirklich klein. In ein Heim wollten die beiden nicht. Man erlaubte ihnen, in der Wohnung zu bleiben, damit der Kleine nicht auch noch sein häusliches Umfeld verlöre. Und ich kümmerte mich um die beiden. Natürlich nicht einfach so, ich war Erzieherin und wurde als Art Ersatzmutter abgestellt. Sehen Sie, die Eltern der beiden waren populär. Ich stand schon vor der Berentung. Erklärte mich mit der Regelung einverstanden, zumal die beiden Jungs sie selbst vorgeschlagen hatten. Eine Betreuung braucht Benji heute natürlich nicht mehr. Ich schalte mich nur ein, wenn ich gebeten werde. Und das hat er nun schon ewig nicht mehr getan. Aber ich sehe natürlich, dass irgendetwas schiefläuft.«

»Was denn?«

»Die Polizei kommt ziemlich häufig. Das ist etwas, das ich nicht verstehen kann. Benji ist kernfriedlich, wenn Sie verstehen, was ich meine.« Sie schwieg einen Moment, setzte dann hinzu: »Marko liegt im Hospiz, das wissen Sie sicher. Eine sehr belastende Situation. Für alle.«

»Wissen Sie, warum die Streife so häufig zu Benji und seiner Frau kommt?«

Die alte Dame nestelte ein Taschentuch aus dem Rockbund und begann es in ihrem Schoß zu kneten. Eine getigerte Katze sprang plötzlich aus dem Nichts neben ihr auf die Couch, schmiegte sich an die Frau und schnurrte laut.

»Es ist alles in Ordnung, Peterchen. Leg dich zu mir.« Als eine Hand über den Rücken des zarten Katers strich, wurde das Schnurren noch lauter.

»Ja, ich weiß, dass die Beamten kommen, um häuslichen Streit zu schlichten. Benji war früher nicht so, und ich kann gar nicht glauben, dass er sich so verändert haben soll. Aber seit einiger Zeit ist er verschlossen, spricht kaum noch mit mir, läuft immer so schnell, als verfolge ihn jemand. Früher lachte er oft laut, blieb bei mir am Fenster stehen, hatte Zeit für einen Plausch. Das gibt es schon lange nicht mehr.« Sie seufzte zitternd. »Und mit Simone ist es nicht anders. Wenn sie das Haus verlässt, sieht sie sich ständig nach hinten um, als habe sie Angst, Benji verfolge sie. Und den Kleinen schirmt sie so gründlich ab, dass man nicht einmal sehen kann, ob er im Wagen liegt oder nicht. Was ja schade ist, denn andere Mütter zeigen ihren Nachwuchs durchaus stolz herum. Ich mache mir schon seit Längerem Sorgen um die kleine Familie. Es ist so traurig denken zu müssen, dass der arme Junge … er hat doch schon die Eltern verloren. Und der Bruder im Hospiz. Er hätte es verdient, glücklich zu sein.«

Silke nickte. »Er hatte es schwer, ja. Als die Eltern noch lebten, gab es keine Schwierigkeiten?«

»Nicht mehr als anderswo. Ein bisschen Krach und Streit gehören zur Zweisamkeit dazu. Aber eben nur ein bisschen. Und danach sollten weder Wunden noch Narben zurückbleiben, meinen Sie nicht auch?«

»Ich bedaure sehr, aber ich muss Ihnen eine traurige Mitteilung machen.«

Frau Dengler straffte den Rücken, wappnete sich gegen den Schlag. »Ich ahnte es schon«, flüsterte sie dem Kater zu.

»Benjamin Horsch wurde Opfer eines Gewaltverbrechens. Wir suchen seinen Mörder. Fällt Ihnen jemand ein, der Benji so gehasst haben könnte, dass er ihn töten wollte?«

»Ja«, antwortete die alte Dame mit überraschend fester Stimme.

30. KAPITEL

Dr. März warf seinem Hauptkommissar einen vorwurfsvollen Blick zu, enthielt sich allerdings jeden Kommentars. Noch.

»Zwei Leichen. Köpfe abgetrennt. Warum sollte er nun damit aufhören?«

Nachtigall zuckte mit den Schultern. »Ich fürchte auch, dass er noch nicht fertig ist. Aber wer weiß, er hatte vielleicht nur mit diesen beiden etwas zu bereinigen und nun ist Schluss.«

»Haben Sie dafür einen Anhalt?«

»Nein. Aber für die andere Annahme auch nicht. Vorsichtshalber lassen wir den Beamten noch zum Schutz vor Frau Maneckes Zimmer. Falls der Täter fürchtet, er sei von ihr erkannt worden. Sollte sie ihn gesehen haben, dürfte er die Zeugin auch bemerkt haben.«

»Wir können noch gar nichts ausschließen«, setzte Wiener hinzu.

»Und Dr. Pankratz?«

»Wird sich gleich bei mir melden. Er wartet auf den zweiten Körper für die Obduktion. Sonst können wir über die Todesursache nur spekulieren.«

»Aber der Bericht zu den Todesumständen des Benjamin Horsch liegt vor? Was genau war die Todesursache?«

»Dr. Pankratz nennt als Todesursache ›äußeres Verbluten‹, durch das Abtrennen des Kopfes. Dabei starb er, bevor er erstickte. Aspiriertes Blut fand sich nicht in der Lunge. Seiner Meinung nach war das erste Opfer also noch am Leben, als Weichteile und Knochen der Wirbelsäule durchtrennt wurden. Es gibt Spuren, die auf ein Abstützen des Täters auf dem Körper des Opfers hindeuten. Die Tat muss eine ganze Weile gedauert haben und sehr blutig gewesen sein. Der Stumpf am Hals des zweiten Opfers sah ähnlich aus. Möglicherweise wurde es auf genau dieselbe Weise getötet.« Nachtigall fasste sich unwillkürlich an die Kehle, während er sprach.

»Alkohol, Drogen, Betäubungsmittel?«

»Bisher wurde nichts gefunden.«

»Das ist nicht vorstellbar. Niemand hält still, während man ihm den Kopf abtrennt«, widersprach der Staatsanwalt.

»Wir werden versuchen den Tathergang genauer zu rekonstruieren. Unsere einzige Zeugin wird uns aus offensichtlichem Grund nicht helfen können.«

»Das ist mir bekannt. Was haben die Gespräche mit den Nacktjoggern ergeben?«

»Sie stehen unter Schock. Wir werden sie eventuell noch einmal befragen. Vielleicht kann ja einer der Sportler mit den Namen etwas verbinden und wir finden einen neuen Hintergrund.«

»Vielleicht wollen die Jogger nur nicht in irgendetwas verwickelt werden«, gab Dr. März zu bedenken. »Es ist einfacher zu behaupten, nichts zu wissen. Bohren Sie kräftig!«

»Die Gruppe hat sich gerade erst konstituiert. Es war der erste gemeinsame Lauf. Da erscheint abgesprochenes Handeln eher unwahrscheinlich.«

»Sie sollten noch einmal nachfragen, auch nach dem weiblichen Opfer«, insistierte der Staatsanwalt.

Die Tür zum Büro wurde schwungvoll aufgerissen und Silke stürmte hinein. »Ihr glaubt gar nicht, was ich gerade herausgefunden habe!«, rief sie zur Begrüßung. »Die Kollegen von der Streife waren Dauergast bei den Horschs! Und eine Freundin der Familie hat mir erklärt, sie kenne den Mörder!«

31. KAPITEL

Phil brütete über dem Schreiben, das man an seine Tür geheftet hatte.

Bei genauerer Betrachtung war es nur auf der einen Seite eine Morddrohung. Auf der anderen eine schlichte, widerliche, feige, unzumutbare, abscheuliche, hinterhältige, ekelerregende – hier gingen ihm die Worte aus – Erpressung.

»Wenn Sie nicht 3.000 Euro zahlen, werden alle von Ihrem schwulen Leben erfahren. Das ist dann das Ende Ihres Jobs. Sie sollten sich gut überlegen, ob Ihnen das Bezahlen nicht lieber ist.

Übergabeort nennen wir noch!«

So eine Unverfrorenheit! Phil schäumte. Und hatte auch sofort einen Verdacht. Dahinter konnte nur der Neue von Matz stecken. Der wollte auch noch Kapital daraus schlagen, dass er ihm Matz ausgespannt hatte. Das war ja nun wirklich das Schäbigste überhaupt an der Sache. Und diese Sprache! Von einem eleganten Text keine Spur. Plump und dröge!

Natürlich würde dieser Typ nicht einen Cent bekommen. Ein solches Verhalten durfte nicht auch noch belohnt werden!

Phil überlegte.

Eigentlich hatte er bei der Party von Rolf gar nicht auflaufen wollen. Doch nun erschien es ihm wie eine Fügung, dass sie ausgerechnet heute Abend stattfinden sollte. Nun denn, wer auch immer der Verfasser dieser Erpressung war, der würde sein blaues Wunder erleben!.

Fast schon zärtlich schob Phil das Blatt in eine Klarsichthülle.

Ging damit um die Ecke zum Copy-Shop.

Na, das würde eine wunderbare Überraschung werden!

32. KAPITEL

Sie fragen sich, woher ich weiß, dass die anderen Untote sind. Schließlich sehen sie ja wie normale Menschen aus.

Und ja, genau darin besteht ein Teil des Problems.

Man muss sich ein wenig Mühe geben, um sie von uns wahren Menschen unterscheiden zu können.

Beginnen wir mit der Frage, was eigentlich eine Person ausmacht.

Haben Sie darüber schon einmal nachgedacht?

Woran erkennen Sie eine Person wieder, die sie jahrelang nicht gesehen haben?

Ist es ihr Aussehen?

Dann würde sich die Person tagtäglich verändern. Die Alterung schreitet fort, Geschmeidigkeit, Wendigkeit, Fähigkeit zum mimischen Ausdruck nehmen ab.

Ändert das die Grundzüge eines menschlichen Wesens, löscht es sie etwa aus?

Und würde das nicht bedeuten, dass ein Doppelgänger von Ihnen auch Sie wäre? Nur weil er Ihnen äußerlich gleicht, egal was für einen Charakter, was für eine Erbsubstanz er hat?

Und ist eine Leiche, die wie Sie aussieht, noch Sie? Oder nur eine Hülle, die sich ab sofort aufzulösen beginnt? Was, wenn die Verwesung nie eintritt? Bleibt dieses biologische Material noch Sie?

Sind Sie sicher, dass Sie auch noch als Wiedergänger Sie sind, nur weil sich Ihr Äußeres noch gleicht?

Eher nicht, oder?

Was, wenn Sie sich so erhalten wie mein Nachbar?

Er zeichnet sich durch eine nicht zu ignorierende Armut an Hirnsubstanz aus. Seine Tage verbringt er in dumpfem Auf-dem-Sofa-Hocken, nur sein Computer ist wichtig. Es geht um Abschusszahlen bei Ballerspielen. Und natürlich dreht sich der Rest seiner Zeit ums Essen.

Kennen Sie auch so einen?

Dann halten Sie besser Abstand.

Denn noch ist nicht klar, wie sie zu Untoten werden.

Möglicherweise durch eine Slow Virus-Infektion.

Man bekommt einen eher harmlosen Schnupfen. Doch danach erholt man sich nur langsam, neue Symptome stellen sich ein. Und fast unmerklich verliert man das Sein.

Man sieht aus wie vorher, doch nichts gleicht mehr der Person davor.

Man ist ein Untoter. Der Prozess ist unumkehrbar, ein Gegenmittel gibt es nicht. Wird es auch nie geben.

Kommt Ihnen auch bekannt vor?

Tja!

(*)

33. KAPITEL

Peter Nachtigall spürte etwas, das er als Zorn identifizierte. Ein Alarmsignal, wusste er. Es bedeutete, dass die Ermittlung zu sehr stockte, sie nichts an Ergebnissen hatten, die von einem zum nächsten Schritt führen konnten. Zwei Opfer. Jede Menge Zeugen, die rein gar nichts zur Aufklärung beitragen konnten oder wollten. Kein Verdächtiger. Nur der allgemeine Hinweis von Frau Dengler.

Er sah auf, begegnete den Augen Wieners und erkannte, dass der Freund ebenso dachte.

»Wenn beide Opfer desselben Täters wurden, muss es eine Verbindung beider zum Täter geben! Warum finden wir die nicht?«

»Ein Profikiller?«, fragte Wiener und konnte sich ein Grinsen nicht verkneifen.

»Oh, dein Lieblingstäter! Die unwahrscheinlichste Variante, schon der Art der Tatbegehung wegen. Es dauert zu lange. Ein Profi wird seine Zeit am Tatort nicht ausdehnen wollen. Außerdem gingen wir doch davon aus, der Täter habe mit Bedacht gehandelt, die Mordmethode habe für ihn Bedeutung.«

»Schade. Aber du hast recht.«

»Wir brauchen eine Verbindung zum Täter. Oder wenigstens eine zu Frau Manecke.«

»Nicht unbedingt.«

Es klopfte.

Silke.

»So, ich habe unser erstes Opfer weiter gecheckt und dabei auch die Einträge der Kollegen ausgewertet. In den letzten zwei Monaten mussten die Kollegen acht Mal wegen häuslicher Gewalt einschreiten. Auch die Nachbarn hatten so etwas schon angedeutet. Offensichtlich hat seine Frau sich heftig gewehrt, denn er ging nicht ganz unbeschadet aus solchen Auseinandersetzungen hervor. Mehrfach alarmierten Anwohner die Polizei, weil offensichtlich mehr vorlag, als eine Ruhestörung.«

»Benjamin Horsch hat seine Frau tatsächlich brutal geschlagen? Sie hat sich zur Wehr gesetzt? Nun, das erklärt ihre unterkühlte Reaktion auf seinen Tod.« Wiener machte sich Notizen.

»Der Kollege Thorwald Hauser war bei mehreren dieser Einsätze dabei. Er erzählte mir, die Lage sei bei ehelichen Streitigkeiten häufig ziemlich unübersichtlich. Er könne sich aber gut daran erinnern, dass der Mann geblutet habe. Er gab auf Befragung an, seine Frau habe sich heftig zur

Wehr gesetzt und dabei wohl übertrieben. Er sei ja selbst schuld«, fasste Silke das Gespräch zusammen.

»Sie hat die Gewaltausbrüche des Ehemannes nicht einfach über sich ergehen lassen. Der Körper von Benjamin Horsch wirkte auf mich sehr durchtrainiert. Es war also nicht ohne Risiko, so stark Gegenwehr zu leisten. So was kann auch zusätzlich reizen.« Nachtigall blätterte in der Handakte. »Wir brauchen mehr Informationen. Was genau hat die Ehefrau ausgesagt?«

»Nun sie entschuldigte sich für die Ruhestörung, gab an, sie wolle in Zukunft mehr auf Deeskalation setzen. Überhaupt sei ihr Mann eigentlich gar nicht so …«

»Es wurden Maßnahmen eingeleitet? Oder ging die Streife wieder, wenn sich die Lage beruhigt hatte?«

»Thorwald Hauser hat einige Male eine Wegweisung ausgesprochen. Aber nach wenigen Tagen hatten die beiden Partner sich versöhnt, der Gatte kehrte in die Wohnung zurück. Bis zum nächsten Streit.«

»Konnten die Kollegen irgendetwas über den Hintergrund der Auseinandersetzungen erfahren?«, fragte Wiener. »Wäre doch denkbar, dass sie so was gesagt hat wie: Ich weiß ganz genau, dass er wieder bei dieser Schlampe war! Ich merke das sofort. Immer verspricht er, es sei aus und vorbei und dann kriecht er doch wieder in ihr Bett!«

»Nein. Zum Hintergrund gibt es keine Informationen. Wenn die Kollegen eintrafen, saßen beide blutend in der Wohnung und schwiegen trotzig.« Silke grinste leicht. »Wahrscheinlich außer Puste.«

»Fakt ist, dass Benjamin Horsch ermordet wurde. Vielleicht liegt das Motiv in den ehelichen Prügeleien.« Nachtigall starrte auf die Tatortfotos. »Aber mit einer Säge?« Er schüttelte den Kopf.

»Wir werden nachfragen, wem sie das Kind zum Hüten überlässt, wenn sie aus dem Haus geht und es nicht mitnehmen kann. Vielleicht hat sie den Babysitter für den Tatzeitraum gebucht. Und es gibt sicher noch mehr Freunde, Kollegen, Bekannte. Wir müssen sie auftreiben und zum Gespräch einladen«, legte er fest.

»Was ist mit dem Mörder, den dir die Zeugin genannt hat?«

»Einen Namen hatte sie nicht, nur eine Beschreibung. Ein großer, stattlicher Mann, der die junge Familie besuchte, wenn Benjamin nicht zu Hause war. Ich klopfe sein Umfeld ab.«

34. KAPITEL

Sie denken, der Imitant ist nicht Sie!

Weil Sie mehr als Ihr Aussehen sind.

Gut, dann gehen Sie sicher davon aus, dass es Ihre Persönlichkeit ist, die Sie ausmacht. Die Art ihrer Empfindungen, Ihre Grundhaltungen, Ihr Werteverständnis, die Gesten, mit denen Sie sich ausdrücken, die Blicke, Ihr unwiderstehlicher Humor. All das halten Sie für unverwechselbar. Weil Sie davon ausgehen, dass es sich im Lauf des Lebens nicht allzu stark verändert. Sie meinen, dies sei der Grund, warum Sie Ihren Klassenkameraden Klaus sofort erkennen, sich mit ihm verbunden fühlen, selbst nach Jahrzehnten, in denen Sie ihm nicht begegnet sind. Obwohl er sich nicht einmal mehr entfernt ähnlich sieht.

Aber ist das so?

Was, wenn Klaus einen Unfall hatte? Oder einen schweren Schlaganfall? Bewegungslos geworden ist, seine Sprache verloren hat. Ist er dann weg? Die Hülle ein Ding ohne Klaus, das man entsorgen sollte?

So wollen Sie das auch nicht sehen? Sie meinen, ethische Überlegungen sprächen dagegen?

Nun, dann sind Sie vermutlich noch keiner von denen. Freuen Sie sich! Solange Sie noch ernsthaft denken können, scheint es Ihnen gut zu gehen.

Allerdings tut sich nun ein weiteres Problem mit den Untoten auf.

Sie verhalten sich wie Psychopathen.

Weil sie gelernt haben, wie Empathie bei den Gesunden aussieht, können sie sie täuschend echt reproduzieren. Weil sie wissen, wie es aussieht, wenn man Schmerz empfinden kann, spielen sie es uns vor. Liebe, Glücklichsein, Empörung. Was auch immer Ihnen einfällt, die können es! Sie vertreten Werthaltungen und Überzeugungen standhaft, wissen allerdings nicht, was es genau ist.

Entlarven kann man sie bestenfalls an den aneinandergereihten Worthülsen, die ganze Buchseiten füllen könnten, ohne dass auch nur ein Satz wirklich Sinn ergibt.

Sie kennen auch welche? Dachte ich mir! Halten Sie Abstand!

Denn wie man zu einem von ihnen mutiert, ist noch nicht klar.

Es wäre also gut möglich, dass man sich infiziert.

Wie mit Noro-Virus oder Influenza.

Es sieht nämlich so aus, als würden ihre Nachkommen gesund geboren. Manche mutieren schon kurz nach der Entbindung, bei anderen dauert es länger.

Wir, die wir anders sind als die, wir müssen uns und unsere Nachfahren schützen.

Das zarte Wesen darf nicht zu lange exponiert werden, um das Risiko zu minimieren.

Neben all den anderen Schwierigkeiten gilt: Wenn die bemerken, dass einer unter ihnen ein anderer ist, so versuchen sie, ihn zu vernichten. Das Fremde gilt es auszurotten, so lautet ihre Devise.

Positiv ist, dass sie in ihrer Stumpfsinnigkeit nicht so schnell Verdacht schöpfen.

Wir anderen sind klug und flexibel.

Das ist unsere Chance. Unsere einzige.

Wir lauern in der dunkelsten Ecke ihrer Wahrnehmung – unentdeckt, bis wir stark genug sind!

Sicher, da sie so viele sind, wird es noch etwas dauern, aber unsere Zeit wird kommen!

Und dann löschen wir sie aus!

Mit einem einzigen Zucken.

In einem Moment, in dem sie es am wenigsten vermuten! Alle!

(*)

35. KAPITEL

Dr. Pankratz las den Befund des Kollegen nun schon zum dritten Mal.

Der Entomologe hatte die asservierten Maden und Insekten untersucht und dabei Erstaunliches festgestellt. Kaum Larven der Caliphorae, wenige der Sarkophagidae – aber dafür ungewöhnlich viele Nachkommen der Buckelfliege. Insgesamt überraschend auch die Verteilung.

Die Maden der Buckelfliege waren nur auf dem abgetrennten Kopf vertreten, die der anderen Arten auf dem Körper. Der Kollege erklärte in seiner Zusammenfassung, die Buckelfliege sei viel kleiner als Brummer oder Fleischfliege, könne sich daher in enge Räume quetschen und dort ihre Eier ablegen. Offensichtlich waren diese Plätze für die anderen Arten unzugänglich.

Sollte das bedeuten, überlegte der Rechtsmediziner, dass der Kopf besonders dicht verpackt worden war, während der Körper vielleicht nur nachlässig eingeschlagen wurde und so den größeren Exemplaren …? Außerdem stand zu lesen, man habe wenige Caliphoralarven gefunden, was daran liegen könne, dass sie von den Larven der Fleischfliege gefressen wurden. Hm. Wurden Körper und Kopf vielleicht in getrennten Verstecken gelagert? Aus welchem Grund? Platzprobleme in einer P2-Wohnung?

Fleischfliegen, wusste Dr. Pankratz, besuchten einen Kadaver in der Regel später als zum Beispiel Lucilia, der grünschillernde Brummer, von dessen Maden sich die der anderen gern ernährten. Der Körper hatte also längere Zeit an einem Ort gelegen, der den großen Fliegen Zugang gewährte, während sie beim Kopf keine Chance hatten. Der Kopf war ursprünglich in einer Plastikfolie gelagert worden, möglicherweise hatte der Täter den Körper ja in ein Laken gewickelt.

Er griff zum Telefon.

»Ja, Hall. Hier ist Thorsten Pankratz vom Rechtsmedizinischen Institut in Potsdam. Herr Kollege, Sie haben uns ein erstes Gutachten zum Parasitenbefall … Ja, genau. Und ich hätte ein paar Fragen dazu.«

Schnell waren die beiden Fachleute in eine rege Diskussion verstrickt.

36. KAPITEL

Hiltrud Manecke öffnete vorsichtshalber nur ein Auge.

Seit einiger Zeit standen Fremde in ihrem Raum. Einige weiß wie Engel, andere grün, wie das Kostüm von Papageno dem Vogelhändler aus der Oper …? Operette? Wie hieß die denn noch gleich? Die Fledermaus! Oder doch nicht? Hatte sie schon mit Mutter gern gesehen. So eine wunderbare Geschichte! Aber, überlegte sie weiter, was hatte denn eine Fledermaus mit Vögeln zu tun? Ratlos ließ sie diesen Gedankengang frei. Sollte der sich doch einfach jemand anderen suchen, der das Rätsel lösen konnte.

Ihr Auge entdeckte eine Frau in dunkler Alltagskleidung und einen gut aussehenden jungen Mann im schwarzen Anzug. Im ersten Augenblick durchfuhr sie ein eisiger Schreck, weil der Verdacht nahelag, die beiden kämen von einem Bestattungsinstitut.

»Ich bin noch nicht tot. Sie sind zu früh«, informierte sie die beiden mit heiserer Stimme. »Ich bin noch nicht so weit. Man hat mich nur aufgetaut.«

Die beiden Fremden nickten.

Hiltrud kam es verschlagen vor. Ganz klar, die glauben mir kein Wort!, erkannte sie. Ich werde lebendig begraben! Gibt es eigentlich noch dieses Glöckchen auf dem Sarg, mit dem ein Scheintoter auf seine Lage aufmerksam machen konnte? Oder waren die abgeschafft? Wegen des Lärms auf dem Friedhof, kreisten ihre Gedanken weiter, und sie unterdrückte ein Kichern, als sie sich das ausmalte. Durch die Grabreihen hetzende Totengräber, weil jeder wieder aussteigen wollte! Ha!

»Keine Sorge, Frau Manecke. Wir möchten uns nur mit Ihnen unterhalten.«

»Über die Beerdigung sprechen wir später! Mir geht es gut!«, gab die Patientin patzig zurück.

»Wir sind von der Polizei.«

Die Stimme des Mannes klang warm und weich wie eine Kuscheldecke. Hiltrud riskierte einen Blick mit beiden Augen.

»Guten Tag, Frau Manecke.«

Aha! Hatte sie es doch gewusst! Die Frau war von anderem Schlag. Kalt. Wie solche Weiber eben manchmal so sind! Geschäftstüchtig eben. Die beiden waren ein geschicktes Pärchen! Er sollte einlullen, während sie schon abschätzte, was sie brauchen würde, um die Leiche für den Sarg aufzuhübschen.

Irrtum Mädchen!

»Sie sind bei mir falsch!«, beharrte die Frau im Bett.

»Das glaube ich nicht«, gab der Mann mit der Samtstimme zurück. »Mein Name ist Couvier. Emile Couvier. Dies ist meine Kollegin Silke Dreier. Mit ihr haben Sie schon einmal gesprochen. Wir würden Sie gern ein paar Dinge fragen. Wir sind von der Polizei.«

»Die Polizei sieht aber völlig anders aus. Nein! Sie lügen!« Hiltruds Finger tasteten nach dem Rufknopf, fanden ihn und pressten ihn fest, hielten ihn gedrückt. Ihr Gesicht ballte sich zu einer Wutgrimasse. Sie sah aus, als könne sie jeden Moment grell zu schreien beginnen.

Die beiden Besucher blieben ruhig stehen.

Sekunden später riss eine Schwester die Tür auf und hastete an Hiltruds Bett.

Sanft, aber energisch löste sie die verkrampften Finger vom Schalter, sprach leise mit der Patientin.

»Na, da hat Ihnen wohl jemand Angst gemacht?«

Die alte Frau nickte. Sah über die Schulter der Schwester die beiden Fremden argwöhnisch an. Fixierte dann das Muster des Bettbezugs. Tränen rollten.

»Na, na, Frau Manecke. Ist ja alles in Ordnung. Die beiden Besucher sind von der Polizei. Sie möchten sich nur unterhalten. Wir passen auf Sie auf, machen Sie sich keine Sorgen!«

Hiltrud signalisierte der Schwester, sie möge sich etwas weiter zu ihr hinunterbeugen.

Dann flüsterte sie: »Nur der Mann!«

Nachsichtig lächelnd schüttelte die Schwester das Kissen neu auf, half der Patientin in eine halb sitzende Position. »Bequem?«

Hiltrud Manecke nickte.

»Frau Dreier, würden Sie mich bitte nach draußen begleiten? Ich habe eine schöne Tasse Tee für Sie«, meinte die Schwester dann augenzwinkernd und Silke folgte artig.

Außerhalb des Gesichtsfeldes der Patientin gab sie Silke ein Zeichen. Hier konnte sie stehen bleiben und wenigstens zuhören, wenn sie schon keine Fragen stellen durfte.

»Sind sie weg?«

Couvier nickte.

»Möchten Sie mir erzählen, was gestern passiert ist?«

Hiltruds Miene wurde trotzig. Sie schwieg. Verschränkte die Arme unter der Brust. Atmete hörbar.

»Es war ja sicher sehr kalt da draußen.«

»Was hat eine Fledermaus mit einem Vogelfänger zu tun?«, fragte die Patientin aggressiv.

Couvier überlegte. »Es hat bestimmt damit zu tun, dass beide fliegen können und das Fliegen lieben. Die Fledermaus kann es mindestens so perfekt wie ein Vogel – und ein Vogelfänger könnte es sicher gern, muss aber zusehen.«

Hiltruds Gesicht entspannte sich. Offensichtlich gefiel ihr die Antwort.

»Er ist neidisch, nicht wahr? Alle können es nicht!«

Schweigen zog ein. Weich wie Watte.

»Wie Benji.«

»Benji wollte es auch versuchen?«

»Weiß ich nicht. Menschen können es eigentlich nicht.«
Hiltrud beobachtete ihre Hände, die sich unruhig über
die Decke bewegten. Lauschte auf das leise schabende
Geräusch, das dabei entstand.

»Es gibt Flugzeuge. Mit denen funktioniert das ganz
gut.«

Hiltrud warf dem Besucher einen eigenartigen Blick zu.
Wisperte: »Am besten gelingt es ihnen, wenn sie tot sind.
Die Seele kann es natürlich. Dann ist sie frei.«

»Benjis Seele wollte frei sein?«

Silke hielt die Luft an. Kam jetzt doch das überra-
schende Mordgeständnis?

»Nein. Noch nicht. Meine Seele fliegt zuerst. Wir haben
oft darüber gesprochen. Wie in dem Gedicht von Benn.
Gottfried Benn.« Sie schloss für einen Moment die Augen.
»Schlimme Zeiten damals. Ich habe immer mit ihr gespielt.
Draußen, dann kam ein Mann und hat sie mit sich fort-
gerissen. Sie hat geweint. Er hat geschlagen. Immer werden die Frauen geschlagen. Immer.« Hiltrud weinte leise.
Wischte sich über die Augen. »Benji wusste das. Er hat
es erlebt.«

»Benji hat auch Frauen geschlagen.«

»Er kennt diese Zeit nicht. Zu jung. Nicht seine Schuld.«

»Das Mädchen kam nicht wieder. Weg«, setzte sie nach
einer Pause hinzu.

»Und Benji?«

»Auch weg. Für immer.«

»Wie ist das passiert?« Couvier fing eine der unruhigen Hände ein und streichelte sie. Weich, kühl, angenehm.
Aber ohne Muskulatur. Diese Hände waren nicht in der
Lage, einen jungen Mann zu Boden zu zwingen und ihm
den Kopf abzutrennen. Sicher nicht.

»Weiß nicht. Er war so schön. Jung. Und dann …« Sie weinte nun heftig. »Kalt. Stumm. Für immer.«

»Wie haben Sie ihn gefunden?«

»Immer geradeaus. Kalt. Nass. Benji. Lichter überall, Leute, Stimmen. Ich bin so müde!«

Couvier beschloss abzubrechen.

»Frau Manecke, ich gehe jetzt. Komme aber sicher wieder. Bestimmt.«

»Virchen mag es nicht, wenn ich mit Männern spreche! Furie!«

Emile lachte leise. Drückte sanft die Hand in der seinen.

37. KAPITEL

Kati Eichel wirkte wie aus einem britischen Roman entsprungen, hätte Lehrerin in einem Mädchenpensionat sein können oder Erzieherin bei einer der Familien des Hochadels. Ihre Kleidung wirkte praktisch und überaus korrekt, die Körperhaltung war bewunderswert gerade, der Blick der eisgrauen Augen durch die eckige schwarze Brille wach, kritisch und interessiert. Vielleicht eine Spur zu arrogant. Insgesamt die geballte Kompetenz.

Silke ertappte sich dabei, wie sie sich schon bei der Begrüßung kleinmachte.

Frauen dieser Art wirkten beängstigend. Ihr Perfektionismus schüchterte jeden ein, der mit ihnen Umgang hatte.

»Mein Name ist Kati Eichel. Sie haben mich hergebeten. Wie Sie sich sicher vorstellen können, ist meine Zeit knapp bemessen. In 30 Minuten habe ich den nächsten Termin mit einem Kunden.«

»Silke Dreier.« Die Ermittlerin bot der Leiterin des Pflegedienstes »Herbstzeitlose« Platz an, schob sich selbst eilig hinter ihren Schreibtisch, brachte ihn als Bollwerk in Stellung.

»Es geht um Ihre Patientin Hiltrud Manecke.«

»Die Kriminalpolizei möchte mich wegen Frau Manecke sprechen. Hm. Ich weiß nur, dass sie im Augenblick im Klinikum liegt.« Das Gesicht der Frau verschloss sich, ihre Lippen wurden dünn wie ein Finelinerstrich.

»Frau Manecke ist es gestern gelungen, das Haus zu verlassen. Haben Sie mit den Angehörigen geeignete Maßnahmen besprochen, ein solches Weglaufen zu verhindern?«

Frau Eichel reckte sich gerade auf. »Ja. Selbstverständlich. Wollen Sie mir irgendein Versäumnis vorwerfen? Dann werden Sie bitte konkret.«

Dieser Ton gefiel Silke Dreier gar nicht.

Sie begann in Gedanken zu zählen. Ein Tipp ihres Therapeuten, der nicht immer wirkte. Langsam bis zehn. Damit man ihrer Antwort die unterdrückte Wut nicht so deutlich würde anhören können.

»Es geht nicht um Versäumnisse Ihres Dienstes. Oder um die Frage, ob Leistungen korrekt abgerechnet wur-

den. Sie wissen ja, dass einige Ihrer Kollegen in Betrüge-
reien verwickelt waren und sind. Das ist hier aber nicht
der Punkt. Wir versuchen, uns ein Bild über die körperlichen und kognitiven Fähigkeiten der Patientin zu machen.
Wie stark schränkte die Demenz sie in ihrem Alltag tatsächlich ein?«

»Pauschal ist das nicht zu beantworten. Mal mehr, Mal
weniger. An manchen Tagen kann man sich mit ihr gut
unterhalten.« Frau Eichel hielt inne, schien ihrem Statement nachzuhören. Verzog unzufrieden das Gesicht und
korrigierte lächelnd. »Nicht über philosophische Themen.
Wenngleich sie mitunter durchaus tiefsinnige Dinge zum
Thema Tod äußert. Am besten sprechen kann man mit ihr
über alltägliche Belange. Wie zum Beispiel die Einnahme
von Medikamenten oder die Frage nach einem besonderen Essenswunsch.« Die professionelle Miene hatte sich
das Gesicht zurückerobert.

»Die Angehörigen berichten von heftigen Aggressio-
nen der Patientin.«

Wieder ganz Fachkraft, klang Frau Eichel, als habe sie
einen Reißverschluss bis zum Kinn hochgezogen. »Sie
ist eine starke Frau. War es wohl immer. Vieles an ihrer
momentanen Situation passt ihr nicht. In dieser Phase der
Erkrankung erkennen die Patienten mitunter deutlich,
welche Defizite sie plötzlich haben, dass sie sich und der
Demenz ausgeliefert sind. Sie kämpfen. Abgesehen davon
ist die Familie von Frau Manecke ausgesprochen autori-
tär im Umgang mit ihr. Man behandelt sie wie ein Kind.
Erlaubt ihr wenig Abwechslung. Haben Sie ihr Zimmer
gesehen? Gruselig. Natürlich versuchen wir Anregungen
zum Umgang mit dem Patienten zu geben, aber die Angehörigen erweisen sich in diesem speziellen Fall als bera-

tungsresistent. Das steigert die Aggressivität – manchmal bis zu einer geradezu eruptiven Entladung.«

»Haben Sie versucht, die Patientin aus dem heimischen Umfeld zu lösen?«

»Nun, das ist nicht so einfach. Ich sehe da, besonders in diesem Fall, eine deutliche Verantwortung bei uns. Allerdings hat Frau Hänsel die Betreuungsverfügung für ihre Schwester. Es geht ja nicht um körperliche Vernachlässigung, Misshandlungen oder ähnliche Dinge. Uns sind die Hände gebunden. Wir könnten uns an die Pflegekasse wenden und sie bitten, den MDK einzuschalten. Aber das ist nicht üblich. Sehen Sie, wenn wir jemanden über mangelnde Pflege durch Angehörige verständigen, so wird uns das als Versuch ausgelegt, Profit aus der Lage des Patienten und seiner Angehörigen zu ziehen. Es ist das Misstrauen gegen Pflegedienste. Und wir betreiben nicht einmal ein eigenes Pflegeheim. Wir verlören einen Patienten.« Sie senkte den Blick, beruhigte sich und meinte: »Es ist wirklich bitter. Sie müssen zusehen, wie Angehörige so ziemlich alles falsch anpacken, und können dem Patienten nicht wirklich helfen.«

»Sicher eine schwierige Situation für Sie und Ihre Mitarbeiter. Wie oft kommen Sie bei Frau Manecke vorbei?«

»Zweimal am Tag. Morgens waschen wir die Patientin, geben ihr die Medikamente, kontrollieren ihren Zustand. Frühstück, Mittagessen und Abendbrot bietet ihr die Schwester an. Darin sind wir nicht involviert, die Patientin isst weitgehend selbstständig. Am Abend nach dem Essen waschen wir sie erneut, machen sie fertig für die Nacht, geben ihr die Medikamente. Es klappt ganz gut. Die junge Frau Hänsel kennt sich mit Pflege aus und übernimmt die alltäglichen Dinge.«

»Haben Sie einen Schlüssel?«

»Nein. Frau Hänsel senior ist zu den vereinbarten Zeiten immer anwesend, wenn nicht, ist ihre Tochter zu Hause. Die Tür muss immer aufgeschlossen werden, die Angehörigen achten sehr darauf, dass die Patientin nicht unbemerkt aus dem Haus gelangen kann. Orientierung fällt ihr schwer, sie würde wohl nicht zurückfinden.«

»Und gestern Abend?«

»Wir wurden verständigt. Man sagte den Termin ohne Begründung ab.«

»Wer rief an?«

»Die Nichte.« Frau Eichel wurde von Frage zu Frage wortkarger.

»Frau Eichel, es geht hier um Frau Maneckes Verwicklung in einen Mordfall!«

»Mordfall? Hat sie die Schwester oder die Nichte umgebracht?«

»Weder noch. Aber Sie halten es theoretisch für möglich, dass die Patientin eine solche Tat ausführen könnte?«

»Ja. Naja, ehrlich gesagt wäre es wohl eher kein Mord. Sowas setzt dezidierte Planung voraus. Eher geschähe ein tragischer Unfall. In einem Wutausbruch kann sie ungeahnte Kräfte freisetzen. Sie wirft mit Gegenständen nach ihrer Familie. Dabei kann solch ein Wurfgeschoss schon mal tödlich treffen.«

»Als man sie fand, hatte sie den Leichnam eines jungen Mannes im Arm. Er ist eindeutig ermordet worden.«

Frau Eichel runzelte die Stirn. Schüttelte dann, nach reiflicher Überlegung den Kopf. »Nein. Das ist nun wirklich unwahrscheinlich, nachgerade unmöglich. Zu fremden Menschen ist sie selten aggressiv. Ihre Ausbrüche richten sich ausschließlich gegen Schwester und Nichte. Auch die

Pflegekräfte wurden noch nie körperlich attackiert, bestenfalls verbal angegriffen.«

»Schicken Sie gelegentlich einen männlichen Pfleger bei ihr vorbei?«

Diesmal wurde Frau Eichels Gesichtsausdruck eindeutig biestig. »Was wollen Sie damit andeuten? Sicher hat sich die Schwester beschwert. Dabei haben wir nur zu Anfang einen Pfleger geschickt, und nur weil Frau Hänsel senior das partout nicht akzeptieren konnte, später ausschließlich Pflegerinnen.«

»Frau Manecke hatte nichts eingewendet?«

»Nein! Überhaupt nicht. Sie war enttäuscht, dass wir nur noch weibliche Kräfte schicken durften. Sie selbst empfand die Betreuung durch den Pfleger als angenehm. Das hat natürlich nichts mit Erotik zu tun, sondern mit Vertrauen. Gerade Patienten, die gehoben oder auch nur gesetzt werden müssen, fühlen sich in starken Männerarmen einfach sicherer.«

38. KAPITEL

Die WG der Studentinnen lag direkt gegenüber von Campus und Medienzentrum.

Ideal.

Michael Wiener nickte anerkennend. »Das hätte mir als Student auch gefallen: Direkt vom Bett über die Kaffeemaschine in den Hörsaal.«

»Wie viele Mitbewohnerinnen hatte Sandra Kältering?«

»Drei sind beim Vermieter vermerkt. Mal sehen, vielleicht hatte sich die WG vergrößert.«

Die drei jungen Frauen hatten sich um den Küchentisch versammelt.

Starrten verloren und deprimiert vor sich hin. Eine Kanne Tee stand auf dem Rechaud, Zucker und Zitronensaft daneben.

Schnell stellte man für die beiden Besucher neue Tassen parat, bot ihnen Platz an.

»Ist es wirklich wahr? Sie haben sich nicht vielleicht doch getäuscht?«, fragte die hochgewachsene Andrea ohne echte Hoffnung. Strich die langen braunen Haare hinter die Ohren und sah den Cottbuser Hauptkommissar aus dunklen Augen an.

»Nein, Ihre Freundin wurde ermordet aufgefunden. Wir sind sicher«, erklärte Nachtigall. »Jetzt brauchen wir Informationen, die uns bei den Ermittlungen helfen können. Zum Beispiel: Wie verbrachte Sandra ihre Freizeit? Wen hat sie getroffen? Welche Hobbies hatte sie?«

»Welche Freizeit?«, fragte Monika gereizt, strubbelte durch ihre Kurzhaarfrisur, errötete bis zum Scheitel, als sie die strafenden Blicke der anderen beiden auffing. »Studentenleben heute ist voll mit Arbeit. Entschuldigung«, murmelte sie schnell, lehnte sich auf dem Stuhl zurück und presste die Lippen fest zusammen, als wolle sie nun auf ewig schweigen.

»Wir studieren unterschiedliche Fächer. Sandra Architektur. Sie hat viel Lob bekommen für ihre tollen Entwürfe zu geplanten Projekten. Meinen Sie, der Täter war ein neidischer, eifersüchtiger Kommilitone?«

»Wir schließen nichts aus.«

»Andrea fragt das, weil Sandra von einem Typen ständig blöd angemacht wurde. Tatsächlich gefürchtet hat sie sich aber nicht, würde ich sagen. Sie war eher total genervt.«

»Sie wurde von ihm bedroht? Oder was bedeutet ›ständig blöd angemacht‹ in diesem Kontext genau?«, fragte Nachtigall nach.

»Ja, der Kerl hat sie schon bedroht. Zumindest verbal. ›Dir sollte man nachts auflauern und alle zehn Finger brechen!‹, hat er zum Beispiel in der Cafeteria in ihr Ohr geflüstert. Oder ›Mit dem Prof. in die Kiste springen, das könnt ihr Weiber. Vielleicht sollte ich dich mal mit einem langen Messer besuchen!‹.«

»In meinen Ohren klingt das nicht harmlos«, meinte Wiener. »Hat sie sich Hilfe gesucht?«

»Wo sollte es die geben?«, fragte Andrea wütend. »Bei so was stehst du doch immer allein da!«

»Hat der junge Mann auch einen Namen?« Nachtigall nickte Wiener zu, und der zog sein Notizbuch hervor.

»Konstantin.«

»Es gibt keinen Familiennamen?«

»Den gibt es sicher, bloß hat Sandra ihn nie erwähnt. Sie erzählte nur von Konstantin.«

»Und er studierte im selben Fachbereich, saß mit ihr gemeinsam in den Vorlesungen?«, fragte Wiener nach. Als die Freundinnen nickten, wusste er, dass er diesen Konstantin sehr schnell finden würde.

»Gab es einen festen Freund?«, wechselte Nachtigall das Thema.

Die drei warfen sich lange Blick zu.

Schließlich zuckte Andrea mit den Schultern. »Wir wissen viel über die anderen. Aber nur das, was sie selbst preisgeben. Es kann nie ein Alles-Wissen geben. Und von einer festen Beziehung wissen wir nichts. Wenn es eine gab, war sie vielleicht einfach noch zu frisch, um Gesprächsthema zu sein.«

»Jedenfalls gab es keine typischen Reaktionen. Sie wissen schon, wenn das Telefon klingelt aufspringen und den Raum verlassen mit den Worten ›Oh, das ist wichtig, da muss ich rangehen‹. Mit gerötetem Gesicht zurückkommen.«

»Sie hatte männliche Bekannte. Aber eigentlich empfand ich sie immer im Gespräch mit Männern als distanziert.« Monika zupfte kleine Zellstofffetzen aus ihrem Taschentuch, streute sie auf ihren Schoß, schien ihr Tun gar nicht zu bemerken.

»Sportlich aktiv war sie doch sicher? Es gibt an der Uni einige Kurse für Studenten. Möglicherweise hat sie dort jemanden kennengelernt«, mutmaßte Michael Wiener.

»Nein, eher nicht.« Andrea schüttelte vehement den Kopf. »Sport war nun wirklich nicht ihr Ding! Schon gar nicht indoor. Sie ging gern spazieren. Im Wald oder an der

Spree.« Nach einer Pause ergänzte sie: »Soziales Engagement lag ihr eher.«

»Wie sah dieses Engagement denn aus?«, fragte Nachtigall weiter.

»Sie war Mitglied bei einer Freiwilligenorganisation. Die Mitglieder kümmern sich um Menschen mit Behinderung, altersbedingten Einschränkungen oder psychischen Problemen. Bastelnachmittage, Ausflüge, Kinobesuche – so etwas in der Art. Sandra fand das erfüllend. Sinnvolles Tun, nannte sie das.«

»Können Sie uns den Namen dieser Organisation nennen?« Wieners Kugelschreiber schwebte über dem Notizbuch.

Doch die drei schüttelten synchron die Köpfe.

»Hat sie je über Kollegen gesprochen? Vielleicht über einen Benji? Oder Besuche im Hospiz?«

»Benji? Ich glaube nicht, dass sie den Namen je erwähnt hat«, murmelte Monika. »Hospizbesuche auch nicht. Aber sie erzählte von einem geplanten Kinderhospiz in Burg. Allerdings redete sie nicht ständig über ihre Aktivitäten. Ich glaube, sie hat häufiger die Erfahrung gemacht, dass die Gesprächspartner nicht interessiert oder gar abgestoßen waren.«

»Ach.« Wiener wandte sich der Sprecherin zu. »Warum sollte man so reagieren? Ist doch eine wichtige Sache. Ehrenamtliche leisten Beeindruckendes.«

»Ja. Sicher. Sandra meinte, manche bekämen ein schlechtes Gewissen, wenn man zu viel darüber erzählt. Weil sie sich eben nicht einbringen können oder wollen. Ich glaube, dass nur wenige an der BTU davon wussten.«

Cindy, die dritte im Bunde, hatte bisher geschwiegen. Vor sich auf den Tisch gestarrt. »Es wird sie doch niemand wegen ihrer ehrenamtlichen Arbeit getötet haben! Von der ohnehin kaum einer wusste! Sandra war ein fröhlicher Mensch. Zupackend, unkompliziert. Immer hilfsbereit. Nett zu jedermann – selbst zu diesem neidischen Studienkollegen. Der würde vielleicht von seinen Eltern massiv unter Druck gesetzt, der Beste zu sein, war ihr Kommentar zu seinen ›Ausrutschern‹. Ich kann mir nicht vorstellen, dass irgendjemand einen Grund gehabt haben kann, sie zu ermorden! So etwas setzt doch voraus, das man das Opfer hasst, es vernichten will. Und wer sollte Sandra hassen? Sie ausnutzen – ja, das haben tatsächlich viele getan!«

Andrea wischte sich die Tränen von der Wange. Sie starrte blicklos aus dem Fenster. »Ja. So sehe ich das auch«, wisperte sie und ihre Lippen gehorchten kaum.

»Was haben Sie als Grund angenommen, als Sandra nicht nach Hause kam?«

»Wir waren sofort besorgt. Nicht nach Hause zu kommen war ein sonderbares Verhalten, nicht typisch für Sandra, die sich sonst immer bei einer von uns abmeldete, wenn sich an ihrer Planung etwas änderte. Sie wissen schon: Typisch Einzelkind, eine Gewohnheit für Muttis Nerven.«

»Schon am kommenden Nachmittag riefen wir ihre Eltern an. Sandras Handy war aus. Auch nicht ihre Art, sie war immer erreichbar, schon weil dieser Verein ihr so wichtig war und sie nicht verpassen wollte, wenn man sie für einen Einsatz brauchte. Aber ihre Eltern hatten auch nichts von ihr gehört. Und den Rest kennen Sie ja sicher.«

»Kennen ist zu viel gesagt. Wir wissen erst seit wenigen Stunden um die Identität des Opfers.«

»Ihre Kollegen waren hier. Man befragte uns und ging wieder. Bestimmt dachten die Polizisten, Sandra sei mit einem Lover durchgebrannt.«

»Jedenfalls hatten wir nicht das Gefühl, dass unsere Besorgnis ernst genommen wurde.« Cindy schlug die Beine übereinander. Ihren traurigen Blick durchzog für Sekunden eisige Wut.

»Welches Zimmer war Sandras? Ich würde mich gern dort umschauen.« Wiener erhob sich und Andrea führte ihn hin.

Nachtigall erklärte: »Ihre Mitbewohnerin wurde brutal getötet. Wir reden hier nicht über einen Schuss aus dem Hinterhalt, einen Messerstich in den Rücken. Es war bewusstes, gnadenloses Töten. Und Sandra hat den Täter gesehen. Überlegen Sie noch einmal genau, ob es im Umfeld Ihrer Freundin jemanden gibt, der zu solch einem Vorgehen in der Lage wäre. Dem es gleichgültig ist, dem Opfer beim Sterben in die Augen zu schauen.«

»Huh! Das klingt gruselig. Sind Sie sicher, dass es so abgelaufen ist? Ich mag mir gar nicht vorstellen, dass wir so jemanden womöglich kennen!« Cindy schlang die Arme um ihren Oberkörper.

Monika kaute an der Unterlippe. Dachte nach. »Sie haben zwei Opfer, nicht wahr? Dieser junge Mann, Benji, ist auch tot. Der Täter wollte nicht nur Sandra umbringen.«

»Was?« Cindy sah die Freundin schockiert an. »Wenn sie diesen Benji nun doch gekannt hat, sind wir als Freundinnen dann nicht auch in Gefahr?«

39. KAPITEL

Jürgen war unzufrieden. Gereizt. So richtig schlecht gelaunt.

Die beiden Blödmänner störten ihn wie Sandflöhe in der Badehose. Wenn er die nur endlich irgendwie loswerden könnte!

Natürlich musste das unauffällig über die Bühne gehen. Er hatte nicht den geringsten Bock auf eine Wiedereingliederung in den Knastablauf.

Obwohl, grübelte er weiter, spannend war der Alltag mit den beiden Vollpfosten nun wirklich nicht. Und ständig musste man die im Auge behalten! Thomas der Depp, der seine Säure zur Erneuerung der Haut an Händen und Gesicht eingesetzt hatte. Was grapschte der auch anderer Leute Sachen an. Nun jammerte und lamentierte der Typ, redete von Narben, Entstellung und Kelloidbildung. Dabei war er allein schuld! Aber das würde der Bewährungshelfer womöglich anders sehen. Mit ein bisschen Pech stand also Ärger ins Haus.

Gift!, kehrte er zu seinem ursprünglichen Denkansatz zurück.

War eine Überlegung wert.

Was Natürliches, Bio eben.

Gab ja genug Giftpflanzen an allen Ecken und in Gärten. Man musste nur wissen, welche man verwenden wollte und wie viel davon notwendig war, um das gewünschte Ergebnis zu erreichen. Unauffällig sollte es sein, oder noch besser, nach dem Tod schnell aus dem Körper verschwunden. Er selbst war ja aufgrund seiner Vorgeschichte etwas belastet, was das Thema Mord anging. Was bedeutete, dass er es eben besonders geschickt einfädeln müsste. Schließlich war er der ReSo-WoG-Koch, allzu schwierig dürfte es nicht werden. Man sollte sich eben vorher überlegen, wem man Kochen und Küche überließ, wenn man nicht plötzlich an einem leckeren Pilzgericht oder Ähnlichem verrecken wollte! Ihm konnte das sicher gelingen – hätte eigentlich auch damals klappen müssen, wenngleich das Ganze ja vollkommen anders angelegt war. Diesmal ging es nicht wirklich um Spaß! Die Läuse mussten aus dem Pelz. Punkt. Die wurden längst unerträglich.

Mit ihm, Jürgen, legte sich besser keiner an. Kapieren würden die beiden Trottel das wohl in diesem Leben nicht mehr.

Denn ihre eigene Spanne war nur noch sehr kurz.

Wie kurz, würde sich gleich erweisen.

Er startete den PC. Ein bisschen Recherche war vonnöten, sollte alles glatt über die Bühne gehen. Browserverlauf löschen, nicht vergessen! Sie drei standen ja unter polizeilicher Beobachtung, da galt es, Risiken zu minimieren.

Giftpflanzen zu googeln und die Dosierungen zu recherchieren war bei seiner Bewährungshelferin nicht gern gesehen.

Er grinste breit, als er die Suchmaschine aufrief.

Wenig später brütete Thomas ebenfalls über seinen Befreiungsschlag.

Die ursprüngliche Idee – nicht gut genug. Sein Kontakt – eine Niete.

Er griff nach der aktuellen Einkaufsliste, die das »Koch-genie« erstellt hatte, und begann auf der Rückseite seine neue Planung zu skizzieren.

40. KAPITEL

Die Eltern des Opfers warteten bereits im Büro, als Nachtigall und Wiener zurückkehrten.

»Wir wollen gleich Bescheid wissen! Sandra ...« Die Mutter, eine sportliche Frau Ende 40, wischte mit dem Taschentuch über die Augen. »Sie ist unser einziges Kind. Nie gab es irgendwelche Schwierigkeiten mit ihr. Ich kann gar nicht begreifen, warum jemand ihr Schaden zufügen wollte.«

»Wie?« Das Wort durchschnitt die Luft wie ein Fleischermesser, hallte nach wie ein Peitschenknall.

Der Vater, fast so groß wie der Cottbuser Hauptkommissar selbst, allerdings deutlich korpulenter, lauschte der Wirkung seiner Frage nach. Wartete. Ganz offensichtlich gewohnt, dass sein Umfeld umgehend reagierte.

Die wortlose Pause war eine Belastung.

Er füllte sie mit aggressiven Blicken und lautem Schnaufen.

»Ihre Tochter wurde planvoll getötet.« Nachtigall formulierte möglichst vage, ihm selbst fehlten auch wichtige Informationen.

Der Vater pumpte: »Wurde sie vergewaltigt?«, schoss er die nächste Frage ab.

»Das wissen wir noch nicht«, räumte der Cottbuser Hauptkommissar ein. Aus dem Augenwinkel beobachtete er, wie Frau Kältering bei diesem schroffen Auftreten ihres Mannes immer mehr schrumpfte, als versuche sie, sich unsichtbar zu machen.

»Nun lass es doch …«, begann sie leise.

Der Gatte wandte sich überraschend behände um und fauchte: »Gut sein? Ja? Wolltest du das sagen? Als könnte an der Ermordung unserer Tochter irgendetwas gut sein!«

Dann wandte er seinen Zorn wieder den Ermittlern zu. »Wann wird der Herr Rechtsmediziner sich zu einem Befund durchringen?«, wollte er wissen, schob sich vor, trat nahe an Nachtigall heran.

Der Hauptkommissar zeigte sich gänzlich unbeeindruckt. Immer wieder hatte es solche Versuche der Einschüchterung gegeben, sie bewirkten bei ihm eher das Gegenteil des Erwünschten.

Er nickte Michael kurz zu.

»Frau Kältering, kommen Sie doch bitte mit mir hinüber ins andere Büro. Dann kann ich schon mal Ihre Aussage aufnehmen«, lud Wiener die Mutter ein, ihn zu begleiten.

Die Frau erhob sich schwankend, wich dem feindseligen Blick ihres Mannes aus.

Erst an der Tür warf sie einen verwirrten Blick zurück auf die beiden Männer, die inzwischen so dicht beieinander standen, dass sich ihre Bäuche beinahe berührten.

Kaum hatte Wiener die Tür zugezogen, zischte Nachtigall grob: »Wir können nicht mehr sagen, weil wir mit der Untersuchung des abgetrennten Kopfes Ihrer Tochter begonnen haben und dann mit dem Körper fortsetzten. Weder Kopf noch Körper sind ganz frisch. Unser Rechtsmediziner hat einen Entomologen kontaktiert und klärt nun, welche Rückschlüsse der Madenbefall über die Lagerung der Leichenteile zulässt. So! Sind Sie jetzt mit der Fülle der Auskünfte zufrieden?«

Der Vater blinzelte. Kurz.

Trat einen halben Schritt zurück.

»Sie wurde enthauptet?«, fragte er dann.

»Ja.«

»Abgeschlagen? Wie es diese Terrorgruppen so gern tun?«

»Nein. Ein glattes Werkzeug wurde nicht verwendet.«

Der schwere Mann fiel auf den Stuhl zurück, legte schwer atmend den Kopf in seine dicken Hände. Nachtigall sah, dass die wulstigen Lippen zuckten, die großporige Nasenspitze sich rot verfärbte.

»Wir können uns auch später weiter unterhalten«, bot der Hauptkommissar ein wenig schuldbewusst an, überlegte, ob seine Worte doch zu hart gewählt waren, fragte: »Soll ich einen Arzt für Sie rufen?«

Der Kopf tauchte auf. Die Augen gerötet, ohne Tränen.

»Nein!«

»Gut. Kannten Sie den Freundeskreis Ihrer Tochter? Mit wem hat sie sich gern getroffen, wohin ging sie gern, was unternahm sie in ihrer Freizeit?«

»Seit sie hier studiert, hat sie sich gelegentlich bei uns gemeldet, hat auch das eine oder andere Wochenende bei uns verbracht. Aber es gab keine Regel wie: Jeden Sonntag gegen Abend rufe ich euch an. Sie hat nicht gern über sich gesprochen, wenig von Studium und Freunden erzählt. Viel weniger als ihre Mutter sich gewünscht hätte. Wir waren plötzlich außen vor, wie das heute so heißt, wenn man jemanden aus der eigenen Privatsphäre aussperren möchte.« Der Vater seufzte. »Bei Facebook teilen sie geheimste Geheimnisse mit Unbekannten, ohne an die möglichen Folgen zu denken, aber den Eltern verschweigen sie selbst Banales.«

»Ihre Tochter war sozial engagiert?«

»Ja. Schon immer. Von mir hat sie das nicht!«, stellte der Vater klar, und Nachtigall zweifelte keine Sekunde lang daran, dass es genau so stimmte.

»Die Schwachen. Die Armen. Die Kranken. In Cottbus gibt es doch sicher auch eine Tafel?« Er wartete das Nicken Nachtigalls gar nicht erst ab. »Dann fragen sie dort nach. Bestimmt hat sie sich bei denen engagiert. Oder in einer Behinderteneinrichtung. Für so was war sie immer zu haben. Lebenszeitverschwendung habe ich das genannt, aber das entsprach nicht ihrer Sicht auf die Dinge.«

»Und, wie war Sandras Sicht auf die Dinge?«

»Ihr Argument war, die Starken und Gesunden sollten einen Teil ihrer Kraft denjenigen schenken, die nicht so gut von der Natur bedacht wurden. So war sie eben. Da meine Position vollkommen konträr zu ihrer war, ergaben sich viele heftige Diskussionen.«

»Kann ich mir vorstellen. Aber überzeugen konnten Sie Ihre Tochter nicht – und sie konnte ihren Vater nicht umstimmen.«

»Ja. Sinnlose Diskussionen. Vertane Zeit, schlechte Stimmung auf beiden Seiten. Meine Frau hielt sich immer schön raus. Zumindest solange ich anwesend war. Vielleicht hat sie sich auf Sandras Seite geschlagen, sobald ich den Raum verlassen hatte. Denkbar.« Er atmete tief durch. »Ehrenamtliche Tätigkeiten füllten schon seit vielen Jahren so gut wie ihre gesamte Freizeit. Sie sollten bei Einrichtungen nachfragen, die Leute als Freiwillige beschäftigen, die sich gern selbst ausbeuten.«

»Haben Sie die Mitbewohnerinnen der WG kennengelernt?«

»Einmal getroffen ist ja nicht kennengelernt. Als Sandra einzog. Wir haben ihr beim Umzug geholfen und am Abend der gesamten WG ein Abendessen spendiert. Sandra wollte, dass wir von Besuchen bei ihr absähen, sie meinte, wenn sie uns sehen wolle, käme sie bei uns vorbei.«

41. KAPITEL

»Frau Kältering, hatten Sie den Eindruck, Ihre Tochter sei glücklich hier? Oder wirkte sie vielleicht häufig angespannt, gereizt oder gar wütend?«, begann Wiener das Gespräch im Nachbarbüro.

»Meine Tochter war immer sehr ausgeglichen. Ihre Mitbewohnerinnen müssen wirklich sympathisch sein, sie erzählte nur nette Dinge über die drei.« Die Mutter beugte sich etwas näher zu Wiener über den Schreibtisch. »Erst dachte ich ja – drei plus eins und alles Frauen – na, das wird eine stressige Angelegenheit werden. Aber so verschieden die vier auch sind, es gab kaum Gezicke. Missverständnisse klärten sie ruhig. Sandra fühlte sich dort sehr geborgen.«

»Hätte Sie Ihnen denn von einem Freund erzählt? Einem intimen Freund?«

Frau Kältering zuckte zurück, als habe Wiener sie mit kaltem Wasser bespritzt.

Sie lehnte sich auf dem Stuhl so weit wie irgend möglich zurück, schlug die Beine übereinander, zog sie nah an den Körper und umfasste dann ihr rechtes Knie, setzte eine giftige Miene auf.

»Also eher nicht«, deutete Wiener die Körpersprache.

»Du liebe Güte! Es gibt ein Alter, da quasseln sie ständig von jeder Fliege. Und wenige Jahre später ist dann Schluss damit. Sie teilen ihr Leben nicht mehr mit Mutti! Wahrscheinlich sind Ihre noch im Quasselmodus. Niedlich, klein, anschmiegsam. Glauben Sie mir, so bleibt es nicht!«

»Das weiß ich. Und es war nicht als versteckter Vorwurf gemeint. Ich kann mich sehr gut daran erinnern, dass meine Familie auch nie wusste, ob es eine verflossene, aktuelle oder angepeilte Freundin gab. Ich ließ sie mit Vergnügen im Ungewissen.« Er lächelte, gab sich Mühe, es charmant wirken zu lassen. Dachte an den abgetrennten Kopf, das qualvolle Sterben und sprach hastig weiter, bevor ihm das Lächeln entgleiten würde. »Hat sie außer den Namen ihrer Mitbewohnerinnen andere genannt? Im Gespräch, beiläufig? Vielleicht ohne sie einem konkreten Hintergrund zuzuordnen?«

»Zum Teil waren es Spitznamen. Rembrandt zum Beispiel, oder einmal erwähnte sie Sphinx. Mir schien, die hatten eher einen Zusammenhang mit ihrem sozialen Tun, weniger mit der Uni.«

»Erwähnte sie einmal einen Benji?«

»Benji? Nein. Den Namen habe ich nie von ihr gehört. Aber das muss natürlich nichts heißen. Wäre er wichtig gewesen, hätte sie ihn ohnehin nicht genannt. Der junge Mann heißt doch sicher Benjamin. Ich finde es unendlich traurig, wenn mit Liebe ausgewählte Namen derart verstümmelt werden. Wir sind doch keine Tiere, die sich nur zweisilbige Namen merken können.«

»Sandra ist auch zweisilbig«, warf Wiener ein, bereute es sofort. Es war taktlos.

»Das liegt daran, dass mein Mann den Namen ausgewählt hat. Sandra hat noch zwei weitere Vornamen, Christiane und Ekatarina.«

»Hat sie die gelegentlich benutzt?«

»Nein. Das wäre erst in ein paar Jahren so gekommen. Wenn sie erkannt hätte, dass diese Namen etwas Besonderes sind.« Sie lächelte mild. »Vielleicht dachte sie auch, die anderen könnten sich einen zweisilbigen eher merken, wären mit mehrsilbigen schnell überfordert.«

»Tatsächlich wissen Sie nur sehr wenig über Ihre Tochter.«

Frau Kältering sprang abrupt auf, zog ihr Jackett über dem Oberkörper enger zusammen. Trat ans Fenster. Schwieg. Kam zum Tisch zurück, setzte sich wieder.

»Was auch immer Sie damit sagen wollen! Sandra ist volljährig. Schon seit Jahren. Es war ihre Entscheidung, sich bedeckt zu halten, nichts zu erzählen. Und ich bin nicht der Typ Mutter, der hinter dem eigenen Kind herspioniert, sich in sein Leben zu drängen versucht, ständig bohrende Fragen stellt. Wenn sie mir etwas erzählen wollte, hörte ich aufmerksam zu, habe Ratschläge gegeben, wenn sie ausdrücklich gewünscht wurden. Aber ausgefragt habe ich meine Tochter nie – und ehrlich, das hätte auch nicht funktioniert.«

Das Telefon klingelte eine Unterbrechung herbei.

»Wiener!«

»Hallo, Kollege, ich bin Karl Schneider. Wir haben gerade einen Anruf aus dem Thiem-Klinikum bekommen. Dort wurde eine Patientin von einer falschen Schwester belästigt. Eine Frau Hiltrud Manecke. Man sagte mir, der Fall läge eh bei euch.«

»Das stimmt. Wann war denn dieser Besuch?«

»Naja, so genau lässt sich das nicht feststellen. Die Patientin ist …«

»Dement. Ich weiß. Hat außer der Patientin noch jemand diese Schwester gesehen?«

»Ja. Eine der diensthabenden Schwestern der Station. Schwester Margarethe Winkler.«

»Danke. Wir kümmern uns!«

Als Wiener von seinem Notizblock aufsah, war Frau
Kältering still gegangen.

42. KAPITEL

Annabella Falk war beunruhigt.

Was genau musste man der Polizei nun erzählen und
was nicht?

Nervös knetete sie ihre kalten Finger.

Was, wenn nun jemand in diese furchtbare Geschichte
verwickelt würde, nur weil sie geschwiegen hatte? Aber
auf der anderen Seite: War es nicht etwas, das die Polizei
unbedingt erfahren sollte?

Möglicherweise war es der entscheidende Hinweis, der
zum Täter führte!

Nachdenklich ging sie in die Küche, setzte den Wasser-
kocher in Gang. Nahm eine große Tasse vom Abtropfbrett
der Spüle. Hängte einen Teebeutel ein.

Wartete auf das Teewasser. Dachte in der Zwischenzeit gründlich über das Problem nach.

Die junge Frau hatte sich schon lange nicht mehr wohlgefühlt.

Sie kam immer seltener zur Gesprächsrunde in der Hebammenpraxis.

Auffällig nervös, auffällig schreckhaft, ängstlich. Sie setzte sich stets mit dem Blick zur Tür, als befürchte sie, es könne sonst jemand unbemerkt eintreten. Der Kleine blieb während der Gesprächszeit praktisch unsichtbar, gelegentlich gab er die typischen Glucksgeräusche eines Babys von sich. Zum Glück. Sonst hätte man leicht annehmen können, der Wagen sei leer.

Simone. Eine gut aussehende Frau. Annabella wusste, dass der Kleine ihr ähnlich war, sie hatte einfach die Decke weggeschoben und ihn angesehen. Den Protesten der Mutter zum Trotz.

»Anonyme Zuhörer kann ich nicht in unserer Runde dulden!«, hatte sie lachend gesagt, und Simone beruhigte sich schnell.

Beim letzten Besuch hatte sie sich bei ihr erkundigt: »Kindchen, stimmt etwas nicht?« Die junge Mutter hatte energisch den Kopf geschüttelt. »Kindchen, wenn Sie Hilfe brauchen, dann sprechen Sie mit mir!«

Doch Simone hatte nur den Arm ausgestreckt und die Decke über dem Kleinen höher gezogen. Dabei hatte sie den großen blauen Fleck an ihrem Unterarm gesehen. Wusste natürlich, wie das zu interpretieren war.

»Kindchen, das kommt häufiger vor, als Sie denken! Sprechen Sie mit mir!«, flehte Annabella schon fast, doch Simone ließ sie erneut abblitzen. Zog den Ärmel bis über die Hand.

Ist nicht die erste Ehe, von der du weißt, dass sie nicht gut läuft, dachte Annabella bedrückt. Sie wünschte sich, die junge Mutter könne wenigstens bei ihrer eigenen Mutter Verständnis und Hilfe finden, ahnte aber, dass die junge Frau niemanden in das Problem einzuweihen bereit war. Das Wichtigste für sie war, ihren Sohn zu schützen.

Und das tat sie mit Energie und Kraft.

43. KAPITEL

Im Grunde habe ich es schon immer gewusst.

Und wenn Sie gründlich nachdenken, erkennen Sie es sicher auch. Ihnen ist es längst klar, Sie wollen es nur nicht wahrhaben.

Ich war ein winziges Baby.

Meine Mutter muss wohl von der Situation überrascht worden sein. Später erzählte sie mir, sie habe gar kein Kind gewollt und schon gar nicht so eines: faltig, schrumpelig, hässlich. Ob sie zu der Zeit schon mutiert war, kann ich nicht sagen. Als sie den Arzt traf, fragte sie, ob sie mich nicht einfach dort lassen könne, sie wolle kein Kind. Nur Ärger, Kosten, Stress!

Man lehnte ab.

Offensichtlich war ich auch dort nicht gewollt.

Es gab keinerlei Versuche, mir den Start ins Leben zu erleichtern. Und so blieb mir keine andere Wahl, als mich irgendwie selbst zu retten. Als Säugling hat man nicht viele Möglichkeiten, ja, stimmt. Aber sobald man das Brot erreichen kann …

Tatsächlich hatte ich bis zum Zeitpunkt meiner Entbindung eine ganze Reihe chemischer und mechanischer Anschläge auf meine Existenz überstanden. Die dabei erworbenen Fähigkeiten waren sicher wichtig, um in der Folge eine Entwicklung durchlaufen zu können.

Eine direkte Fütterung des Säuglings kam für meine Mutter nicht in Betracht. Um ihr »Gesäuge« nicht unansehnlich werden zu lassen, bekam ich gelegentlich eine Flasche. Mangel wurde zu meinem Leben, ich lernte, mit dem Angebot hauszuhalten. Kam klar. Kämpfernatur.

Schläge, Schikanen – von klein auf härteten sie mich für die Zukunft ab.

Natürlich verbarg sie all das gut vor neugierigen Blicken. Kam Besuch, gab sie sich besorgt über meinen Entwicklungsrückstand, zu klein, zu schwächlich, zu mager. Sie inszenierte sich als fürsorgliche, ratlose, liebende Mutter.

Gelegentlich brachten Bekannte Süßigkeiten mit.

Kaum hatten sie uns verlassen, waren die verschwunden, für mich unerreichbar versteckt.

Offensichtlich merkte ich schnell, dass mit dieser Familie etwas ganz und gar nicht stimmte.

In der Schule erzählten die anderen von ihren Eltern – und vieles war mir fremd. Man schmuste dort, herzte sich, überraschte sich gegenseitig mit kleinen Geschenken, lachte gemeinsam, unternahm Ausflüge. Bei uns sah der Alltag anders aus.

Doch, wie für Publikum geprobt, verwandelte sich unsere Wohnung zur Bühne, sobald Besuch zur Tür herein kam. Es schien, als wüssten meine Eltern, was zu sehen die anderen erwarteten, und boten es. Klar, dass mir niemand glauben würde, welche kolossale Verwandlung bei uns vor sich ging, schloss sich die Tür hinter den Gästen.

Meinen Vater? Traf ich kaum.

Wenn er zu Hause war, saß er auf der Couch, schaufelte Fleisch in sich hinein, spülte mit Bier nach.

Schwieg.

Zu allem.

Es sei denn, er wurde dezidiert zu Aktivität aufgefordert. »Schlag es!«, forderte meine Mutter zum Beispiel. »Es war böse!«

Das konnte er gut.

(*)

44. KAPITEL

Silke saß im Büro und starrte auf Pinnwand und Flipchart. Schüttelte verärgert den Kopf. »Warum treten wir in diesem Fall derart hartnäckig auf der Stelle? Ist doch eigenartig. Normalerweise finden wir doch auch eine Verbindung zwischen den Opfern und dem Täter! Immerhin wissen wir, dass es eine zwischen Hiltrud Manecke und dem ersten Opfer gegeben haben muss, auch wenn ihre Familie das bestreitet. Wo hat die alte Dame diesen jungen Mann getroffen? Und wo war das ohne Wissen der Hänselladys möglich? Aber eine Verbindung zwischen Benjamin Horsch und Sandra Kältering ist nicht einmal zu erahnen!«

Es klopfte energisch, Silke fuhr heftig zusammen.

»Herein!«, forderte sie mit mehr Selbstbewusstsein, als sie tatsächlich empfand. Um diese Zeit konnte es eigentlich nur einen geben, der bei ihr anklopfte.

»Hallo, Frau Dreier!« Dr. März trat schwungvoll ein, sah sich kurz um, warf einen Blick auf die Notizen auf dem Flipchart, nickte kurz und unzufrieden. »So richtig nah sind Sie dem Täter noch nicht gekommen!«

»Wir suchen die Verbindung zwischen den Opfern. Bisher können wir nur davon ausgehen, dass Frau Manecke das erste Opfer kannte. Alles andere ist noch unklar.« Sie ärgerte sich über ihre kleinlaute Stimme, die sie so unglaublich schwach erscheinen ließ. Richtete sich gerade auf.

Steifbeinig trat der Staatsanwalt an ihren Schreibtisch.

Bebend vor Zorn fixierte er die Ermittlerin mit aggressivem Blick. Silke zwang sich, den Augen standzuhalten.

»Festgefahren, Frau Dreier? Vielleicht brauchen Sie eine Auszeit, müssen sich mal erholen!«

Scheiße, dachte Silke, das war's dann bei der Mordkommission. Diesmal gibt es ganz sicher keine zweite, dritte, vierte Chance mehr.

»Wenn es eine zufällige Begegnung gab, wird es schwierig.«

»Ja, schwierig. Weil man Frau Manecke eben nicht einfach so mal eben zufällig begegnen kann, nicht wahr? Und wie passt Sandra Kältering in Ihre Zufallstheorie?«

»Noch gar nicht. Sie selbst hat nie von Benjamin Horsch gesprochen, weder hat sie den Namen bei ihren Eltern erwähnt, noch bei den Studentinnen aus der WG.«

»Was Sie persönlich so sehr ärgert, dass Sie mit einer Zeugin aneinandergeraten.« Der drohende Ton war nicht zu überhören.

Silke schluckte. Räusperte sich. »Frau Hänsel! Die Schwester. Eine von Grund auf böse Frau! Sie versuchte mit allen Mitteln von ihrer eigenen Verantwortung für die Situation abzulenken, indem sie mich beschimpfte. Ich sah mich daraufhin zu einer deutlichen Entgegnung genötigt.«

»Ach, zu einer Entgegnung genötigt? Eine Frau, die sich psychisch unter Druck befindet, weil ihre Schwester möglicherweise in einen Mordfall verstrickt ist, wird von Ihnen beleidigt, gemaßregelt? Sie erklärte, Ihr ganzes Verhalten sei anmaßend gewesen, Ihre verbale Entgleisung nur die Spitze des Eisbergs!«

Silke spürte den Puls an den Schläfen pochen. Wusste, dass sie jetzt ruhig bleiben musste, wenn sie nicht ihre allerletzte Chance verspielen wollte. Sie verknotete ihre bebenden Finger ineinander, löste sie, verschränkte sie erneut ineinander, drängte die Rachegedanken gegen Frau Hänsel ein wenig zurück. »Tatsächlich ist es so gewesen, dass Frau Hänsel sich anmaßend gegenüber einer Ermittlungsbeamtin verhalten hat und zur Zusammenarbeit bei der Aufklärung der Tatumstände nicht bereit war. Im Gegenteil, sie behinderte die Ermittlung.«

»Inwiefern?« Dr. März klang noch immer ausgesprochen gereizt. Immerhin trat er mit verschränkten Armen einen Schritt von ihrem Schreibtisch zurück, wandte den Blick den Ermittlungsergebnissen zu.

»Es ist eine Tatsache, dass ihre Schwester das Haus ohne Begleitung verlassen konnte. Während ihrer eigenen Abwesenheit. Das möchte sie uns gern vergessen machen und schlicht jede Verantwortung abstreifen. Sie sucht einen Sündenbock und glaubt, sie habe die passende Geiß für diese Rolle in mir gefunden.«

»Und Sie meinten, es sei Ihre Aufgabe, der Zeugin diese umwerfenden tiefenpsychologischen Schlüsse, zu denen Sie gekommen sind, vor die Füße zu werfen?«

»Nein. Ich schwieg zunächst dazu. Erst als sie fror und mich auch dafür verantwortlich machen wollte, wurde ich deutlicher. Das Wetter mache schließlich nicht ich! Und wir standen auch nicht meinetwegen auf dieser Wiese im eisigen Wind! Möchten Sie, dass ich mich bei ihr entschuldige? Für den Wind, die Kälte, den Winter und ihre eigene Nachlässigkeit?«

»Frau Dreier, Menschen benehmen sich manchmal nicht so, wie wir es uns von ihnen wünschen würden. Es gibt keinen Grund, warum Sie auf solch ein Verhalten mit ebenso falschem reagieren sollten. Sie brauchen sich nicht für den Winter zu entschuldigen. Das erwartet niemand.

Aber ich möchte, dass Sie in Zukunft ein deutlich anderes Verhalten zeigen. Die Zeugin soll mit uns arbeiten. Ihre Entgegnung wird sie dazu nicht motivieren.«

Silke schwieg.

»Gibt es denn irgendwelche Erkenntnisse zur Morddrohung?«, wechselte Dr. März das Thema.

»Ich habe die kürzlich entlassenen ›Droher‹ gecheckt. Von denen sind nur drei in der Nähe, zwei haben nach der Entlassung sofort das Bundesland gewechselt, einer lebt jetzt in Canada bei seiner Frau. Die Liste habe ich ausgedruckt und werde Sie mit dem Kollegen durchsprechen.«

»Gut.« Dr. März wandte sich um. Als er die Klinke schon in der Hand hatte, meinte er: »Frau Dreier, Sie sollten sich dringend Hilfe suchen! Dies ist mehr als ein wohlmeinender Rat, das sollte Ihnen klar sein. Ich möchte nicht noch einmal ein Gespräch mit Ihnen über Ihr Verhalten führen müssen!« Damit rauschte er hinaus und zog die Tür hinter sich zu.

»Scheiße!«, fluchte Silke verhalten. Stand auf und legte die Namensliste in Nachtigalls Büro.

45. KAPITEL

Conny saß auf der Couch.

Wenig entspannt, wie die sensiblen Katzen registrierten. Selbst Domino hatte sich in die andere Ecke des Möbels verdrückt, warf nur gelegentlich einen Blick zur Dame des Hauses hinüber.

Auf dem Tisch: Der Brief.

Von dessen Inhalt sie wahrscheinlich noch immer nichts wüsste, hätte der Zufall ihr nicht den Kollegen über den Weg gescheucht.

»Hallo, Conny!«, hatte er sie begrüßt, als sie gerade vom Bummel durchs Blechen-Carré das Parkticket am Automaten bezahlen wollte. »Wie geht es deinem Mann denn nun? Habt ihr euch schon für eine der Operationsmethoden entschieden? Risikoabwägung ist natürlich immer schwieriger, wenn man persönlich betroffen ist.«

Im ersten Moment war sie überrumpelt, doch dann behauptete sie, man sei noch im Diskurs, gerade weil die Entscheidung nicht leicht zu treffen sei.

Und zum Abschied warnte der Kollege noch: »Ist ja in Ordnung. Aber zu lange solltet ihr nicht diskutieren. Ist ja nicht zu spaßen mit so einer Diagnose. Ein Aortenaneurysma ist gefährlich, zumal eines dieser Größe.«

Der Rest des Nachmittags war in einer Mischung aus Wut, Enttäuschung und Sorge versunken.

»Nun bin ich ja gespannt, wann er mir hätte davon erzählen wollen! So was kann man doch dem Partner nicht einfach verschweigen. Totschweigen!« Sie zuckte bei diesem Wort merklich zusammen, fand, es sei in dieser Situation kein glücklich gewählter Ausdruck, unpassend, gerade makaber.

»Euch hat er es bestimmt erzählt, nicht wahr?«, fragte sie die Katzen.

Casanova und Domino stellten sich sicherheitshalber taub.

Als Katzen wussten sie schließlich sehr genau, wie man ein Geheimnis bewahrte.

46. KAPITEL

Peter Nachtigall und Michael Wiener saßen schweigend am Tisch, jeder hinter einer Tasse Kaffee.

»Hast du dich inzwischen entschieden?«, wollte Nachtigall wissen.

»Du meinst wegen Baden-Württemberg? Noi! Aber immerhin könnt i dann wieder Dialekt schwätze und müsst net immer Hochdeutsch sprechen. Du weisch ja, Marnie möchte net, dass ma höre ka, woher mir urschprünglich kommet.«

»Und das wäre den Wechsel wert?«

»Noi. Aber es isch was, wo für Marnie positiv zu Buche schlägt.«

Sie schwiegen erneut.

Diesmal unterbrach Wiener die Stille. »Was ist eigentlich bei dem CT rausgekommen? Hat man die Ursache für deine Beschwerden gefunden?«

»Ja. Eine kleine Sache. Wenn wir den Fall abgeschlossen haben, überlege ich mal, ob ich es operieren lassen soll oder nicht«, wiegelte der Freund ab. »Dann kommt für ein paar Tage eine Vertretung.«

»Für ein paar Tage komm ich schon mit Silke allein klar. Da brauchen wir keine Vertretung.«

Wiener warf dem Freund einen skeptischen Blick zu. »Was für eine kleine Sache soll das denn sein?«

»Ach, Narbengewebe muss entfernt werden. Blinddarmnarbe wuchert ein bisschen. Das ist wirklich kein Ding.«

Zurück im Büro rief Nachtigall das gesamte Team zusammen.

»So, jetzt haben wir ein paar neue Fakten, die wir einsortieren können. Mal sehen, ob sich dann ein etwas schärferes Bild ergibt«, meinte er und nickte Couvier zu.

»Wir wissen jetzt, dass Frau Manecke das erste Opfer kannte. Sogar der Name war ihr geläufig, eine einmalige Begegnung mit dem jungen Mann können wir eher ausschließen«, erklärte der Fallanalytiker.

»Nur dass das erste Opfer das zweite war«, wandte Nachtigall gereizt ein. »Wir wissen ja inzwischen, dass Sandra Kältering schon längst tot war, als Benjamin Horsch sterben musste.«

Dr. Pankratz streckte seinen Kopf durch einen Türspalt. »Darf ich?«, fragte er.

»Prima. Wir sind gerade bei deinem Fachgebiet.« Nachtigall nickte dem Rechtsmediziner zu. »Vielleicht übernimmst du? Es ging gerade um die Reihenfolge der Taten.«

»Hallo in die Runde«, begrüßte Dr. Pankratz die Gruppe und klopfte leise mit den Fingerknöcheln auf die Tischplatte. »Ja, die Reihenfolge ist klar. Erst das weibliche, dann das männliche Opfer. Beide wurden auf dieselbe Art getötet. Jemand hockte auf dem Körper, kniete auf den Armen, die wohl dabei angewinkelt neben dem Körper lagen, sodass Unter- und Oberarm gleichermaßen fixiert waren, drückte mit der linken Hand auf den Hals und sägte mit der Rechten den Kopf ab. Es gibt keinen Hinweis auf einen zweiten Täter. Das erste Opfer hat sich gewehrt. Ich habe Abwehrverletzungen an den Armen gefunden. Es gab Schläge gegen das Gesicht der jungen Frau, Verletzungen an der Lippe und der Augenbraue. Bei dem jungen Mann ist das anders. Seine Hämatome im Gesicht sind nicht bei der Tat entstanden, sondern stammen von einer zurückliegenden Prügelei. Beide Opfer starben am Blutverlust. Die Lungen waren frei.«

»Es bleibt also dabei, dass beide Opfer mehr oder weniger bewusst erleben mussten, wie sie enthauptet wurden. Ist eine schreckliche Vorstellung!« Couvier schüttelte sich. »Würde man nicht annehmen, dass die Opfer versucht hätten, durch Aufbäumen oder Schläge mit den angezogenen Knien nach dem Täter einen Befreiungsversuch zu starten?«

»Ja. Das haben wir natürlich auch als Hypothese mitbedacht. Aber es gibt keine Hinweise darauf, dass die Knie eingesetzt wurden, keine Spuren am Rücken, zum Beispiel zwischen den Schultern, dass ein Aufbäumen versucht worden wäre.«

»Im Tatortbericht zu Benjamin Horsch steht, der Fundort sei nicht der direkte Tatort. Bei Sandra Kältering gilt das ebenfalls, Kopf und Körper wurden an dieser Brücke vergraben, gestorben ist sie dort nicht«, las Wiener in der Akte nach.

»Das deckt sich mit unseren Ergebnissen.« Thorsten sah in die angespannten Gesichter. Bleich, schockiert. »Aber ich habe noch etwas: Körper und Kopf des weiblichen Opfers wurden einige Zeit aufbewahrt, aber nicht am selben Ort. Erst als man sie vergraben wollte, steckte der Täter die Leichenteile in die Verpackung.«

»Woher weißt du das so genau?«, staunte Nachtigall.

»Wegen der Maden. Ich habe mit dem Fachmann telefoniert. Und er hat mir das erklärt.« Es folgte eine Zusammenfassung des Gesprächs. »Daraus kann man nur folgern, dass der Kopf zum Beispiel in einer Kiste aufbewahrt wurde, deren Deckel gut schloss, deren Spalt nur den kleinen Buckelfliegen ausreichend Raum bot hineinzuschlüpfen. Der Körper dagegen hatte Besuch von den größeren Fliegenarten. Und sogar von Fleischfliegen. Deren Nachkommen haben die der anderen deutlich dezimiert.«

»Wir suchen einen Raum, den große Fliegen aufsuchen können, und eine Kiste mit schmalen Spalten, durch die die Großen nicht passen. Ehrlich gesagt, da kommen die meisten Keller in Betracht«, maulte Wiener frustriert.

»Ja, das mag stimmen. Aber wenn ihr den Ort bald findet, können eure DNA-Spezialisten mit ein bisschen Glück nachweisen, dass die dortigen Fliegen an der Leiche genascht haben. »Tatwaffe in beiden Fällen war eine

Säge mit kurzem Blatt, grob gezahnt. Gut arbeiten lässt sich damit in weichem Gewebe nicht. Reinigen der Waffe wird schwierig. Genetisches Material wird in jedem Fall viel zu finden sein.«

»Leider wissen wir noch nicht einmal im Ansatz, wo wir nach dieser Waffe suchen könnten. Es gibt keine Bezüge zwischen den Opfern, keinen Tatverdächtigen, keine glaubhafte Zeugenaussage. Nur nebulöse Dinge. Es ist, als ob plötzlich alle nur noch in Rätseln sprechen.«

»Was wissen wir denn über Sandra Kältering?«, übernahm Couvier.

»Nett, zuvorkommend, freundlich, sozial engagiert. Die Mitbewohnerinnen haben keine Erklärung dafür, warum jemand sie hätte ermorden wollen. Morgen besuchen wir den Studienkollegen, der angeblich so neidisch auf sie war – aber ein Motiv für eine solche Tat sehe ich dort nicht.«

Couvier sammelte die Punkte auf dem Flipchart. »Und was wisst ihr über Benjamin Horsch?«

»Nett, freundlich zuvorkommend. Sein Freund meinte, er wäre nicht einmal in der Lage gewesen etwas Halblegales zu tun, geschweige denn hält er eine Verstrickung in Drogenhandel oder dergleichen auch nur für denkbar. Allerdings ist auch ihm aufgefallen, dass der Freund in den letzten Monaten stiller wurde, sich zurückzog, geradezu isolierte. Er dachte, es läge an der Belastung der Beziehung durch das Kind. Erklärte, das sei öfter der Fall und gebe sich nach einiger Zeit wieder. Simone kannte er nicht. Er war ihr einmal begegnet, und man konnte sich vom ersten Blick an nicht leiden. Also keine Treffen zu dritt«, fasste Wiener zusammen.

»So etwas in der Art habe ich auch von der WG aus der Wohnung unten drunter gehört. Benjamin Horsch war verschlossen, wurde unnahbar, nahm sich keine Zeit mehr für einen Plausch. Dort ging man davon aus, dass die junge Familie Geldsorgen hätte«, steuerte Silke bei.

»Ah, das ist sicher die Wohnung, aus der wir das Geschrei gehört haben. Jemand hatte sich wohl verletzt«, ergänzte Wiener und grinste breit. »Sein Gejammer wurde aber von einem anderen abgetan! Ziemlich unfreundlich sogar. Könnte ja sein, dass der junge Mann die Leute aus der WG schlicht nicht mochte.«

»Benjamin Horsch ist seit Jahren Waise. Sein kleinerer Bruder wurde bei einem Unfall verletzt. Er liegt im Wachkoma und wird im Hospiz betreut. Die beiden Damen Hänsel kennen ihn. Er besucht den Bruder regelmäßig und Elvira Hänsel wollte Horsch dabei unterstützen, seinen Bruder in den Tod zu begleiten. Sie und ihre Tochter gucken Leuten gern beim Sterben zu. Übergang nennen sie das. Ehrlich, die beiden sind mir unheimlich.« Silke verschränkte wie zum Schutz vor dem Grauen ihre Arme vor dem Oberkörper. »Die gucken wirklich fremden Menschen beim Sterben zu!«

»Sandra Kältering arbeitete gern mit Menschen, die nicht so viel Anteil am Miteinander haben können. Vielleicht kannte sie Benji aus dem Hospiz. Erwähnt hat sie den Namen allerdings weder in der WG noch den Eltern gegenüber«, fügte Nachtigall an.

Couvier notierte mit.

»Einer älteren Dame aus dem Haus fiel das zunehmend nervöse Verhalten von Benjamin Horschs Frau Simone auf. Besonders die Tatsache, dass sie ihren Sohn praktisch im Kinderwagen versteckt, wenn sie mit ihm unterwegs ist. Die meisten jungen Mütter seien sehr stolz auf den Nachwuchs, freuten sich, wenn jemand das Kindchen bewundere. Aber Simone sei da vollkommen anders. Sie wimmelt Gucker ab, beeilt sich, wenn sie etwas zu erledigen hat, und bringt den Kleinen so schnell hoch in die Wohnung, dass man keinen Blick auf ihn erhaschen kann. Auffällig sei auch, dass sie sich immerzu nervös umsehe, wenn sie auf der Straße unterwegs ist, so, als habe sie Angst, von jemandem verfolgt zu werden.« Silke zog einen kleinen Stapel Papier hervor. »Und es könnte ja tatsächlich so sein. Dies hier sind die Berichte der Kollegen, die wegen einer häuslichen Auseinandersetzung zu den Horschs gerufen wurden. Wenn er sie derart häufig geschlagen hat, hatte sie vielleicht wirklich Angst vor ihm. Besonders wenn sie auf dem Weg zu einer Mütterberatung war. Wir wissen ja nicht, bei welchen Gelegenheiten sie von der alten Dame beobachtet wurde. Womöglich hatte sie Panik, Benjamin Horsch könne ihr folgen.«

»Hast du die Berichte schon gelesen?«

»Ja. Es war immer so, dass er einräumen musste, geschlagen zu haben. Verletzt waren manchmal beide. Das Kind nie. Aber die Frau scheint sich durchaus heftig gewehrt zu haben. Nichtsdestotrotz wurden er und sie regelmäßig in die Notaufnahme gebracht. Platzwunden wurden genäht, Prellungen behandelt, Rippenbrüche diagnostiziert. Wegweisungen waren nur für kurze Zeit relevant, sie nahm ihn wieder auf, er versprach wahrscheinlich Besserung. Im Grunde ist das ein gängiges Muster. Übrigens sind in etwa 80% der Fälle Männer die Täter und mehr als 80% der Opfer weiblich. In 2016 gab es 149 Todesopfer nach solchen Übergriffen auf Frauen und 208 versuchte Tötungen. Steht so in der Kriminalstatistik. Angezeigt hat sie ihn natürlich auch nicht. Auch typisch.«

»Wohin hat er sich gewandt, wenn er der Wohnung verwiesen wurde? Haben ihn Freunde aufgenommen? Zog er in ein Hotel?«, fragte Couvier nach.

»Hier steht, dass er zu Gundram Meyer gezogen sei. Die Adresse kennen wir ja schon. Aber das wird auch nicht jedes Mal möglich gewesen sein.«

»Davon hat der nette Freund von nebenan gar nichts erzählt. Michael, wir fahren morgen bei ihm vorbei.« Nachtigall war offensichtlich verärgert. »Da plaudert er über seine Aversion gegen Simone und erwähnt nicht mit einer Silbe, dass sein Freund übergriffig war!«

Couvier zog mit einem roten Filzstift Verbindungslinien, fügte Hiltrud Manecke und Elvira und Marion Hänsel hinzu, bezog sie ein.

»Wir wissen, dass Hiltrud Manecke Benjamin Horsch kannte. Anker ist wahrscheinlich sein soziales Engagement. Silke, diese Leiterin des Pflegedienstes kannte den Namen des jungen Mannes auch nicht?«

»Sie hat es jedenfalls nicht bestätigt. Aber zu Beginn der Tätigkeit bei den Hänsels hat der Dienst auch Männer eingesetzt. Das hat sich Elvira Hänsel aber verbeten. Frau Manecke hatte die starken Arme genossen. Vielleicht war einer dieser Pfleger Benji. Möglicherweise als Krankheits- oder Urlaubsvertretung. Ich kläre das gleich morgen.« Sie setzte das als oberste Position auf ihre To-Do-Liste.

»Sandra Kältering arbeitete für eine Freiwilligen-Organisation. Auch hier wäre eine Begegnung mit Benji möglich. Wissen wir schon, welche Organisation das war?«

Silke schüttelte den Kopf. »Ein paar habe ich schon angefragt. Behinderteneinrichtungen und Pflegeeinrichtungen, aber bisher noch kein Treffer.«

»Benjamin Horsch hat seinen Bruder betreut. Wir müssen im Hospiz nachfragen, ob er auch kleine Ausflüge mit ihm unternommen hat. Hier könnten sich ebenfalls Berührungspunkte ergeben.«

»Gut. Silke, du bleibst an der Schiene dran. Wir überprüfen den Freund und den Neider aus dem Studiengang. Kontodaten, Handydaten das übliche Programm – ich telefoniere nachher noch mit Dr. März. Und wir überprüfen noch einmal Simone Horsch. Wo hat sie entbunden, ist das Kind gesund oder benötigt es Starthilfe? Kinderarzt – das Übliche. Vielleicht finden wir Freundinnen, denen sie sich anvertraut hat. Hat sie vor der Entbindung gearbeitet und ist jetzt im Mutterschutz? Dann gibt es ja möglicherweise vertraute Arbeitskolleginnen.«

»Eine private Frage: Wie gehen wir mit der Morddrohung gegen dich um? Im Katzenfutter war zum Glück kein Gift, aber ich finde, die Drohung klingt schon ernst. Und beim nächsten Mal schickt er dir keinen Warnschuss mehr!« Thorsten Pankratz war ehrlich besorgt.

»Wir haben das im Blick. Ich bin nicht leichtsinnig. Aber du weißt selbst, dass Ermittler gern in den Fokus geraten. Ich passe auf. Und Silke hat mir schon eine Liste potenzieller Kandidaten auf meinen Schreibtisch gelegt. Die gucke ich durch, vielleicht ist einer dabei, dem zuzutrauen wäre, dass er mich und meine Familie wirklich töten möchte.«

»Du glaubst, es hat mit diesem sonderbaren Fall nichts zu tun?«

»Ich weiß es nicht. Allerdings ist der Fall noch frisch – und da wir noch nicht einmal einen Tatverdächtigen haben, sehe ich keinen Zusammenhang.«

»Deine Frau sieht das sicher anders«, meinte Dr. Pankratz augenzwinkernd.

»Deshalb sollte ich heute immerhin so früh nach Hause kommen, dass noch ein sinnvolles Gespräch möglich ist«, lachte Nachtigall verhalten. Ihm war durchaus bewusst, dass Conny die Drohung anders bewertete als er selbst. »Deshalb ist für heute Schluss. Geht nach Hause. Wenn jemandem noch etwas Wichtiges einfällt, kann man mich jederzeit erreichen.«

»Hoffen wir, dass dieser Täter nicht weitere Rechnungen offen hat und noch mehr Leute im wahrsten Sinne des Wortes zum Schweigen bringen will«, kommentierte Couvier.

»Kommst du mit zu uns?«, wollte Nachtigall von seinem Schwiegersohn wissen, doch der lehnte zu seiner Überraschung ab.

»Deine Tochter ist nachts nicht gern allein. Und deshalb: Morgen bin ich wieder hier. Gute Nacht! Und Grüße an Conny!«

Nachdenklich sah der Schwiegervater ihm nach. Na, hoffentlich ist da beziehungstechnisch alles im grünen Bereich, überlegte er und lief in sein Büro, um Mantel und Liste zu holen.

Wiener wartete schon am Auto.

»Na, ist einer darunter?«, fragte er.

»Jürgen. Wenn das dieser Jürgen ist, dann muss ich die Lage neu bewerten. Aber das klären wir morgen.«

Als Wiener den Freund später aussteigen ließ, hatte er ein ungutes Gefühl.

Nicht nur der Morddrohung wegen.

Er hatte ihm auch nichts von dem Versetzungsantrag erzählt, so getan, als sei Marnies Planung nur eine vage Option, kam sich nun vor wie ein Verräter.

47. KAPITEL

Phil wartete.

Irgendeine Reaktion sollte ja schon erfolgen. Nun wussten immerhin einige aus dem gemeinsamen Freundeskreis, dass Matz ihm drohte, ihn womöglich erpressen wollte. So ganz klar ging das allerdings aus dem Text nicht hervor.

Wenn er sich jetzt nicht meldet, muss er es gar nicht mehr bei mir versuchen, wüteten die Gedanken unlogisch in seinem Hirn.

Konnte es sein, dass Matz nun Tabula rasa machen wollte? Sich heimlich mit einem Nachschlüssel in die Wohnung schlich, um ihm die Kehle … Phil schauderte zusammen. Einer der Partygäste hatte so etwas angedeutet. Erklärt, es sei nicht wirklich klug, einen Mordandroher aus der Reserve locken zu wollen.

Aber, grübelte Phil weiter, vielleicht war der Schrieb ja gar nicht von Matz.

Dann müsste er sich allerdings langsam melden, schon um das Missverständnis aus der Welt zu schaffen. Oder?

Vielleicht sollte er in die Bar gehen, seinen Whisky trinken und Jupp heißen.

Wenn der Mörder dann zu ihm käme, wäre er gar nicht zu Hause. Genial!

Auf dem Weg zur Kneipe kam ihm die Idee doch nicht mehr so richtig gut vor.

Wenn er angetrunken zurückkam, hätte ein Mörder, der in der Finsternis wartete, leichtes Spiel. Matz wusste ja, dass er immer mindestens so viel trank, bis er eine Wirkung spürte. Sonst hätte man das mit der Sauferei gleich lassen können – war ja sonst sinnlos, fand Phil.

Als er sich auf den Barhocker hievte, spürte er Blicke wie Nadelstiche in seinem Rücken.

Sicher beobachtete ihn da jemand. Er hatte einen Sensor dafür, darüber hatte auch Matz immer gestaunt. War eine Gabe. Eine, die in manchen Situationen von großem Vorteil sein konnte.

Seine Sensoren hatten ihnen beiden gar nicht selten den Arsch gerettet, wenn sie in den Focus derer gerieten, die sich auf die Beschaffung von Barmitteln aus unfreiwilliger Quelle spezialisiert hatten.

Auch wenn die Schläger mal wieder hinter ihnen her waren.

Als sich jemand neben Jupp auf den Hocker schob, sah er nicht einmal auf.

»Na, Jupp, noch einen? Der jeht aufs Haus, siehst aus, als hättst den nötig.«

Das Glas wurde aufgefüllt, Jupp starrte in die bernsteinfarbene Flüssigkeit und versuchte sich wegzuträumen.

Es wollte nicht gelingen.

Und zu Hause wartete womöglich ein Killer auf ihn.

48. KAPITEL

Nachtigall plumpste ächzend in die Couch. »Das war wieder ein Tag! Zum Glück ist Emile kurz vorbeigekommen. Er ist nach Hause gefahren, kommt aber morgen wieder. Ist schon erstaunlich, wie solche Gespräche einem Fall Struktur geben.« Er machte eine kurze Pause. »Auch wenn wir der Lösung nicht nähergekommen sind.«

Er ließ den Blick über den Tisch wandern, schwieg.

Conny wartete. Er hatte den Brief gesehen, jetzt war also seine Chance, das Thema endlich anzusprechen.

»Marnie will zurück nach Baden-Württemberg«, platzte es aus ihrem Hauptkommissar hervor. Laut und hart.

Conny war perplex. Sprachlos.

Auch das noch, dachte sie verstört, und so ganz und gar unerwartet.

»Ach. Sie hat gar nicht erwähnt, dass sie hier nicht glücklich ist, als wir uns neulich getroffen haben.«

»Tja. Da wollte sie vielleicht niemanden aufscheuchen. Oder sie war der Meinung, Michael solle das ansprechen. Seit Tagen merke ich schon, dass ihn etwas beschäftigt, jetzt ist es raus.«

»Und? Findet er den Plan gut?«

»Er ist zumindest deutlich verärgert. Allerdings sieht er offensichtlich keine Chance, seine Frau umzustimmen. Warum sie sich so entschieden hat, versteht er nicht. Nun ja.«

»Hat er schon alles in die Wege geleitet?«

»Keine Ahnung. So weit sind wir nicht gekommen.«

Er legte den Kopf auf die Rückenlehne der Couch, starrte an die Decke, schloss dann die Augen und seufzte: »Ich weiß es nicht.«

»Hast du ihn nicht danach gefragt?«

»Keine Zeit. Wir arbeiten an einem Mordfall!«

»Hast du mit ihm über deinen Befund gesprochen?«

Der Gatte zuckte nicht einmal. Tat so, als sei das Thema schon lange zwischen ihnen besprochen.

»Nein! Natürlich nicht! Seine Planung ist sein Ding! Er muss das allein entscheiden, unabhängig von mir und meinen gesundheitlichen Problemen. Am Ende bleibt er aus Mitleid, ist für den Rest seines Lebens unglücklich. Bloß nicht!«

»Peter Nachtigall, du bist ein elender Drückeberger! Den Brief hast du in deiner Nachttischschublade liegen lassen, damit ich ihn beim Wegräumen deiner Abendlektüre finde und du mir nichts zu erzählen brauchst. Seit einer Woche weißt du schon Bescheid. Und ich ahne gar nichts.«

»Ja. Ich wollte es dir ja sagen, aber es hat sich keine Gelegenheit ergeben. Allerdings kann ich die Sache nicht allein entscheiden. Letztlich habe ich keine Ahnung!«

»Und nun noch der Stress mit Michael, der neue Fall ...«

Conny stand auf, setzte sich auf Nachtigalls Schoß und schlang ihre Arme um ihn. Schmiegte sich fest an seine Brust.

Die Katzen, die spürten, dass etwas Ungewöhnliches in der Luft lag, machten respektvoll Platz, drängten sich dann aber doch zwischen die Leiber ihrer Menschen, als die sich zu lange miteinander beschäftigten, ohne von den Mitbewohnern Notiz zu nehmen. Genug erschien den beiden genug.

»Aortenaneurysma. Bauchaorta. Dem Befund nach ist es gut operabel. Aber auf jeden Fall muss es operiert werden.«

»Ja. Mit vielen Risiken. Besonders bei einem Patienten wie mir. Übergewicht, metabolisches Syndrom, nicht mehr ganz knackig, Stress, gelegentlich Hochdruck. Obwohl der ja richtig gut eingestellt wurde. Und wenn es nicht gelingt …«

»Wenn du nichts unternimmst, lebst du unter einem Damoklesschwert. Eine Ruptur kann jederzeit auftreten. Plötzlich, unerwartet, in einer kritischen Situation für dich und andere. Zum Beispiel bei einem Einsatz! Und wenn das nächste Krankenhaus nicht in unmittelbarer Nähe liegt, nicht schnell genug erreicht werden kann, es kein erfahrenes Chirurgenteam in dem kleinen Haus vor Ort gibt …«

Nachtigall hörte die Angst in der Stimme seiner Frau. Küsste sie innig.

»Ich will auch noch nicht sterben. Lass uns über die Optionen sprechen, wenn der Fall abgeschlossen ist. Ich kann jetzt nicht ausfallen, weder für einen Tag noch länger.«

»Länger? Leg einen Zeitraum fest! Länger könnte im Zweifel zu lang gewesen sein!«

»Das habe ich verstanden. Ich sehe das Risiko. Conny, wir jagen einen gnadenlosen Täter.«

»Ja. Das habe ich nun wieder verstanden. Sprich mit Michael. Nur wenn er das Risiko kennt, kann er sich verhalten.«

49. KAPITEL

Mitten in der Nacht schreckte Hiltrud Manecke aus einem wilden Traum auf.

Verwirrt sah sie sich um.

Verdammt. Zu Hause war das nicht.

Verschleppt?

Sie rollte sich auf die Seite, stemmte den Oberkörper hoch und schob leise stöhnend die Beine über die Bettkannte.

Tastete mit den nackten Füßen nach dem Boden, glitt über die Kante. Stand auf.

Schlich in Richtung Tür.

Vorsichtig drückte sie die Klinke, lugte um den Türrahmen.

Verstellte sich dadurch den Blick auf den Beamten, der vor ihrer Tür über sie wachte.

Irritiert überlegte der Polizist, was nun zu tun sei, und entschied abzuwarten, was die alte Dame als nächstes unternehmen wolle.

Ein langer Gang. Hiltrud staunte. Ein großes Haus, allemal. Niemand zu sehen. Ha! Theater? Sie war bestimmt im Theater.

Eine Tür öffnete sich, eine Gestalt trat in den Flur, huschte mit einem Tablett und schnellen Schritten davon. Ein Auftritt. Wo waren die Zuschauer? Hinter einer der anderen Türen?

War die Tablettträgerin eine Kellnerin, die jemanden bediente?

Ich bin hinter der Bühne, bei den Garderoben der Stars! Das hatte ich mir schon immer gewünscht. Marika Rökk! Hans Söhnker wartet auf mich, fiel ihr ein, wir waren auf ein Glas Sekt verabredet.

Ein Schauer durchlief ihren Körper. Sie hielt es für freudige Erwartung, Aufregung. Ignorierte die Kälte.

Wo ist nur seine Garderobe? Da stehen doch sonst die Namen der Schauspieler an der Tür. Seltsam, hier stehen nur Nummern. Sicher eine dieser albernen Sicherheitsvorschriften, damit nicht Hinz und Kunz zu Hans durchdringen konnten!

Er hatte sicher vergessen, ihr die Nummer auf die kleine Einladungskarte zu schreiben, weil er das noch nicht gewohnt war. Nun, sie würde ihn schon finden. Hinter einer dieser vielen Türen … Es war also ein richtig großes Theater, ein berühmtes Haus, eine berühmte Bühne.

Sie blieb stehen, lauschte an der Tür. Frauenstimmen, sicher von der Truppe für die Tanzeinlage.

Also weiter.

Als sie an der nächsten Tür vorbeipatschte, fiel ihr auf, dass die Türen ungewöhnlich breit waren.

Tja, schloss sie in Gedanken und lächelte nachsichtig, die barocken Körper einiger Opernsänger forderten bauliche Rücksichtnahme.

Abrupt blieb sie stehen.

Wohnten hier Leute. Ein Wohnblock? Und wie fanden die Mieter ihre Wohnung wieder, wo doch keine Namen dranstanden?

Kalte Füße?

Sie sah an sich herunter, kicherte. Ferienlager?

Besser zurück ins Bett, bevor sie erwischt wurde.

Aber wo stand das gleich noch mal?

Der Gang war lang, und Hiltrud wusste nicht, aus welcher Richtung sie gekommen war. Welche Nummer?

Ihre Finger flatterten über das Nachthemd. Sie würde Ärger bekommen!

Einsamkeit.

Ein dumpfes Gefühl. Verloren.

Ich finde nie mehr zurück, erkannte sie. Mein Bett ist weg.

Ein tiefes Sehnen nach Geborgenheit ließ sie seufzen.

Sie merkte kaum, dass sie weinte.

Zaghaft drückte sie die Klinke der nächsten Tür hinunter, schob die Tür ein Stück auf, blinzelte, um etwas erkennen zu können. Das Bild blieb verschwommen. Sie wischte über die Augen. Woher kam denn das Wasser an ihrer Hand?

Eine freundliche Stimme. Nicht von Hans, nein, von einer Frau.

»Meine Liebe, kann ich Ihnen helfen?« Die Frau lag im Bett hinter der Tür links.

Offensichtlich hatte sie gelesen, denn sie setzte die Brille ab, während sie sprach. Das Licht über ihrem Bett brannte einen hellen Punkt auf die aufgeschlagenen Seiten.

Hiltrud sah sich um.

»Nicht mein Zimmer«, stellte sie dann weinerlich und mit leisem Vorwurf fest. »Nicht mein Bett!«, nörgelte sie weiter.

»Das stimmt. Dies ist mein Bett. Welche Nummer stand denn an Ihrer Tür?«

»Nummer? An unserer Haustür stehen die Namen.«

»Nun, hier sind es Nummern. Jedes Zimmer hat eine eigene. Damit man zurückfinden kann.«

»Aber ich finde ja nicht«, schluchzte die Besucherin.

»Ach, sehen Sie, das macht gar nichts«, tröstete die Dame im Bett. »Wir klingeln hier mit diesem Knopf. Dann kommt die Schwester und bringt Sie in Ihr Zimmer zurück.«

»Woher kennt die meine Nummer?«, fragte Hiltrud misstrauisch.

»Sie hat einen Plan. Dann ist es einfach.«

»Ich will ins Bett!«, quengelte Hiltrud.

»Ich bin Heiderose. Und wer sind Sie?«, fragte die Dame und legte ihr Buch auf den Nachttisch.

Die ungebetene Besucherin überlegte. Verwarf Elvira und Marion nach einigem Grübeln.

»Hillu!«, verkündete sie endlich stolz. »Hillu!«

»Nun, Hillu, dann setzen Sie sich doch ein bisschen zu mir. Es wird gleich jemand kommen, der nach Ihnen sucht.«

»Sie sind krank!«, stellte Hiltrud fest und setzte sich vorsichtig auf die Bettkante. Passte auf, dass sie dem Infusionsständer nicht zu nahe kam. »So ein Ding. Ist immer im Weg!«

»Ja, das stimmt«, lachte Heiderose. »Und es stimmt auch, dass ich krank bin. Aber vor allem bin ich alt. Und das kann man leider nicht heilen.«

»Alt werden doch alle«, verkündete Hiltrud. »An manchen Tagen fühlt es sich nur schlimmer an als an anderen.«

»Und warum sind Sie hier, Hillu?«

»Das ist eine lange Geschichte.« Sie atmete tief durch. »Schade. Traurig. Er war einfach tot.«

»Wer war tot?«

»Der Junge. Ein Freund. Mein einziger Freund. So jung, so nett, so fröhlich. Nun ist er tot. Kommt nie mehr zu mir. Er hat mich verstanden.«

Die warme Hand Heideroses legte sich auf die kalte des Gastes. »Das ist aber jammerschade für ihn und für Sie! War er denn krank?«

Hiltrud schüttelte den Kopf. »Mord. Hat die Polizei mir erzählt.«

»Ach herrjeh!«, erschrocken riss die zarte Heiderose die Augen weit auf. »Und Sie haben ihn gesehen, ja? Wie schrecklich! Sie Ärmste!«

Hillus Gesicht nahm einen sonderbaren Ausdruck an. »Ich habe ihn nicht nur gesehen«, meinte sie geheimnisvoll. »Ich weiß, wer ihn umgebracht hat.«

»Ach, na das ist aber ein gefährliches Wissen, Hillu. Das sollten Sie mit der Polizei teilen.«

»Da ist jetzt niemand. Der Polizist schläft bestimmt schon.«

»Na, dann teilen Sie das Wissen mit mir!«, lud Heiderose ein, schlug die Bettdecke zurück und klopfte auf die Matratze. »Rutschen Sie zu mir. Dann können Sie mir alles in Ruhe erzählen. Ihre Geschichte ist sicher spannender als jedes Buch!«

50. KAPITEL

Phil schloss die Tür zu seiner Wohnung auf.

Einsamkeit schlug ihm entgegen, das Alleinsein bekam ihm nicht.

Er gab der Tür einen Schubs.

Wartete auf das Geräusch, das beim Zuschlagen entstand.

Es kam nicht.

Ganz langsam drehte er sich um. Wusste, dass der Mörder nun hier war. In seiner Wohnung.

Einen Moment lang wusste er nicht, ob er traurig oder erleichtert sein sollte.

Da flackerte das Licht. Stabilisierte sich. Wackelkontakt, schon lange.

Im Licht stand Matz.

»Du?«

»Ja. Klar. Ich bin gekommen, um mich zu entschuldigen. Aber ich hatte kurzzeitig den Verstand verloren. Komplett vergeldert, wenn du verstehst, was ich meine.«

»Und nun? Hirn wieder klar?«

»Ja. Du hast den Brief heute verteilt. Ich weiß davon. Ich habe – ach Mann! Es tut mir leid. Jetzt wissen es alle.«

»Ist vielleicht besser so. Aber du? Du hättest wissen müssen, dass du mich nicht erpressen kannst. Und Mord? An mir? Das wäre Verschwendung. Ich springe ohnehin mal irgendwann in die Badewanne. Ohne Schwimmflügel!« Phil hatte seine Stimme nicht mehr unter Kontrolle. Er weinte.

»Ich saß in der Bar neben dir. Du hast gar nichts bemerkt. Eigentlich wollte ich es dir dort schon erklären, aber dann habe ich mich nicht getraut, dich anzuquatschen. Der Typ, der mich angesprochen hat, der wollte 'ne Menge Kohle für uns beide machen. Er war der Denker und Planer, ich nur der Bote. Dafür sollte ich einen Anteil an der Beute kriegen. Ich dachte, ich komme zurück zu dir und bin reich. Du solltest stolz auf mich sein können. Später dachte ich dann, ich komme zurück und bringe dir dein Geld wieder. Jetzt wäre es schon gut, wenn ich überhaupt zurückkommen dürfte.«

»Ach, Matz! Du weißt, ich würde dich immer wieder aufnehmen. Das ist mein persönlicher Hirndefekt.« Phil breitete die Arme aus, Matz stürzte sich hinein. War weich und warm und lebendig. Und endlich, nach der schrecklichen Finsternis, war alles wieder gut.

51. KAPITEL

Die Veränderung beginnt schleichend.

Möglicherweise übersieht man die ersten Anzeichen.

Allerdings gilt: Ist der Prozess erst mal in Gang gekommen, sind Sie rettungslos verloren.

Das einzige Mittel sich zu schützen, ist Distanz, räumliche wie körperliche. Meiden Sie Gedränge in Bahn, Tram, bei Konzerten, Messen und anderen Veranstaltungen. Das ist lebensgefährlich.

Entweder Ihr Selbst stirbt und Sie werden zum Untoten oder die Untoten erkennen, dass Sie keiner der Ihren sind und töten Sie.

Bemerkenswert ist, dass bei diesen Wesen jede Erinnerung an ihr Menschsein vor der Verwandlung ausgelöscht ist. Sie wissen nichts mehr von ihrem früheren Anderssein noch von dem ihrer Umgebungsmenschen.

Ausradiert.

Sonst würden sie ihren schleichenden Wandel bedauern und nach Vollendung der Mutationsphase umgehend mit der Vernichtung derer beginnen, um deren Menschsein sie wissen. Aber genau das geschieht nicht. Es gibt keinen Automatismus.

Sie müssen es nämlich ganz neu herausfinden!

Für uns andere ist es schrecklich, Zeuge dieser Transformation zu werden, besonders dann, wenn es sich um einen nahestehenden Menschen handelt. Einen Freund, ein Familienmitglied. Man muss lernen, diesen Zustand als eine Art von Tod zu begreifen. Was neue Probleme mit sich bringt. Denn der Betroffene ist warm, atmet, spricht, isst, trinkt … Und doch, er ist kein Mensch mehr. Die Philosophie hilft uns hier auch nicht weiter.

Heidegger hat gesagt, der Mensch sei das einzige Wesen, das um seinen Tod, seine Endlichkeit weiß.

Hm, aber obgleich diese anderen das Menschsein hinter sich gelassen haben, führen sie uns vor, dass es unter besonderen Umständen Unendlichkeit geben kann. Ob sie uns dann gefällt oder nicht.

Das gilt für beide Seiten.

Wenn wir glauben, das Ganze sei mehr als seine Teile – dann heißt es auch, es reicht nicht, einen Körper und Organe zu haben. Dieses ist nur eine Ansammlung von Teilen, die funktionieren. Aber eben nicht das Ganze. Kein menschliches Dasein mit Gefühlen, Überzeugungen, charakterlichen Ausprägungen und Besonderheiten. Vielleicht gibt es einige von denen, die ihr früheres Selbst vermissen und es hassen, an diese Hülle und deren Bedürfnisse gebunden zu sein. Weil sie kein Fleisch mögen, zum Beispiel. Oder echtem Empfinden nachtrauern. Liebe erleben möchten.

Für uns andere gilt: ausweichen. Um jeden Preis.

Der sicherste Platz ist hinter der Wohnungstür. Hier entscheidet man selbst, wer hineinkommen darf und wer nicht. Überlege also sorgfältig. Sonst ist es dein Verderben, im schlimmsten Fall dein Tod.

(*)

52. KAPITEL

»Was soll das heißen, sie wird morgen entlassen?«, kreischte eine weibliche Stimme über die Station.

»Nun, das bedeutet, dass wir Ihre Schwester morgen nach der Visite nach Hause entlassen. Sie ist bei guter Konstitution. Sogar der Appetit ist zurück. Sie sollten also den Pflegedienst darüber informieren, dass Ihre Schwester ab morgen wieder auf den Dienstplan gesetzt werden muss.« Der Arzt wirkte genervt. Er kannte solche Gespräche und sie widerten ihn an. Gleich würde die Schwester ihn mit Ausflüchten zu überzeugen versuchen, die Patientin noch im Klinikum zu behalten. Wie so oft. »Wenn es Ihnen nicht möglich ist, informieren wir Ihren Pflegedienst. Wir brauchen nur die Telefonnummer.«

»Morgen passt es nicht! Ich betreue eine Gruppe älterer Damen zu einer Stadtführung. Da kann ich nicht einfach kurzfristig absagen.« Elvira Hänsel war wütend. Kaum war die Schwester aufgetaut, schon drehte sich wieder alles nur um Hillu.

Lügen hat sie ganz gut drauf, konstatierte der Arzt, und ein hartnäckiges Bedürfnis süffisant zu grinsen zupfte an seinen Mundwinkeln. Er räusperte sich.

»Stadtführung mit einer Gruppe älterer Damen? Hören Sie, wenn Sie sich mit Ihrem Kaffeekränzchen in der Stadt treffen wollen, ist das Ihre Sache. Versuchen Sie aber nicht, mir einen Bären aufzubinden. Wahrscheinlich haben Sie den Tisch schon bestellt, sich auf einen Nachmittag mit

Klatsch und Tratsch satt gefreut. Aber Sie können nicht im Ernst annehmen, dass wir auf Kosten der Allgemeinheit eine genesene Patientin hierbehalten. Organisieren Sie eine Betreuung für Ihre Schwester oder verschieben Sie Ihr Kränzchen.«

»Sie haben ja keine Ahnung!«, brauste Elvira Hänsel auf. »Meine Schwester ist eigen. Die lässt sich nicht einfach von irgendwem betreuen!«

Hiltrud saß in ihrem Bett.

Machte einen munteren und tatendurstigen Eindruck.

Elvira hauchte steif einen Begrüßungskuss auf die kühle Wange der Patientin. »Morgen kommst du nach Hause«, verkündete sie übellaunig.

»Bin ich doch.«

»Bist du nicht.« Elvira dachte darüber nach, dem Gedächtnis der Schwester auf die übliche Weise auf die Sprünge zu helfen, unterließ es aber, weil man nie sicher sein konnte, dass niemand hereinkam. Und ein Abdruck aller fünf Finger auf der Wange von Hiltrud könnte zu Problemen und endlosen Diskussionen führen.

»Wo bist du hier?«

»Na, zu Hause.«

»Nein, falsch. Du bist im Klinikum.«

»Warum sollte ich im Klinikum sein? Mir geht es gut.« Die Patientin hob die Bettdecke ein wenig an und lugte misstrauisch darunter. Stellte erleichtert fest: »Keine Verbände! Alles dran. Du redest wirr, Virchen«, kicherte sie dann, amüsierte sich über ihr Wortspiel. »Wirr, Virchen!«

»Du hast mit einer Leiche gespielt! Wenn du so was noch mal machst, kommst du in die Geschlossene. Das ist mal sicher!«

»Ich will nicht nach Hause«, protestierte Hiltrud. »Hier gefällt es mir besser. Es wird sogar Theater gespielt und man kann die Schauspieler in ihren Garderoben besuchen. Das macht viel Spaß!«

»Hiltrud! Hör mit dem blödsinnigen Gequatsche auf! Morgen kommst du zurück in dein Zimmer. Basta!«

Die Schwester begann zu wimmern. Erst leise, dann immer lauter.

Bis eine der Schwestern besorgt hereinkam.

»Alles in Ordnung hier?«, erkundigte sie sich freundlich, trat ans Bett, schüttelte Hillu das Kissen auf.

Genervt schaute Elvira dem Treiben zu.

»Was war denn los?«

»Oh, ich habe meiner Schwester gesagt, dass sie morgen nach Hause kommt. Sie weint, weil sie noch eine Nacht bleiben muss. Aber ich muss ja auch erst alles organisieren, den Pflegedienst benachrichtigen. Die setzen sie dann ab morgen Abend wieder auf den Dienstplan.«

Hiltrud hörte dem Gespräch zu und schüttelte heftig den Kopf.

53. KAPITEL

Der Kater war erkennbar grantig.

Das hatte Nachtigall auch nicht anders erwartet, spielte sich doch ein Großteil seines Katerdaseins draußen ab. Und nun? Alle Türen zu, alles Maunzen nützte nichts, seine Menschen stellten sich taub. Die Zweibeiner verweigerten ihm den Ausgang.

Der Cottbuser Hauptkommissar vermutete hinter dem Gebaren des Mitbewohners allerdings einen ganz anderen Grund als den ungebremsten Drang nach Freiheit.

»Ich glaube keine Silbe von deinem Gemecker! Hast du mal rausgeguckt? Es regnet und ist kalt. Bei solchem Wetter setzt du sonst nicht einmal einen halben Zehenballen vor die Tür. Aber kaum ist dir klar, dass du nicht darfst, was du ohnehin nie möchten würdest, beginnt das Gezeter. Ich sage dir, Domino ist kein bisschen beeindruckt!«

Casanova hörte zu. Intensiv.

Putzte sich während dieser ernsten Ansprache sorgfältig das Gesicht. Als sein Mensch mit seinem Text abgeschlossen hatte, sah er ihn lange an. Arrogant, abschätzig, übellaunig.

Dann stand er auf, reckte den Schwanz in die Höhe, trat an die Terrassentür.

Und maunzte vorwurfsvoller, anklagender und wehleidiger als zuvor.

»Irgendwas von deiner Rede muss er wohl missverstanden haben«, lachte Conny und schenkte Kaffee nach.

»Bewusstes Nichtverstehen, würde ich sagen.«

»Toast?«, bemühte sie sich um Normalität im Alltag. Den alarmierenden Neuigkeiten zum Trotz.

Nachtigall nickte.

»Ich hatte in der letzten Nacht Zeit zum Nachdenken. Und ich glaube, ich weiß jetzt, wer mir diese Drohungen geschickt hat. Auf der Liste mit Namen, die Silke mir auf den Schreibtisch gelegt hatte, ist mir ein Name aufgefallen. Der Sache gehe ich noch auf dem Weg ins Büro nach.«

»Ein ernstzunehmender Droher?«

»Tja, mal sehen. Sicher, der Kerl war gefährlich und ist es vielleicht noch. Aber eigentlich nicht für uns. Wir passen gar nicht in seine fantasierte Show. Und warum er mir nun ausgerechnet jetzt … Keine Ahnung. Er lenkt doch nur Aufmerksamkeit auf sich, und das kann er eigentlich gar nicht wollen. Seltsam.«

»Gibt es einen Bezug zu deinem aktuellen Fall?«

»Bisher nur die Tatsache, dass er im selben Haus wohnt wie eines der Opfer.«

»Das ist wenig.«

Conny sah ihren Gatten nachdenklich an. »Soll ich mich informieren? Welche OP wäre die günstigste Variante, wo hat man die größte Erfahrung mit der Methode? Wie hoch sind die Risiken der unterschiedlichen Vorgehensweisen? Dann hätten wir die Basisinformationen schon mal beisammen und könnten besser und vor allem bewusster planen. Vielleicht geht dir der Mörder heute ins Netz und der Fall ist abgeschlossen.«

»Du willst unbedingt etwas tun, ja?« Der große, stattliche Mann kam um den Tisch herum, zog seine Frau auf die Beine und umarmte sie. Küsste sie intensiv. »Mein Fels!«

»Ziemlich kleiner Kiesel, wenn ich die Größen- und

Gewichtsverhältnisse bedenke«, gab sie schelmisch zurück. »Ich weiß jedenfalls heute Abend mehr über Stents, Überbrückungssysteme und alle anderen Optionen.«

Sie hörten Micheal Wiener vorfahren.

»Pass auf dich auf!«, mahnte Conny, was sonst nicht ihre Art war. »Und – sag ihm, dass du ihn sehr vermissen wirst! Wenn du es nicht tust, denkt er, es ist dir egal, ob er bleibt oder geht. Er wird nicht nur glauben, es sei dir gleichgültig, sondern er sei dir gleichgültig!«

»Habe ich schon getan!«, erklärte er seiner verblüfften Gattin.

Noch bevor Nachtigall die Haustür hinter sich zugezogen hatte, klingelte sein Handy.

»Guten Morgen, Silke! Bitte keine weitere Leiche!«

»Bisher noch nicht, aber der Tag hat ja gerade erst begonnen!«

»Nun?«

»Ich habe eine Zeugin, die uns etwas über Simone, ihre Ehe und ihren Alltag erzählen kann. Sie kommt gleich ins Büro.«

»Prima. Vielleicht erfahren wir so etwas mehr über die Frau des Opfers.«

Er wollte gerade das Gespräch beenden, da fiel ihm noch etwas ein. »Und – Silke! Ich hätte gern die Kollegen von der Streife bei uns, die mehrfach wegen häuslicher Gewalt zu den Horschs gerufen wurden. Ich möchte wissen, worüber die beiden derart häufig und intensiv gestritten haben! Immerhin dachte seine Frau, er habe sie einer anderen wegen verlassen, als wir ihr die Nachricht von seinem Tod überbringen mussten. Und sie war unglaublich gleichgültig. Es könnte einen konkreten Grund dafür geben. Außerdem brauche ich ein Foto von Sandra Kältering auf mein Handy.«

»Schlecht geschlafen? Zeit zum Lösen des Falls gehabt?«, lachte die junge Kollegin gut gelaunt. »Ich schick dir eines rüber.«

»Guten Morgen, Michael!«, begrüßte er den Freund, als er einstieg. »So schlecht sieht der Tag gar nicht aus, er wird sich entwickeln.«

Mürrisch und deutlich irritiert schüttelte Wiener den Kopf und fädelte sich in den morgendlichen Berufsverkehr Richtung Innenstadt ein.

»Wir besuchen erst einmal die Adresse der Horschs. Ich muss klären, ob die Ehefrau des Opfers Sandra Kältering kannte. Und wir besuchen diese Männerwohngruppe. Während ich mich um Jürgen kümmere, befragst du die beiden anderen getrennt von ihm. Ich kann mich gut daran erinnern, dass stets Schweigen herrscht, wo er auftaucht. Ich glaube nämlich, der Drohbrief und die Todesanzeige stammen von dort.«

»Wonach soll ich konkret fragen?«

»Nach ihrem Verhältnis zu Jürgen Schmitz. Gibt es Schwierigkeiten? Fühlen sie sich wohl in der WG? Klopf sie nach Streitereien und unterdrückter Wut ab.«

»Das ist diese ReSoWoG? ReSozialisierungsWohn-Gruppe. Was für ein Wort. Jürgen Schmitz. Das ist doch dieser spezielle Jürgen? Du glaubst, er habe dir ... Das wäre aber ziemlich blöd von ihm gewesen. Schickt Morddrohungen, gibt Todesanzeigen auf. Ist eigentlich nicht sein Stil. Zu brachial.«

»Ja, mich wundert das auch. Eigentlich hat er Angst und Schrecken subtiler verbreitet. Aber vielleicht ist er aus der Übung. Oder er dachte, wir von der Mordkommission sind so abgebrüht, da wirkt subtil nicht mehr.

Außerdem könnte es sein, dass wir nur glauben sollen, er habe etwas damit zu tun. Das rauszufinden ist dein Part, während ich mit Jürgen Schmitz einen kleinen Spaziergang mache.«

54. KAPITEL

»Ich dachte, wir besuchen die WG!«

»Aber das tun wir gleich. Zuerst möchte ich gern Frau Horsch fragen, ob sie ihren Mann mit Sandra Kältering gesehen hat.«

Simone Horsch war abweisend wie beim letzten Mal.

»Sie schon wieder! Was noch?«, fauchte sie und blockierte die Tür.

»Als wir Ihnen die Todesnachricht überbrachten, sprachen Sie von einem blonden Pummelchen, das ihn sich geangelt haben könnte. Wie heißt die Frau?«

»Woher soll ich das wissen. Ich habe ihn gesehen. Mit ihr. In einem Café. Sie waren vertraut, unterhielten sich angeregt, lachten gemeinsam. Sie hatten ein Verhältnis!«

»Und Benji hat nie über eine andere Frau gesprochen? Sie haben nicht gefragt?«

»Nein. Aber ich bin ihnen nachgegangen. Ein paar Mal. Und immer gingen sie ins Café.«

Nachtigall holte das Handy aus der Jackentasche, rief das Foto auf. »War es diese Frau?«

Man konnte sehen, dass sie ihm am liebsten das Telefon aus der Hand geschlagen hätte, sich mit äußerster Mühe zur Beherrschung zwang.

Offensichtlich blieben ihr die Worte im Halse stecken. Sie schaffte gerade noch ein hartes Nicken.

Die Dreiergruppe saß noch beim Frühstück.

Es duftete nach Speck und gebratenen Eiern, Toast und Kaffee. Männerfrühstück, amüsierte sich Nachtigall in Gedanken, eine gute Basis zum Start in den Tag. Conny wäre entgeistert. Die Ärztin hatte jederzeit die schädlichen Aspekte des Genusses im Blick.

»Guten Morgen!«, begrüßten Jürgen und Christian die unerwünschten Gäste, die Thomas hereingebeten hatte.

»Ach wie nett, die Herren von der Polizei. Nachtigall und Wiener«, dröhnte Jürgen durch die kleine Küche. »Kaffee?«

Die beiden lehnten dankend ab, kamen dann ohne Umschweife auf ihr Anliegen zu sprechen. Die Augen von Christian und Thomas huschten derweil von einem Ermittler zum anderen und wieder zurück. Vielleicht, überlegte Nachtigall, hatte Jürgen ihrer beider Namen ja mal beiläufig erwähnt.

»Herr Schmitz, ich würde Sie gern unter vier Augen sprechen«, leitete der Hauptkommissar die temporäre Trennung von den anderen ein.

Bildete er sich das ein oder wurde Jürgen tatsächlich um einige Nuancen blasser?

»Erst aufessen! Kalt schmeckt es nicht mehr. So viel Zeit muss sein«, protestierte der Koch gutmütig und überlegte beim Kauen, ob er die Überraschung zur Bereicherung des Mittagessens gut genug versteckt hatte. Wer konnte schon damit rechnen, dass zum Frühstück Polizei bei ihnen auflaufen würde! Es war ja noch gar nichts passiert.

»So!«, verkündete Jürgen, spülte den Mund mit einem großen Schluck des teerschwarzen Kaffees und trottete willig hinter Nachtigall her in den Flur.

»Nehmen Sie Ihren Mantel! Wir gehen draußen ein paar Schritte!«

»Ich gehe doch bei einer solchen Hundekälte nicht vor die Tür!«, hörten Wiener und die beiden anderen Jürgens Protest, grinsten zufrieden, als die Tür zuschlug.

»Ha! Das wird ihm aber gar nicht passen. Er geht echt nicht raus. Herbst und Winter bleibt er in der Wohnung. Nur zum Arzt oder zum Bewähe muss er los. Sonst nicht. Da schickt er immer uns, nicht wahr, Thomas?« Christians rundes, fettglänzendes Gesicht strahlte, die blauen Augen unter dem blonden Rundschnitt, der schon seit Jahrzehnten nicht mehr in war, leuchteten.

Der Angesprochene nickte. Fuhr sich mit der Hand durch die dunkle Tolle, schüttelte sein Haar leicht auf. Hoffte, der andere möge die Klappe halten, sonst verquatschte er sich am Ende noch.

So was konnte einem bestenfalls mal beim Arzt passieren oder beim Friseur, aber besser nicht in einem Gespräch mit der Polizei. Ihr angespanntes Verhältnis zu Jürgen ging niemanden was an, schon gar nicht Peter Nachtigall.

»Bewähe?« Wiener zuckte mit den Schultern.

»Na, Bewährungshelfer! Wir müssen uns regelmäßig melden und werden in unregelmäßigen Abständen besucht. Stehen sozusagen unter Aufsicht!«, erklärte Thomas.

»Dann müssen Sie beide alle Gänge für Ihren Mitbewohner erledigen? Ist das nicht unglaublich nervig? Ich meine, er könnte ja schon selbst ...«, erkundigte sich Wiener empathisch. »Also ich fände das belastend!«

»Jaha, das ist es auch. Und die ganze Hausarbeit bleibt auch an uns beiden hängen. Jürgen kocht. Ausschließlich! Einer von uns räumt dann die Küche hinter ihm auf.« Kleinlaut setzte er hinzu: »Er kann das aber auch besonders gut. Fast wie ein Sternekoch!«

»Ach, dann haben Sie sich wohl beim Putzen verletzt«, wandte sich der Kommissar an Thomas und deutete auf die vielen Pflaster an den Händen und im Gesicht.

Mit einer wegwerfenden Handbewegung meinte der Verwundete: »Das ist nicht so schlimm. So was kommt schon mal vor. Unachtsamkeit auf allen Seiten.«

»Nun, meine Frau putzt ja auch, aber solche Wunden? Nein, so was hatte sie noch nie. Sieht ein bisschen nach einer Verätzung aus.«

»Ja. Falsche Flasche, falscher Reiniger, es spritzt, dumm gelaufen. Heilt wieder. In ein paar Tagen sehe ich aus wie neu.«

Christian lachte laut. »Wie die Frauen nach so einem Säurepeeling. Was nehmen die da? Chlorreiniger benutzen sie in Amerika. Habe ich mal im Internet gelesen. Bei uns ist das keine übliche Methode, glaube ich. Weißt du noch, was die verwenden? Kam doch in der Reportage neulich.«

»Fruchtsäure, Christian. Meine Schwester geht zwei Mal im Jahr deswegen zu ihrer Kosmetikerin. Hinterher ist das Gesicht ganz rot und verschwollen. Nach einer Woche sieht das Ergebnis richtig gut aus.« Thomas betrachtete die verpflasterten Hände. »Bei mir wird es wohl nicht verjüngt aussehen. Ist eher narbenbildend. Lässt mich sicher draufgängerischer wirken.«

»Jürgenimage?«, hakte Wiener sofort ein.

»Nein! So viel wie bei Jürgen muss nicht!« Christian hob schützend beide Hände vors Gesicht. »Bloß nicht!«

»Keine Sorge, Mann!« Thomas wurde nervös. Dieses Gespräch gefiel ihm nicht. Die Mordermittler kamen schließlich nicht zum Small Talk vorbei. Die hatten ein Ziel, wenn sie Gespräche am Frühstückstisch fremder Leute führten.

»Er schlägt, ist brutal, gewaltbereit?«

»Bei Jürgen ist das mit den Narben und den Folgen innerlich. Er kann einfach mit Wut nicht geordnet umgehen. Da tritt man am besten aus der Schusslinie. Bei mir nur äußerlich. Keine Gefahr. Es bleibt alles beim Alten.« Christian zog ein Gesicht, das deutlich machte, ihm behage das Ist schon nicht.

»Sie drei kannten sich schon aus Haftzeiten? Oder sind Sie sich hier zum ersten Mal begegnet? War doch bestimmt eine totale Umstellung.«

»Ja. Und das ist es noch.«

»Ich brauche von Ihnen beiden ein vorzeigbares Foto. Wenn Sie keines haben, nehme ich das vom Erkennungsdienst. Und eine Schriftprobe. Verwenden Sie bitte diese ganz normalen Kugelschreiber.« Wiener reichte jedem ein Blatt Papier und einen Stift.

»Schreiben Sie bitte: Nachtigall ick hör dir trapsen …«

»Det jefällt ma. Endlich schreiben wie mir de Schnabel jewachsen is!«

»Denkst du auch mal an die Katzen …«, diktierte Wiener weiter.

»Also ma ehrlich. Wenn ich so 'ne Nachtigall wäre, würd ick mir fernhalten von die Katzen.«

»Sicher eine gute Idee«, grinste Thomas, wollte schon aufatmen, da prustete Christian los: »Seit wann schreibst denn du mit links? Na, das sieht ja vielleicht komisch aus. Total falsch irgendwie!«

»Nun, ob mit links oder rechts, unsere Fachleute kriegen schnell raus, wer das Original geschrieben hat.«

»Original?«

»Ja. Dieser Satz stammt aus einer Morddrohung. Und wir suchen den Verfasser.« Wiener strahlte die beiden sonnig an.

»Aha!«, Christian verzog beleidigt das Gesicht, wie ein Kind, das auf dem Jahrmarkt keine Zuckerwatte bekommen durfte. »Deshalb!«

»Und da suchen Sie nun ausgerechnet bei uns?«, tat Thomas überrascht. »Und was ist mit Jürgens Schriftprobe?«

»Die nimmt der Kollege! So – und nun schreiben Sie beide den Satz noch einmal. Sie mit rechts und Sie mit links.« Er schob den beiden die Zettel erneut zu.

»Ich kann aber nicht mit links«, beschwerte sich Christian. »Konnte ich noch nie! Mein Freund aus der Schule, der schrieb super schön mit links. Ich nur unleserlich.«

Beide schrieben artig.

»Das war's schon. Vielen Dank. Und einen ruhigen Tag«, verabschiedete sich Wiener, schob die Zettel in die Manteltasche.

Thomas sprang eilfertig auf und begleitete ihn zur Tür.

Aus dem Hausflur drang der volle Bass Jürgens bis in die Wohnung.

»Vergessen Sie nicht, dass wir eine Zwangsgemeinschaft sind!«, flehte Thomas.

Wiener fixierte den Mann kalt. »Sie wollten ihn loswerden. Und eine Morddrohung gegen einen Mordermittler wäre schon ein guter Grund gewesen, ihn von dieser Resozialisierungsmaßnahme auszuschließen! Konsequenzen folgen! Das war viel mehr als nur grober Unfug!«

»Sie haben ja keine Ahnung!«, zischte Thomas und riss die Tür auf.

»Wir bleiben in Kontakt!«, meinte Wiener freundlich zum Abschied, trat in den Hausflur und ließ Jürgen wieder in die Wohnung fliehen.

»Ist das ein Ekelwetter!«, hörten sie seine Beschwerde, als sie schon die Treppe hinunterliefen. »Wird Zeit für die Vorbereitung des Mittagessens.«

»Nun?«, wollte Nachtigall wissen.

»Thomas.«

»Hat er es zugegeben?«

»Nein. Nur indirekt. Und der andere wusste gar nicht, wer Nachtigall ist.«

»Also, ab ins Büro. Silke hat eine Zeugin dort, und die Kollegen von der Streife warten sicher auch schon auf uns.«

»Nun erzähl schon! Was hat Jürgen gesagt?«, drängte Wiener und steuerte den Wagen gefühlvoll um die nächste Kurve.

»Ich habe ihn direkt mit der Drohung konfrontiert und ihm erklärt, dass wir dem selbstverständlich nachgehen. Wir nähmen nicht hin, dass ermittelnde Beamte, ihre Familie und sogar ihre Haustiere Morddrohungen ausgesetzt würden. Er fand das nachvollziehbar. Meinte, das sei einfach keine Art, so was gehöre sich nicht. Nach einer Pause merkte er, dass er unter Verdacht stand, beteuerte, er sei das nicht gewesen, er wäre doch nicht so blöd und riskiere, wieder in den Knast zu gehen.«

»Und das glauben wir unbesehen?«

»Nein. Du hast doch Schriftproben, oder? Die lassen wir mit dem Brief vergleichen. Jürgen hat nicht einen Augenblick gezögert. Ja, er erinnere sich ganz genau an die Drohung damals, als man ihn verurteilt hatte. Jedes Wort wisse er noch. Und ja, er habe in der ersten Zeit im Knast sicher einigen davon erzählt, weil er wütend war, weil er als mutig und unbeugsam gesehen werden wollte. In der ReSoWoG habe er nur mit Thomas darüber gesprochen, sicher aus ähnlichen Gründen. Christian wüsste nichts davon, der hat sogar Angst vor Spinnen.«

Wiener lachte leise.

»Wer sich vor Spinnen fürchtet, darf keine Geschichten über sadistische Quälerei, Bestrafung und Morddrohung hören. Das muss ich mir merken.«

»Nun, er behauptet nicht, frei von aggressiven Schüben zu sein. Aber wenn wir jemanden suchten, der wolle, dass man uns von dem Fall abzieht, dann, schlug er vor, sollen wir mal bei Frau Horsch nachfragen.«

55. KAPITEL

Silke begrüßte die Zeugin, die ihre Haare zu einem grauen Knoten gezurrt hatte und auch sonst den Eindruck machte, für trendigen Schnickschnack nicht viel übrig zu haben.

»Guten Morgen! Nehmen Sie doch bitte Platz!«

Die Frau sah sich interessiert um. »Annabella Falk, die Hebamme. Ganz allein hier? Ich dachte immer, hier herrscht zu jeder Zeit reges Gewusel!«

»Oh, gelegentlich ist das auch so. Aber meine Kollegen sind noch unterwegs zu einer Befragung, und unser Fallanalytiker steht im Stau.«

»Ach so. Im Fernsehen bekommt man oft den Eindruck vermittelt, bei Ihnen säße der ganze Gang voller potenzieller Mörder.«

»Die kommen vielleicht später«, lachte Silke. »Ist ja noch früh am Morgen!«

»Ich bin hier, weil ich gehört habe, der Mann von Simone sei ermordet worden. Und mir ist schon seit einiger Zeit aufgefallen, dass in der Beziehung etwas nicht stimmt. Ich bin ihre Hebamme, da ergibt sich schon situationsbedingt eine gewisse Nähe und Vertrautheit. Sehen Sie, es ist nun wirklich nicht meine Art, jemanden bei der Polizei anzuschwärzen, aber in diesem Fall sehe ich keine Alternative.«

»Die beiden waren nicht glücklich?«

»Seit die beiden drei waren, nicht mehr. Ich glaube, so könnte man es auf einen kurzen Nenner bringen.«

Die Zeugin atmete tief durch.

»Ich mache mir wirklich Sorgen um Mutter und Kind.«
Pause. Dann lebhafter: »Anfangs schien alles in Ordnung.
Sie kam mit dem kleinen Hugo zu den vereinbarten Terminen, wir sprachen über die üblichen Dinge, wie zum
Beispiel Durchschlafprobleme oder Schwierigkeiten beim
Stillen. Das Kind entwickelte sich. Sie schien glücklich zu
sein. Doch das hat sich leider geändert.«

»Ist Hugo ein Wunschkind?«

»Nun, genau weiß ich das nicht. Sie wandte sich an mich,
als das zweite Trimenon begonnen hatte, die Schwangerschaft also stabil schien. Das Kind entwickelte sich bestens, es gab auch im weiteren Verlauf keine Komplikationen. Benjamin, der Kindsvater, begleitete sie gelegentlich,
wartete auf sie. Er ging sehr liebevoll mit ihr um. Ich dachte,
er freue sich auf das Baby.«

»Aber das hat sich im Verlauf der Schwangerschaft geändert?«, half Silke weiter.

»Ja. Der Vater kam seltener mit zu den Terminen. Dabei
wurde es ja nun erst wichtig, hier sollten all die relevanten
Dinge für die Geburtsbegleitung geübt werden. Wenn ich
fragte, warum Benjamin nicht dabei sei, reagierte die Mutter verschlossen, ja geradezu unwirsch. Dann: Das erste
blaue Auge! Die übliche Ausrede. Eine offene Schranktür, der Boden vom Wischen noch feucht, der Kopf knallt
gegen die Tür. Kennen wir ja alle. Offene Türen und Fenster scheinen, neben Kellertreppen, das größte Verletzungsrisiko für Frauen im häuslichen Alltag darzustellen. Ich
persönlich plädiere schon lange für ein Verbot sich in den
Raum öffnender Türen zum Vorteil der Schiebetür! Wie
viele Verletzungen könnten so vermieden werden! Der
Arbeitsschutz für die Frau im Haushalt ist noch ausbaufähig.«

»Sie haben ihr also nicht geglaubt.«

»Nein! Natürlich nicht! Ich bin seit Jahrzehnten Hebamme, wenn ich ein Opfer häuslicher Gewalt vor mir habe, erkenne ich es auch!«

»Sie haben sicher Ihre Hilfe angeboten.«

»Natürlich. Aber sie lehnte jedes Mal ab.«

»Jedes Mal?«, bohrte Silke sofort nach.

»Ja. War eine Blessur verheilt, bekam sie die nächste. Etwa in 14-tägigem Rhythmus. Ich versuchte, mit ihrem Mann darüber zu sprechen, doch auch er lehnte das Gesprächsangebot ab. Vehement! Einmal sagte er mir, ich sei nicht in der Lage etwas zu beurteilen, auf das mir der Blick verstellt sei. Ich solle mich lieber um die Schwangerschaften in meiner Praxis kümmern. Danach kam er nie wieder.«

»Wie meinte er das denn? Weibliche Solidarität als Brille und Blickfeldeinengung?«

»Ja, genau. Als gäbe es eine mögliche Begründung für die körperlichen Attacken, die Männern einleuchtet, Frauen aber nicht.«

»Erziehung.« Silke verzog abschätzig das Gesicht. »Männer und ihre einfach strukturierte Welt.«

»Es eskalierte. Simone bekam Angst. Nach der Geburt Hugos nahm das deutlich zu. Des Kindes wegen sollte sich nun alles ändern. Und das tat es auch. Sehen Sie, kein Mann gibt gerne zu, dass er seine Frau prügelt. Offiziell ist es verpönt. Der Kindsvater machte durchaus einen schuldbewussten Eindruck, als ich die Familie zufällig im Blechen-Carré traf. Allerdings hatte sie inzwischen angefangen, sich zu verteidigen.«

»Sie prügelte zurück?«

»Ja. So kann man ausdrücken. Das ist allerdings keine Option, wissen Sie?«

»Weil sie ihm nicht gewachsen war. So wurde die Lage noch dramatischer.«

»Das kann man so nicht einmal sagen«, widersprach die Hebamme mit säuerlichem Lächeln. »Sie ist ziemlich wehrhaft. Zumindest viel wehrhafter, als man glauben mag, wenn man sie sieht. Und er musste deutlich einstecken. Möglich, dass er von so einer Vehemenz überrascht wurde.«

Silke wartete. Wusste, dass die Zeugin den für sie wichtigen Punkt noch gar nicht erreicht hatte.

»Ich konnte nicht umhin zu bemerken, wie stark sich ihr Verhalten änderte. Sie reagierte hysterisch auf jeden Schatten, befürchtete, ihr Mann könne ihr auf Schritt und Tritt folgen.«

Die Hebamme trug einen plüschigen, bunten Haargummi ums Handgelenk, an dem sie immer dann zu nesteln begann, wenn ein Thema ihr unangenehm wurde.

Silke beobachtete das zunächst amüsiert, dann nachdenklich.

Für den praktischen Kurzhaarschnitt konnte die Frau das Gummiband mit Sicherheit nicht brauchen. Also diente er wohl als Instrument zum Stressabbau.

Die junge Ermittlerin überlegte, ob sie das auch probieren sollte. Immer dann, wenn der Ärger sich aufblähte, könnte sie an dem Ding spielen – und gut? Niemandem würde es auffallen? Einen Versuch war es wert, entschied sie. Auf dem Heimweg würde sie beim Drogeriemarkt einen Zwischenstopp einlegen.

»Ihre Kollegen haben oft genug eine Wegweisung ausgesprochen. Aber Simone hat ihn immer wieder nach Hause kommen lassen. Erst dachte ich, es sei wegen des Kindes. Aber in dem Alter ist der Vater zwar wichtig, allerdings nicht sooooo wichtig. Vielleicht wollte sie ihn unter Kontrolle haben. Jedenfalls dachte ich, jetzt wo er gestorben ist – ermordet wurde«, korrigierte sie sich schnell, »könnte sie sich etwas entspannen. Doch offensichtlich gelingt es ihr nicht so gut, sich von den Ängsten zu befreien.«

»Hat sie wirklich nur gelitten?«, fragte Silke vorsichtig.

Die Hebamme warf ihrem Gegenüber einen sonderbaren Bick zu, fragte dann abgestoßen: »Wie sind Sie denn drauf? Ist das berufsbedingt?«

»Es gibt Literatur zu dem Thema. Manche Paare habe Spaß an Spielchen. Beide. Körperliche Auseinandersetzung könnte ein Bestandteil solch eines Spiels sein. Weil man die Versöhnung danach so wunderbar zelebrieren und feiern kann!«

Die Zeugin überlegte angestrengt, rang um eine passende Formulierung.

»Ich verstehe, was Sie meinen. Mit einem Neugeborenen ist allerdings häufig weder genug Platz noch genug Zeit für eine solche Versöhnung.«

Eine weitere Pause entstand.

Wieder seufzte die Hebamme.

»Ja, okay. Sie hat auch Fehler. Wie wir alle. Vor ein paar Wochen traf ich Benjamin Horsch zufällig beim Einkaufen. Ich sprach ihn an. Er wirkte fahrig, unkonzentriert. Meinte dann, es wäre besser, ich ginge schnell weiter. Wenn Simone uns zusammen sähe, würde sie nur wieder einen Eifersuchtsanfall bekommen. In solchen Momenten sei sie sehr schwer davon zu überzeugen, dass sie gar keinen Grund für Eifersucht habe. Mag also sein, diese Prügeleien haben so angefangen, dass sie ihn der Untreue bezichtigte, er leugnete, sie blieb bei ihrer Einschätzung, er schlug zu. In diesem Fall könnte man seine Übergriffigkeit als Hilflosigkeit sehen. Aber nur, wenn es so war, was ich nicht weiß.«

»Wenn sie sich zu sehr gewehrt hätte?«

»Wurde er denn erschlagen?«

56. KAPITEL

»So, wir rufen alle zusammen. Eine kurze Runde, um alle auf den neuesten Stand zu bringen.«

Silke sauste ans Telefon.

Emile sah man über den Gang heranhetzen, die beiden Kollegen der Streifen schlenderten hintendrein. Der Rechtsmediziner ließ ausrichten, er käme in wenigen Minuten dazu.

Zufrieden versammelte Nachtigall alle in einem großen Besprechungsraum.

»Erst die Entwarnung: Die Morddrohung gegen mich und meine Familie kommt von einem jungen Mann in einer Resozialisierungsmaßnahme. Man leidet in der Gruppenwohnung unter der aggressiven Machtausübung von Jür-

gen Schmitz. Der Plan war, ihm die Drohung unterzu-
schieben, damit er die Gruppe in Richtung Haftanstalt
verlassen muss. Wir kümmern uns drum.«

»Wie bist du auf diesen Jürgen gekommen?«

»Es war kein Gift im Katzenfutter. Nicht einmal ein
Hauch. Hätte Jürgen uns das ›Geschenk‹ zukommen lassen, wäre welches drin gewesen. Mit Sicherheit!«

Damit, signalisierte der Hauptkommissar, sei dieses
Thema erstmal erledigt.

»Silke?«

»Ja, bei mir war eben die Hebamme von Frau Horsch.
Sie berichtete von einer schleichenden Veränderung, die
schon während der Schwangerschaft begann und sich
schnell verschlimmerte. Sie hatte Verletzungen, erklärte
sie durch Ungeschicklichkeit, ihr Mann kam immer seltener
zu den Geburtsvorbereitungsterminen mit, beide verschlossen sich. Und offensichtlich litt die Ehefrau unter heftigen
Eifersuchtsattacken. Für die Hebamme ist sie ein klassi-
sches Opfer häuslicher Gewalt. Da hat sie keinen Zweifel.«

»Und wir waren heute schon bei ihr. Sie konnte Sandra
Kältering als die Frau identifizieren, in der sie die Geliebte
ihres Mannes vermutete. Offensichtlich haben die beiden
sich gelegentlich in einem Café getroffen und wurden einmal dabei von der Ehefrau beobachtet. Später sei sie ihrem
Mann und dieser Frau öfter gefolgt, wurde Zeugin herzli-
cher Begrüßungen und vertrauten Umgangs. Als sie ihn zur
Rede stellte, leugnete er eine Affäre zu haben, behauptete,
er kenne sie von der sozialen Arbeit her. Sie käme manchmal ins Hospiz. Also: Wissen wir inzwischen, für welche
soziale Organisation Sandra Kältering sich engagiert hat?«,
fasste Nachtigall kurz zusammen, was sie heute Morgen
erfahren hatten.

»Ja!«, antwortete Silke. »Für die Selbsthilfegruppe ›Zurück ins Leben‹. Sie organisiert Theaterbesuche, Ausflüge, Kinoabende. Aber sie bieten auch Unterstützung bei Behördengängen oder Arztbesuchen an. Die Verbindung zu Benjamin Horsch könnte bei einem Ausflug entstanden sein, an dem er mit seinem Bruder teilgenommen hat.«

»Gute Arbeit. Marko Horsch ist Wachkomapatient. Wir müssen nachfragen, ob er in der Lage war oder ist, solche Ausflüge zu genießen.«

Couvier nickte. »Gut, so könnten diese beiden sich begegnet sein. Dass Hiltrud Manecke Benjamin Horsch kannte, wissen wir schon. Hier fehlt uns allerdings noch die Gelegenheit, sich zu begegnen.«

»Ich bleibe dran«, versicherte die junge Ermittlerin und notierte sich auch diesen Punkt.

»Wir haben einen weiteren Bericht der Spurensicherung bekommen. Zum einen liegt der tatsächliche Tatort nur wenige Meter vom Fundort der Leiche von Horsch entfernt. Schleifspuren belegen, dass der Körper bis zu der Stelle gezogen wurde, an der er gefunden wurde. Am Waldrand fand sich eine erhebliche Menge Blut im Boden.«

Michael Wiener stellte sich an das Flipchart und skizzierte den Fundort. »Die Leiche über diese freie Fläche zu ziehen, ergibt nur einen Sinn, wenn man ein Auto zum Abtransport nutzen wollte. Das Risiko entdeckt zu werden, war in dieser Phase ausgesprochen hoch.«

»Das Opfer traf sich mit jemandem dort. Gibt es keinen Hinweis auf eine Verabredung? Per SMS, WhatsApp oder Mail?«

»Nein, die Kollegen haben nichts finden können. Es gibt ein paar SMS mit der Ehefrau, sonst nichts. Eine Nachricht per Mail vom Hospiz.«

»Eine Sicherheitsmaßnahme? Wenn die Ehefrau so eifersüchtig ist, wird man vielleicht keine verdächtigen Nachrichten bekommen und versenden wollen.« Wiener schmunzelte. »Aber wie hat er es geschafft, seinen Mörder zu treffen? Zufall?«

»Nein, das glaube ich nicht«, widersprach Nachtigall. »Sandra Kältering war zu diesem Zeitpunkt schon tot. Mit Frau Manecke kann er nicht verabredet gewesen sein, sie ist allein nicht mobil. Sie ist zufällig auf seinen Körper gestoßen. Sein soziales Engagement? Wie hat es ihn dorthin getrieben?«

»Hm. Woran hat sie eigentlich erkannt, dass es sich um Benjamin Horsch handelte?«, fragte Silke gedehnt. »Also, ich meine ja nur. Er wird doch eher bekleidet gewesen sein, wenn sie sich über den Weg liefen. Und doch hat sie die kopflose Leiche identifiziert. Sie sprach mit ihm.«

»Ja, das ist bemerkenswert. Vielleicht beim Schwimmen? Ein Ausflug nach Burg in die Therme?«, schlug Dr. Pankratz vor. »Das könnte der Pflegedienst wissen. Möglicherweise organisieren sie regelmäßig solche Events für einen Teil der Patienten. Oder diese Selbsthilfeorganisation.«

Nachtigall nickte. »Ja, möglich. Und der Pflegedienst bringt doch Patienten zu den Arztterminen. Vielleicht ist Frau Manecke mit Benjamin Horsch auf diese Weise zusammengetroffen.«

»Dann hätten sie sich bei jedem dieser Arzttermine verabreden und zum Beispiel danach in ein Café gehen können. Er fühlte sich bei ihr und sie sich bei ihm wohl.«

»Ob die Ehefrau auch auf eine solch alte Dame eifersüchtig reagiert hätte?«, wollte Silke wissen.

»Weib ist Weib«, gab Wiener flapsig zurück und fing einen missbilligenden Blick Nachtigalls auf.

»Frau Hänsel hat sich männliche Pflegekräfte für ihre Schwester verboten. Wusste sie etwas von der Verbindung? Ehrlich, die Frau ist so boshaft! Weißt du, auf eine ganz besondere Art und Weise böse. Kernböse könnte man das nennen. Also, ich meine: Die beiden Damen Hänsel gucken anderen gern beim Sterben zu. Lustvoll! Nicht, weil sie dem Nächsten den Übertritt in eine andere Welt erleichtern möchten, nein, sondern weil sie diesen Moment genießen wollen, an dem das Diesseits gegen das Jenseits getauscht wird! Ich finde, das ist krank!«

»Wir können im Hospiz vorsichtig nachfragen, ob jemand unter der Betreuung der Damen Hänsel unerwartet … Aber ich fürchte, das wird für niemanden leicht zu beurteilen sein«, meinte Couvier nachdenklich. »Theoretisch wäre ein solches Motiv denkbar – aber die Begehung der Tat spricht nicht unbedingt für eine Täterschaft der Damen Hänsel. Warum dieses Vorgehen? Hier liegt der Schlüssel!«

Er seufzte. »Grundsätzlich ist es etwas anderes, jemandem beim ›Übertritt‹ behilflich zu sein, der im Hospiz betreut wird, als der jungen Frau und einem jungen Mann bei vollem Bewusstsein die Kehle durchzu… Nein, das ist nicht vergleichbar!«

»Tot ist nicht gleich tot?«, stichelte Dr. Pankratz amüsiert. »Aber ich würde es auch so sehen. Der Mord beinhaltete nicht die Absicht, die Sache schnell zu beenden. Vielleicht hätten die Damen Hänsel gern erst Schlaftabletten gegeben und dann zugesehen, wie aus Schlaf Tod wird. Aber diese Art von Mord? Eher nicht.«

»Sie könnten es zusammen durchgeführt haben. Mutter und Tochter. Angenommen, die beiden Opfer sind den beiden auf die Schliche gekommen und wollten das Hospiz über ›Nachhilfe beim Übertritt‹ informieren? Dann hätten sie sogar ein Motiv für beide Morde gehabt.« So schnell gab Silke ihren Ansatz nicht verloren.

»Das Motiv wäre ihre Lust, im letzten Moment dabei zu sein? Hm. Seltsam genug, aber auch nicht vollkommen abwegig. Wir nehmen die beiden auf die Liste und erkundigen uns im Hospiz. Immerhin hätte Elvira Hänsel dort von Benjamin Horsch von Sandra Kältering erfahren haben können. Aber ehrlich: Das hört sich schon konstruiert an!«, murrte Nachtigall ungnädig.

»Denkbar wäre es. Möglicherweise hat Sandra Kältering den jungen Mann auch zu seinem Bruder begleitet«, sprang Wiener der Kollegin bei. Grinste und setzte fort: »Dann haben die Damen Hänsel die Morde begangen, damit sie diejenigen sein können, die den Bruder …!«

»Schluss jetzt!«, polterte der Hauptkommissar. »Dies ist eine Mordermittlung und kein Spiel! Kreativität ist gefragt, nicht Unfug!«

Wiener wich dem Blick des Freundes aus. Er hatte ja recht.

»Gut«, setzte er dann erneut an. »Jürgen mordet gern. Er geht bei diesem Wetter nicht gern vor die Tür, ja, stimmt. Aber zum Ausleben seiner sadistischen Neigungen vielleicht doch. Da kann er keinen schicken!«

»Stopp!«, schaltete sich nun Couvier ein. »Wir wissen nicht, ob der Täter ein sadistisches Motiv hatte. Ausschließen können wir es nicht, aber auch nicht als Grundannahme setzen!«

»Ja, sehe ich auch so«, meinte der Rechtsmediziner. »Außer der Enthauptung habe ich keine Verletzungsbilder gefunden, die nahelegen, er habe sich an den beiden ›ausgelebt‹.«

»Immerhin hat er Säure ins Gesicht gespritzt«, widersprach Silke. »Das ist schmerzhaft, löst eine heftige Reaktion beim Opfer aus.«

»Jürgen hatte sehr belastende Fantasien, ja. Aber die richteten sich ausschließlich auf lesbische Frauen«, stellte Nachtigall klar.

Couvier nickte. »Eben.«

Stand auf, trat an das Flipchart. Schlug die beschriebene Seite zurück. »Hier ist das Haus, aus dem Frau Manecke aufgebrochen ist. Sie musste an all den Häusern entlanggehen, die stark befahrene Straße an der Ecke beim Einkaufsmarkt überqueren, eine weite Strecke am Hotel vorbei zurücklegen und irgendwann auf die Wiese abbiegen. Oder an der Durchfahrtstraße entlanggehen, ins Wohngebiet ›Am Waldrand‹ abbiegen, an all den Häusern entlanggehen und an dem orangefarbenen Haus links abbiegen. Und dabei will sie niemand gesehen haben? Eine alte Dame im Nachthemd, ohne Mantel, ohne Schirm, in Hausschuhen?«

»Bisher hat sich niemand gemeldet.«

»Woher wusste sie, dass sie genau dort auf Benjamin Horsch treffen würde? Wenn sie so orientierungslos ist, wie die Schwester behauptet, hätte sie gar nicht zu der Stelle gefunden!« Er schwieg, fragte dann: »Hat jemand sie abgeholt und hingefahren?«

»Dafür haben wir keinen Anhalt, können es also auch nicht ausschließen. Leider ist die Zeugin in ihren Aussagen nicht sehr konkret«, formulierte Nachtigall vorsichtig.

»Die toxikologische Analyse hat keinen Befund ergeben, der erklärt, warum sie stillhielten. Bei der jungen Frau etwas THC, bei dem jungen Mann geringer Alkoholspiegel. Kein BTM-Nachweis. K.o.-Tropfen kamen ebenfalls nicht zum Einsatz. Dr. Pankratz zuckte mit den Schultern. »Brave Kids!«

»Dann hat Gundram Meyer in diesem Punkt nicht gelogen. Sein Freund hatte nie etwas mit Drogen zu tun.« Wiener klang enttäuscht, seine abschätzig nach unten gezogenen Mundwinkel verrieten, wie er über solche Menschen dachte, die nicht ein Mal … »Selten, aber in diesem Fall wahr.«

»Emile, die Ehefrau fürchtet sich vor ihm, der Freund hält ihn für ein Weichei, er hat etwas an sich, das alte Damen für ihn einnimmt. Er kümmert sich liebevoll um seinen Bruder, prügelt seine Ehefrau. Was ist das? Eine Persönlichkeitsstörung? Borderline? Kann man dem Ganzen einen Namen geben?«

»Möglich, dass eine Persönlichkeitsstörung vorlag, aber das können wir nicht beurteilen. Wir wissen zu wenig über ihn. Zum Beispiel stellt sich die Frage, wie er nach dem Verlust der Eltern mit der Situation klarkam. Dazu haben wir bisher nur die Aussage der Erzieherin, die die Jungs betreute.«

»Von Sandra Kältering wissen wir auch nur, dass sie rundum sympathisch und nett gewesen sein soll. Und sozial engagiert. Wie auch Benjamin Horsch. Das ist überhaupt bisher der einzige gemeinsame Nenner.«

»Tja, wenn wir zu den beiden gerufen wurden, fanden wir häufig beide verletzt vor.« Thorwald blätterte in den Einsatzberichten. »Seiner Aussage nach wehrte sich die Ehefrau mitunter heftig gegen seine Übergriffe. Nach unserer Erfahrung ist es durchaus möglich, dass der körperlichen Auseinandersetzung ein Vergewaltigungsversuch vorausging.« Der Kollege sah in die Runde. »Frauen, die entbunden haben, möchten manchmal von den Wünschen des Kindsvaters nach Sex für einige Zeit verschont bleiben. Aus verschiedenen Gründen. Manche springen über ihren Schatten und sind dem Mann zu Willen, andere setzen sich zur Wehr.«

»Springen über ihren Schatten soll wohl heißen, dass sie sich vergewaltigen lassen, willenlose Opfer werden? Mann!

Wie kommst du auf ein sexuelles Motiv? Streit ums Geld in der Haushaltskasse ist in meinen Augen sehr oft Grund für Streit«, wandte Silke ein.

»Ja, das ist schon richtig. In der Regel kriegen wir das mit. Die Frau erzählt uns, ihr Mann versaufe immer die Hälfte seines Lohnes. Wenn das nicht so wäre, hätte das Geld für die Miete schon gereicht und der Kühlschrank hätte ebenfalls gefüllt werden können. Aber so etwas hat es bei den beiden Horschs nie gegeben.«

»Die Lage war schwer beurteilbar. Er wirkte bei jedem Mal schuldbewusst. Seine teils erheblichen Verletzungen tat er als Bagatellen ab, er sei ja selbst schuld, sie habe natürlich jedes Recht auf Gegenwehr, auch wenn sie es an Verhältnismäßigkeit missen lasse, was die Wahl ihrer Verteidigungswaffen angine. Weil die Aggressivität zwischen den beiden oft zum Schneiden dick war, haben wir ihn der Wohnung verwiesen. Mehrfach. Und er ging stets ohne Widerstand«, ergänzte die Kollegin.

»Schwer beurteilbar?«

»Sie schwiegen sich über den Grund des Streits aus. So war nicht zu ermitteln, was tatsächlich vorgefallen war.«

»Könnte sie angefangen haben?«, bohrte der Hauptkommissar weiter.

»Naja, denkbar wäre, dass sie sich über irgendetwas beschwert hat, und ihm ist dann der Kragen geplatzt«, erklärte Thorwald. »Fängt häufiger so an.«

»Wir haben Aussagen von Zeugen, die meinen, der junge Mann habe sich in der letzten Zeit auffallend verändert. Er schien bedrückt, zog sich von seinen Freunden zurück, wurde schweigsam. Könnte es nicht sein, dass die Situation auch anders zu interpretieren wäre?«

»Anders?«, fragte Thorwald verständnislos. »Wie?«

»Was, wenn er nun das Opfer der häuslichen Gewalt war?«, hakte Couvier ein.

Thorwald schüttelte den Kopf. »Ne! In der Regel prügelt er. Egal, ob sie es provoziert hat oder nicht, er ist der Täter«, stellte er klar. »Die Frauen fangen so was nicht an, weil sie ohnehin am Ende einstecken müssten. Körperlich unterlegen. Kraftgefälle sozusagen.«

»Es gibt eine neue Studie zu dem Thema. Demnach sind Frauen ebenso häufig der Prügler wie Männer.« Nachtigall ließ nicht locker.

»Der blinde Fleck? Nein, nein. In diesem Fall gibt es den nicht. Im polizeilichen Alltag geht die Aggression in den allermeisten Fällen vom Mann aus. Sie geben es ja in der Regel auch noch am Tatort zu.«

»Männer outen sich nicht gern als Opfer gewalttätiger Übergriffe ihrer Partnerin. Lieber sprechen sie von heftiger Gegenwehr«, blieb Nachtigall hartleibig.

»Ist gut nachvollziehbar«, ergänzte Couvier. »Die gesellschaftliche Erwartungshaltung ist noch aus unseren Anfängen als Hominide. Der Mann ist stark, er dominiert das schwache Weib. Wer dem nicht entspricht, verliert sein Ansehen, ist eine Memme, ein Versager. Das setzt sich selbst heute noch in Beziehungen durch. Deshalb übernehmen die betroffenen Männer gegenüber der Polizei die Verantwortung. Der Gesichtsverlust wäre schlimmer.«

»Und aus der Kriminalstatistik ergibt sich auch, dass es 15 getötete Männer infolge häuslicher Gewalt gegeben hat, insgesamt 84 versuchte oder vollendete Tötungen. Ich könnte mir vorstellen, dass man am Tatort eher nicht die Frau einer solchen Tat verdächtigt. Gerade weil sie in der Regel schwächer ist. Ich werde euch die Studie mitbringen – ist sehr interessant, legt den Finger in unseren blinden Fleck!«

»Ne! Bei den beiden gab es aus meiner Sicht kein Vertun. Er gab zu, den Streit begonnen zu haben. Die Gewalt ginge auf sein Konto. Die Frau mit dem Baby konnte nicht angefangen haben. Damit sie in der Wohnung bleiben kann, haben wir ihn ein paarmal weggewiesen und gut.« Thorwald war fester Überzeugung.

»Gut«, beendete Nachtigall die Gesprächsrunde. »Die Verteilung der Aufgaben ist klar. Los geht's!«

57. KAPITEL

Silke Dreier verwickelte eine ältere Dame im Wartebereich in ein Gespräch, von dem sie nie erwartet hatte, es führen zu wollen.

»Ja, das ist nicht leicht. Ich komme jeden Tag vorbei, damit sie weiß, dass wir sie nicht vergessen haben. Wobei seit einigen Monaten nur noch ich komme.«

»Was ist passiert?«

»Das Schicksal. Das Leben. Sie ist gestürzt. Hirnblutung. Erst dachten die Ärzte, ihr Zustand könne sich bessern, aber schnell wurde deutlich, dass diese Verbesserung nur Wunschdenken war. Sie wird sterben. Und hier kann sie das in einem würdigen Rahmen tun.«

»Ist es nicht belastend für Sie, jeden Tag an ihrem Bett zu sitzen?«, fragte Silke. »Ich meine, weil der Tod nun mal nicht das Lieblingsthema der Lebenden ist.«

»Jaja. Ich verstehe, was Sie meinen!« Die alte Dame, die sich als Sophia vorgestellt hatte, nickte mehrfach. »Bei mir war das auch so. Aber nun nicht mehr. Und ganz ehrlich: Es ist gut. Mein eigener Tod kann sooooo weit nun auch nicht mehr entfernt sein, selbst im günstigsten Fall bleiben nur noch ein paar Jahre. Hier habe ich erfahren, dass ich mich nicht davor zu fürchten brauche.«

»Es gibt hier Menschen, die sich an die Betten Sterbender setzen, ohne diese Leute je gekannt zu haben. Irritiert Sie das nicht?«

»Die sind von einem Verein, der diese Wachen organisiert. Sehen Sie, sein Leben abzugeben, fällt manchem schwer. Es sind noch unerledigte Dinge offen, Fragen nicht beantwortet, andere gar nicht erst gestellt, Probleme nicht gelöst. Sie lassen nicht los. Da ist es gut, wenn jemand da ist, der mit ausreichend Selbstbewusstsein sagen kann ›Du darfst gehen! Ungelöstes geht dich nichts mehr an, das wird von anderen erledigt‹.«

Sophia lächelte mild. Abgeklärt. »Elvira Hänsel und ihre Tochter sitzen auch bei Fremden. Das überrascht viele. Aber hat nicht jeder das Recht darauf, begleitet zu werden? Wenn meine Schwester gestorben ist, bin ich allein. Ich wünsche mir, dass mich jemand freundlich begleitet.«

Silke schluckte.

Zu nah, zu eng, schrillte eine Stimme in ihr. Zu nah!

Sie begann an dem weichen, bunten Haargummi zu zupfen, den sie erst seit wenigen Stunden am Unterarm trug.

»Ach, meine Liebe. Sie sind jung. Das Thema Sterben ist Ihnen dennoch schon begegnet. Ich schätze, ihr eigenes Leben war in Gefahr?«

Silke nickte. Kurz. Hart.

»Ich hoffe für Sie, dass jemand an Ihrem Bett saß, der über Sie wachte.« Ein schneller Seitenblick. Sie seufzte. »Wohl nicht? Das tut mir leid. Denken Sie an meine Worte: Es ist besser, wenn man alles mit einem lieben Menschen teilen kann. Ich glaube, Sie müssen sich mehr Mühe geben, anderen mit Verständnis und Güte zu begegnen. Wenn Sie erst erkennen, dass keiner perfekt ist, dann ist es für Sie ganz leicht, solch einen Menschen zu finden. Ich sehe, dass Sie eine nette Frau sind, die sich hinter einer Wand versteckt. Kommen Sie vor – und alles wird gut!«

Silke kämpfte mit den Tränen. Hier ist nicht der richtige Ort für dein elendes Selbstmitleid, ging sie hart mit sich ins Gericht. Du lebst, hier sterben Menschen!

»Wenn ich in einiger Zeit gehe, möchte ich es hier tun. Es ist ein guter Ort.«

»Wenn jemand partout nicht gehen will, bekommt er von Elvira und Marion Hilfe?« Silke hasste sich in diesem Moment dafür, diese Frage stellen zu müssen.

Sophias Augen wurden groß und dunkel. Enttäuscht.

»Hier wird nur begleitet. Wer mehr möchte, ist falsch an diesem Ort. Der fährt besser in die Schweiz. Solange er das noch kann!« Ihre Stimme war plötzlich scharf. »Es ist feige. Vor der Geburt kann man sich auch nicht drücken! Jedes Kind erlebt sie bei der eigenen zum ersten Mal, fühlt sich gequetscht, unwohl, ausgestoßen, hat vielleicht Angst.

Muss am Ende mit Glocke oder Zange ... Als tröstende Begleiter hört es Mutter und Hebamme. Wie wunderbar, das gibt Mut – und am Ende ist alle überstanden, Mutter und Kind vergessen die Strapaze. Alles gut! Wie der Start, so das Ende. Rätselhaft und unbekannt.«

Sie warf einen Blick auf die Uhr. »Oh, verquatscht! Entschuldigen Sie, aber meine Schwester wartet.« Sie schüttelte Silke fest die Hand. »Es war ein sehr angenehmes Gespräch mit Ihnen. Mit einer so jungen Frau ein ganz besonderes Erlebnis. Ich weiß, dass Sie eine Kämpfernatur sind. Nutzen Sie Ihre innere Sprungfeder für Ihr Jetzt. Gestalten Sie es positiv. Vergangenheit kann man nicht mehr gestalten, man muss sie abhaken. Denn: Life is short!«

Nachdenklich sah Silke dem geraden Rücken nach, der sich langsam über den Gang schob, um den Tod der Schwester zu erleichtern.

Auch die Pflegekräfte fanden nur lobende Worte für Elvira, Marion und die anderen Freiwilligen. Niemand nahm Anstoß daran, dass sie sich nun nach dem Tod des Bruders um Mark Horsch kümmerten, den sie lebenslustig, fröhlich, voller Lachen nie erlebt hatten.

Vielleicht sollte ich wiederkommen, dachte Silke, als sie das graue Haus in der Bahnhofstraße verließ.

58. KAPITEL

Michael Wiener fragte sich in der Cafeteria zu Konstantin durch.

Der junge Mann saß in einer Ecke, hinter einem Pott Kaffee und einem belegten Brötchen.

»Keine Zeit zum Frühstück gehabt?«, fragte der Kommissar und setzte sich.

»Kennen wir uns?« Das Gesicht des Studenten bekam einen arrogant-gewaltbereiten Ausdruck.

»Bleiben Sie entspannt! Ich bin von der Kriminalpolizei. Habe ein paar Fragen zu Ihrer Kommilitonin Sandra Kältering.«

»Kriminalpolizei? Aha? Sie wird also endlich weggesperrt! Das hat ja gedauert. Aber ich wusste gar nicht, dass man für Verstöße gegen die Benimmregeln eingeknastet wird. Prima!«

»Nach Aussagen der Mitbewohner sind es eher Sie, der gegen die Benimmregeln verstoßen hat. Sie möchten festgenommen werden?«, erkundigte sich Wiener freundlich und lächelte breit. »Gleiches Recht für alle. Und in diesem Fall sprechen gleich drei Damen gegen Sie.«

Der Student schob die asymmetrisch geschnittenen Haare aus dem Gesicht.

»So? Interessant. Dann steht wohl Aussage gegen Aussage. Sandra schleimt sich überall rein, klaut Ideen und wird dann auch noch in schwindelerregende Höhen gelobt.

Tja. Wenn man die Tochter vom Kältering ist, bedarf's keiner Anstrengung!«

»Sandra ist tot.«

Eine lange Pause. Ungerührt frühstückte der junge Mann weiter, trank seinen Kaffee.

»Aha? Und was soll das nun heißen: Sandra ist tot? Sie hat sich exmatrikuliert und kann mich nicht mehr nerven? Prima!«

»Nein, das heißt es nicht. Es bedeutet, dass Sandra Kältering Opfer eines grausamen Verbrechens wurde. Wir befragen nun jeden, der für diese Tat in Betracht kommt. Niedere Motive gehabt hat.«

Die Elvistolle wurde erneut über den seitlichen Undercut geschoben. Der Blick des Mannes war kalt.

»Ich habe damit nichts zu tun! Ein grausames Verbrechen? So was hat doch keinen Stil!«

Wiener mochte ihn nicht: emotionslos, arrogant, besserwisserisch, unbeeindruckt. Widerlich, fügte er in Gedanken noch an.

»Sie haben ihr das Leben schwergemacht!«

»Ja, das mag schon sein. Das gehört zum studentischen Dasein dazu. Wettbewerb, unfaire Gegner – all das bereitet uns auf die reale Situation im Berufsleben vor.« Er strich wieder durch die dichten, dunklen Haare, kam sich offensichtlich toll vor.

»Sagt wer?«

»Mein Vater!«

»Sandra war Ihnen ein Dorn im Auge? Ein Stachel in Ihrem Fleisch? Haben Sie nur einfach die Chance verpasst, daran zu wachsen?«, bohrte Wiener unbeeindruckt weiter.

Der Student schloss den Zipper seiner Lacoste-Jacke, betrachtete lange seine gepflegten Hände.

»Sie sind nur ein kleiner Kriminalkommissar. Sie tragen schwarz, weil dann nicht auffällt, wie wenig Geld Sie in Ihre Garderobe investieren können. Und Sie wissen genau: Wesentlich besser wird es für Sie nie. Die Besoldungsgruppe verbessert sich – ja, aber es ist nie üppig. Bis ans Ende traben Leute wie Sie dem Leben hinterher, das Sie eigentlich gern führen würden. Unerreichbar eben.«

Wiener versuchte das Gift zu neutralisieren und lachte. »Okay. Sie allerdings müssen ein Stararchitekt werden, um in Ihrer Welt das zu gelten, was Sie sich erträumen. Und Sie werden immer nur wenigen etwas gelten. Ich bin gut in dem, was ich tue. Angesehen nicht nur bei Freunden oder, was bei Ihnen eher drin ist, bei geldgierigen Zum-Munde-Redner.«

»Angesehen, denken Sie, weil Sie das Böse bekämpfen?«, hakte der junge Mann ironisch nach. »Sehen Sie: Ich bekämpfe Langeweile und Einheitsbrei der Planung von Gebäuden, in denen Menschen Sicherheit, Schutz, Geborgenheit und Wärme finden. In denen man glücklich sein kann.«

»Und Sandra konnte das nicht? Wurde Ihrem hehren Anspruch nicht gerecht und heimste dennoch Lob und Auszeichnungen ein. Wie hart!«

Wiener zückte sein Notizbuch, schlug es auf, ließ den Kugelschreiber über der Seite schweben.

»Na, dann wollen wir mal. Wann haben Sie Sandra Kältering das letzte Mal gesehen? Worüber haben Sie mit ihr gesprochen?«

Aufmunternd klopfte er dem Studenten auf die Schulter. »Erinnerungslücken sollte es ja in Ihrem Alter noch nicht geben!«

59. KAPITEL

Peter Nachtigall klingelte bei Gundram Meyer.

Musste wieder ziemlich lange warten, bis der schwere Mann ihm öffnete.

»Was ist das denn nun für eine neue Taktik? Folter ist bei uns nicht erlaubt. Und ich hatte noch nicht einmal meinen ersten Kaffee«, motzte er schon, noch bevor er die Tür geöffnet hatte.

»Guten Morgen! Es haben sich noch ein paar Fragen ergeben. Sie erinnern sich bestimmt, es geht um eine Mordermittlung. Und verständlicherweise hat die Gesellschaft großes Interesse daran, dass wir keine Zeit verschwenden, sondern den Täter schnell dingfest machen. Selbst wenn das bedeutet, dass Sie von mir Besuch bekommen, bevor Sie Ihren ersten Kaffee hatten.«

»Wie war Ihr Name noch?« Der Zeuge versuchte mit Zerr- und Drehbewegungen den zu engen Pullover wenigstens bis zum Hosenbund hinunterzuzwingen, was aber nicht gelingen wollte. Also gab er auf und beließ ihn auf Höhe des Rippenbogens.

»Sie verschwenden Ihre Zeit. Ich habe Ihnen doch schon gesagt, was ich weiß.«

»Nun, es mag an mir gelegen haben. Ich habe nicht die richtigen Fragen gestellt. Und so konnten Sie mir gar nicht alles erzählen, was Sie wissen. Das holen wir jetzt nach. Und Sie können bequem dabei Kaffee trinken.«

Wieder folgte er dem Mann in die Einliegerwohnung.

»Nehmen Sie Platz. Möchten Sie auch eine Tasse?«
Nachtigall lehnte freundlich ab.

»Nun, was also wollten Sie mich noch fragen?«

»Gut, vieles von dem, was Sie uns berichtet haben, hat sich bei der Ermittlung bestätigt. Keine Drogen. Keine illegalen Handlungen.«

»Na also.«

»Aber Sie haben uns nicht erzählt, dass Ihr Freund Eheprobleme hatte.«

»Ist ja nicht das Erste, was man einem Fremden auf die Nase bindet«, rechtfertigte sich Gundram Meyer und schenkte sich Kaffee nach, hob eine große Portion Rührei auf seinen Teller.

»Die Streife hat ihn mehrfach aus der Wohnung gewiesen.«

»Ja, das ist wahr. Er ist dann bei mir untergekrochen. Hat hier auf der Couch übernachtet. Immer nur für zwei, drei Nächte. Dann durfte er wieder nach Hause kommen. Immerhin konnte er hier ohne Babygeschrei durchschlafen. Hat ihm auch mal gutgetan.« Gundram feixte. »Er wollte nicht, dass ich rumerzähle, er sei übergriffig geworden.«

Nachtigall ließ dieses Statement unkommentiert. Er würde später darauf zurückkommen.

»Sie haben ebenfalls nicht erwähnt, dass Sie Trauzeuge bei den beiden waren.«

»Habe ich nicht? Nun ja, ich meine, die beiden hatten ziemliche Probleme. Mag sein, ich habe ein schlechtes Gewissen, die beiden sozusagen verkuppelt zu haben.« Er belegte sich einen Toast mit Salami und Käse, biss herzhaft hinein, kaute schmatzend.

Nachtigall sah sich um.

Registrierte die Fotos auf der Kommode, wunderte sich, dass ein Mann in dem Alter solch eine Ansammlung dort stehen hatte. Musste ja schließlich alles von Staub befreit werden. Er stand auf, schlenderte hinüber.

Warf einen Blick ins Bücherregal. »Oh, Sie lieben Thriller?«

»Nö – eigentlich nicht. Aber die Leute glauben es, ich kriege die ständig geschenkt. Dabei lese ich am liebsten Sachbücher. Naturwissenschaften verständlich, Sie verstehen schon.«

»Ja. Verstehe ich gut. Ich lese so was auch gern. Warum verschenken Sie die Thriller nicht einfach weiter, wenn Sie sie gar nicht mögen?«

»Weil ich nicht mehr weiß, wer mir welchen geschenkt hat. Wäre doch peinlich, wenn der beim Spender wieder ankäme.«

»Versuchen Sie es bei einer der Bibliotheken.«

Nachtigall drehte sich zu Gundram Meyer um. »Hatten Sie je den Eindruck, Ihr Freund sei von seiner Frau verprügelt worden? Hat er das angedeutet?«

»Nein. Natürlich war er manchmal ziemlich zugerichtet. Sie habe sich gewehrt, war seine Antwort. Mit einem Stuhlbein, oder einer Pfanne – ich glaube, sie ist nicht zimperlich.«

»Sie mögen sie ja nicht, und das beruht auf Gegenseitigkeit. Haben wir vermerkt. Wenn Benji verletzt bei Ihnen auftauchte, sind Sie zu seiner Frau gefahren, um nachzusehen, wie es ihr und dem Kleinen ging. Nur um sicherzugehen, dass nicht Schlimmeres passiert ist.«

Gundram wand sich. Da er bauchfrei trug, war die Schlängelbewegung deutlich zu sehen. Nachtigall sah diskret zum Fenster raus. Im Sommer sicher ein schöner Ausblick, jetzt im November grau und fade.

»Offensichtlich wissen Sie das ja schon. Ja! Ich habe kontrolliert, ob alle Beteiligten am Leben waren. Hugo schlief meist friedlich und Simone verpflasterte oder bandagierte ihre Blessuren. Bleibende Schäden hatte nie einer davongetragen.«

»Gut, das war's auch schon. Vielen Dank. Ich finde den Weg hinaus!« Nachtigall nickte dem Zeugen zu und stieg die Treppe hinauf. »Einen schönen Tag noch!«, rief er über die Schulter zurück, zog die Haustür zu.

60. KAPITEL

Jürgen saß am Küchentisch und brütete vor sich hin.

Die beiden Mitbewohner hielten sicherheitshalber Abstand, sprachen kein Wort, taten geschäftig.

Wenn Jürgen so ein Gesicht machte wie jetzt gerade, konnte man nicht vorsichtig genug sein.

»So, ich denke, jetzt geht Thomas erst mal einkaufen. Die Liste hast du ja schon. Und Christian räumt den Tisch ab. In der Zwischenzeit beschäftige ich mich mit dem Rezept. Vielleicht setze ich auch schon mal die Kartoffeln auf.« Er sprach langsamer als gewöhnlich, als überlege er bei jedem Wort. »Und, Thomas, vergiss nicht deine Wunden zu bedecken, bevor du gehst. Pflaster ist noch im Bad. Die Leute glauben sonst, du hättest eine ansteckende Hautkrankheit, und verstecken sich vor dir!«

Thomas nickte verunsichert.

Ging ins Bad, verpflasterte die schlimmsten Löcher.

Warf der Flasche auf dem Fensterbrett einen bösen Blick zu. Jetzt war sie mit einem roten X gekennzeichnet, damit sie nicht mit der anderen Flasche, die das Putzmittel enthielt, verwechselt werden konnte. Jetzt!

Dann zog er seinen Parka an, griff nach dem Korb und der Liste.

»Vergiss bloß nichts!«, mahnte das Kochgenie.

»Nein. Ich arbeite sie Zeile für Zeile ab.«

»Ist wichtig. Weil ich etwas Besonderes koche – und wirklich alles brauche, was da auf dem Zettel ...«

»Ja. Ist ja gut, Mann!« Damit knallte er die Tür hinter sich zu und stapfte die Treppe runter.

»So, mein lieber Christian. Jetzt erzähl doch dem Onkel Jürgen mal, was der kleine Bulle von euch großen Verbrechern wissen wollte!«

»Och, gar nichts Besonderes. Er fragte wegen der beiden von oben. Wegen der Streitereien und so«, versicherte der Gefragte eilig.

»Und danach, was habt ihr noch besprochen?«

Entsetzt beobachtete Christian, wie Jürgen eine Gabel in der Gasflamme zum Glühen brachte.

»Ist ja interessant, wenn man die einmal längs und einmal quer auf den Arm drückt, sieht das wie Gefängnisgitter aus!«, lachte Jürgen und seinem Gesprächspartner wurde flau.

61. KAPITEL

Das Telefon nervte, als Nachtigall zur BTU zurückfuhr, um Michael abzuholen.

»Die Klinik hat angerufen. Eine Heiderose Abend habe eine unglaubliche Geschichte zu erzählen, meinte die Schwester der Station, auf der auch Hiltrud Manecke liegt. Es müsste einer von uns vorbeikommen«, informierte Silke den Cottbuser Hauptkommissar. »Ach, und die Frage nach der falschen Schwester hat sich geklärt. Es war eine echte Schwester aus dem Labor, die zur Blutabnahme gekommen war. Alles in Ordnung.«

»Ja, gut, dass sich dieses Problem so einfach gelöst hat. Ich bin fast an der BTU. Hier sammle ich Michael ein, und wir fahren schnell bei Frau Abend vorbei. Gundram Meyers Beziehung zu Simone Horsch sieht anders aus, als er zunächst behauptet hat. Frag doch mal im Haus nach, ob jemand ihn gesehen hat, wenn er die Horschs besuchte. Der hat uns gleich mehrere Bären aufgebunden, denke ich.«

Michael Wiener stand schon am Straßenrand und sprang sportlich auf den Beifahrersitz.

»Konstantin Bühler. Ein angehender Star am Architektenhimmel. Na, der wäre was für dich gewesen! Streichen können wir ihn nicht. Er hat auch kein Alibi für die Nacht des Verschwindens von Sandra oder den Mord an Benjamin. Allerdings ist der so aalglatt, ehrlich gesagt, der würde wohl eine andere Tötungsart gewählt haben. Eine, bei der man nicht schmutzig wird«, fasste er das Gespräch zusammen. »Und bei dir?«

»Gundram Meyer war Trauzeuge bei den beiden. Wenn sein Freund der Wohnung verwiesen wurde, fuhr er hin und kontrollierte, ob es den Zurückgebliebenen gut ging. Man kann also nicht glauben, dass die Abneigung gegen Frau Horsch so tief sitzt, wie er uns glauben machen wollte. Auf dem Tischchen mit den Fotos ist eines, das ihn mit Simone Horsch zeigt. Er hält sie fest im Arm und beide strahlen in die Kamera. Ich bin sicher, die beiden hatten ein Verhältnis.«

»Das glaube ich eher nicht.« Wiener lachte leise. »Jedenfalls kein sexuelles. Gundram Meyer ist homosexuell. Er macht gar kein Geheimnis darum, sondern ist als »Schwulenaktivist« auf vielen Seiten und in Blogs im Internet aktiv.«

»Ach. Das hat er nicht erwähnt.«

»Nun, erzählst du immer gleich bei der Begrüßung, dass du heterosexuell bist?«

»Nein.« Nachtigall wurde still.

»Hallo, wir hätten hier abbiegen müssen!«, brachte Wiener sich in Erinnerung, als Nachtigall in Richtung Bahnhof abbog.

»Nein. Wir fahren ins Klinikum. Eine Patientin möchte uns etwas erzählen.«

»Hiltrud Manecke?«

»Sie nicht, leider. Aber eine andere ältere Dame, der sie wohl in der letzten Nacht etwas anvertraut hat. Mal sehen! Ruf bitte Silke an. Ich möchte Gundram Meyer bei uns sprechen.«

Heiderose machte einen nervösen Eindruck.

Nestelte an ihrer Frisur herum, zerrte den Bademantel über der Brust enger, schob ein Päckchen Taschentücher von links nach rechts auf dem Tischchen und wieder zurück.

»Mit der Polizei habe ich noch nie zu tun gehabt«, entschuldigte sie sich. »Schon gar nicht mit der Kriminalpolizei! Aber nun blieb mir wohl keine andere Wahl.«

»Wäre es Ihnen angenehmer, eine der Schwestern setzte sich zu uns?«, erkundigte sich Nachtigall, dem es lieber war, wenn die Zeugen entspannt Auskunft gaben.

Während die alte Dame über dieses Angebot nachdachte, sah er sich im Krankenzimmer um. Eng. Klinisch. Ihm graute. In ein paar Tagen würde wohl auch er in solch einem Zimmer aufwachen, frisch operiert. Wenn er denn aufwachen würde, dachte er unbehaglich, strich über seinen Bauch, drückte vorsichtig auf den Bereich, in dem er neulich plötzlich … nein, setzte er seinen Gedanken Grenzen, jetzt ist nicht der richtige Zeitpunkt, sich Sorgen um die eigene Gesundheit zu machen. So schlimm war es ja bei ihm auch gar nicht, redete er sich ein, versuchte die mahnende Stimme in seinem Kopf zum Schweigen zu bringen, die stetig »Ruptur! Ruptur!« murmelte.

»Nein.« Heiderose schüttelte den Kopf. »Das wäre nicht recht, wissen Sie? Es ist ein Geheimnis. Und zwar ein gefährliches. Je weniger Menschen es kennen, desto besser ist es.«

»Frau Manecke hat Sie gestern besucht?«

»Ja. Eigentlich kann man das nicht wirklich so bezeichnen, wenn jemand aus Versehen ins Zimmer kommt, oder? Egal. Plötzlich stand sie da, faselte von einer Verabredung mit einem Schauspieler. Offensichtlich wusste sie nicht, wie sie ihr eigenes Bett wiederfinden sollte. Ich bot ihr an, die Schwester zu rufen. Die haben einen Plan, wissen Sie? Da stehen die Namen und Zimmernummern drauf. Es wäre also ganz leicht gewesen, ihr den Weg zurück zeigen zu lassen. Aber das wollte sie gar nicht.«

Die Tür öffnete sich kurz.

Michael nickte dem Freund zu, verschwand.

Es stimmte also, der Beamte auf dem Gang hatte den nächtlichen Ausflug auch beobachtet.

»Was wollte sie denn?«

»Ihr war kalt. Sie suchte Wärme. Und sie hatte ein Geheimnis, das sie mit jemandem teilen wollte.«

»Sie erzählte?«

»Ja. Ich weiß, sie ist dement. Das hat sie mir selbst gesagt. Aber so weit weg ist sie gar nicht. Wenn man vernünftig mit ihr spricht, reagiert sie auch ganz bewusst. Es ging in der Geschichte um diesen toten jungen Mann, den sie gefunden hat. Benji. So hat sie ihn genannt. Er lag auf einer Wiese. War tot.«

»Ja, so weit ist alles korrekt. Aber sie hat noch mehr gewusst?«, fragte der Hauptkommissar aufmunternd, als die Zeugin stockte.

»Er hatte keinen Kopf?«

»Ja. Auch das ist richtig.«

»Nun, Hillu hat gesehen, wie jemand weglief und den Kopf mitnahm. Sie hat den Mörder gesehen!«

»Hat sie ihn erkannt?«, hakte Nachtigall nach. »Nannte Sie Ihnen einen Namen?«

»Nein. Das sei für mich zu gefährlich. Es war schon ziemlich dunkel, als sie die Szene beobachtet hat. Ohne Brille konnte sie nicht gut erkennen, was geschah, aber sie glaubt dennoch, dass sie weiß, wer ... Ihre Schwester nimmt ihr die Brille nach den Mahlzeiten immer weg! Unglaublich, oder?«

Heiderose konnte ihre Empörung kaum beherrschen. »Überhaupt sollte sich mal jemand um diese Familie kümmern! Nun ja. Also Hillu war plötzlich an dieser Wiese. Wie sie hinkam, kann sie nicht sagen. Ehrlich, ich denke, sie könnte schon, aber will nicht. Sie lief los. Wollte in Richtung Wald, weil ihr kalt war und sie glaubte, zwischen den Bäumen sei es wärmer. Dabei beobachtete sie die Gestalt, lief hin. Um zu sehen, was die Person dort gemacht hatte. Weibliche Neugier erhält sich.« Sie lächelte kurz. »Aber dann erkannte sie, dass dort Benji lag. Sie nahm ihn auf den Schoß, streichelte ihn, wollte ihn trösten, wie er es bei ihr Tausende Male gemacht hatte. So haben Ihre Leute sie dann auch gefunden, nicht? Mit dem kopflosen Leichnam auf dem Schoß!«

»Ja. Das war genau die Situation. Hat sie Ihnen gesagt, woher sie Benji kannte?«

»Nein. Aber sie hat ihn offensichtlich sofort erkannt. Und den Mörder auch. Wenn der das nun erfährt ... Ist sie dann nicht in Gefahr?« Die Stimme der alten Dame zitterte vor Besorgnis.

»Wir kümmern uns darum. Machen Sie sich keine Gedanken. Und: Bitte sprechen Sie mit niemandem über den Besuch und das Gespräch. Ich werde mich um all das kümmern, versprochen.«

Dankbar drückte Heiderose die Hand des Riesen. War sicher, dieser Mann würde es schon richten.

Michael wartete auf dem Gang.

»Der Kollege von der Nachtschicht hat ein Protokoll für uns angefertigt und die Vorkommnisse festgehalten. Demnach hat die zu bewachende Person nach Mitternacht die Tür geöffnet und ist auf den Gang hinausgetreten. Ihn hat sie entweder nicht gesehen, weil das Türblatt ihn verbarg, oder es war ihr egal. Sie ging im Nachthemd, barfuß, ohne Bademantel. Guckte an die Türen, schien ratlos, öffnete dann eine und betrat das Zimmer dahinter. Der Kollege wartete erst, folgte dann leise, öffnete die Tür und hörte zwei alte Damen angeregt miteinander sprechen. Da ihm das nicht wirklich gefährlich zu sein schien, holte er seinen Stuhl und siedelte kurzerhand zum anderen Zimmer um. Gegen Morgen kam Frau Manecke wieder heraus, grüßte ihn freundlich und traf im Gang auf eine Schwester. Diese führte sie in ihr eigenes Zimmer zurück. Danach startete die Stationsroutine.«

»Hm. So in der Art hat es die andere Patientin auch berichtet. Und sie meint, Hillu kenne den Mörder. Wir werden also noch einmal mit unserer Zeugin sprechen müssen. Komm, wir fragen die Schwester, wann der günstigste Zeitpunkt für solch eine Befragung ist.«

Damit stürmte Nachtigall davon, sprach eine der Schwestern an, die gerade ein Tablett in den Essenscontainer zurückschob.

»Jetzt ist es noch zu früh. Frau Manecke schläft. Unruhige Nacht eben. Nach dem Kaffee, so gegen 15 Uhr ist günstig.«

62. KAPITEL

Thomas kaufte gewissenhaft ein.

Viele Namen von Gewürzen und Zutaten waren ihm gar nicht geläufig. Er musste fragen.

Sellerie, stellte er fest, sah eigentlich aus wie verdrecktes Hirn. Was mochte Jürgen nur damit vorhaben? Immerhin erfreulich: Es sollte heute mal richtig Fleisch geben! Rindersteaks durfte er kaufen! Wow, das versprach wenigstens mal Genuss pur.

Christian war froh darüber, dass Jürgen so ruhig geblieben war. Auch als er ihm von der Schriftprobe für den jungen Kommissar erzählt hatte. Milde gelächelt hatte er, sonst nichts. Durchaus ungewöhnlich. Also für Jürgen. Deshalb fand er es auch okay, dass er für ihn in die Apotheke gehen sollte. Ein Rezept vom Hausarzt musste eingelöst und ein paar Kleinigkeiten besorgt werden. Christian war direkt gut gelaunt aufgebrochen. Jürgen wollte in der Zwischenzeit die allgemeinen Vorräte sichten und eine Liste anlegen mit dem, was für die kommenden Tage gebraucht wurde – außer natürlich fürs Mittagessen. Vielleicht, dachte Christian hoffnungsvoll, vielleicht wird jetzt aus uns dreien doch noch eine nette Gruppe.

Wenig später war alles vorbereitet, Jürgen hatte seinen üblichen Platz hinter dem Herd eingenommen und klapperte virtuos mit Pfannen und Töpfen, kommandierte die beiden anderen auf die übliche Weise herum.

»Na los! Gib mir mal den Wender rüber!«

»Beweg mal deinen Hintern ein bisschen schneller, ich brauche meine Meersalzmühle!«

»Wo zum Teufel habt ihr meinen Pfannendeckel hingelegt? Wer war hier zu blöd, das bisschen Küche richtig aufzuräumen?«

»Los, los! Den Balsamico! Ein bisschen plötzlich!«

Sie nahmen es hin.

Bald schon zog verführerischer Duft durch die Wohnung.

Bereitwillig deckte Christian den Tisch.

Nahm die Flasche Wein aus dem Kühlschrank, die das Essen heute abrunden würde.

Als Thomas die Gläser polierte, dachte er voller Vorfreude an die Zeit danach.

Endlich frei.

Alles andere würde sich finden.

Der Kerl, den er nicht kannte, erledigte gerade den finanziellen Teil der Absprache. Für den großen Traum vom Glück. Thomas würde sein Insiderwissen zur Verfügung stellen – und in wenigen Wochen war das Startkapital für zwei erwirtschaftet. Betrügerisch, ja, schon. Logisch, immerhin war die Sache ja ein bisschen eilig. Aber bis ihnen jemand auf die Schliche kam, wären sie längst weg.

Und das Problem Jürgen … erledigte sich.

Es schmeckte.

Wie immer. Unglaublich und wunderbar. Wer dachte, er wisse schon alles über Steaks, hatte bloß Jürgens noch nicht probiert. Und sein Stampf. Christian hatte sich sogar zweimal Nachschlag geholt. Der Salat. Damit die Sache nicht zu ungesund wurde, darauf achtete Jürgen immer. Der Salat: bunt und köstlich. Das Relish – ein Traum.

Und zur Feier des Tages ein sattroter Wein.

Jürgen aß als Einziger von der Götterspeise.

Den anderen beiden war sie zu giftig grün und Christian fand sie nach wenigen Löffeln außerdem zu süß.

Kurze Zeit später, als Thomas spürte, wie es in ihm heiß zu rebellieren begann, fand er dafür keine Erklärung. Er hatte doch bloß die Götterspeise ein wenig, wie er inständig gehofft hatte, geschmacksneutral in der Rezeptur erweitert. Wieso wurde ihm jetzt schlecht?

Und Jürgen fragte sich, wie etwas der besonderen Zutat, die er dem Stampf beigemengt hatte, in seine Mahlzeit ohne die Sättigungsbeilage hatte gelangen können, als er kopfüber und keuchend am Rand der Badewanne hing.

Wo war eigentlich Christian?

63. KAPITEL

»Mittagspause?«

Michael nickte. »Gute Idee. Nun wissen wir zwar, dass der Mörder nicht unbemerkt geblieben ist, aber unsere Zeugin ist wahrscheinlich nicht »gerichtsverwertbar«?«

»Nun, sie wird sicher begutachtet werden müssen. Dann stellt sich heraus, wie glaubhaft ihre Angaben sind. Eine schwierige Situation. Für uns alle. Dr. März wird nicht begeistert sein.«

»Wir sollten Emile mitnehmen, wenn wir nachher zu ihr fahren. Ich glaube, sie vertraut ihm. Da ist sie vielleicht entspannter und kann sich besser erinnern, ist bereiter zu erzählen, was sie erlebt hat.«

»Kantine?«

»Ja, ist praktischer, falls jemand uns erreichen will.«

Das Telefon klingelte. Nachtigall sah es verblüfft an. »Ob das Ding ein Stichwortverzeichnis hat? Und immer wenn das richtige Wort kommt, ruft es mich an?« Er meldete sich.

»Peter, der Rechtsmediziner glaubt, er könne erklären, warum es keine Gegenwehr gab. Der Bereich sei schwer beurteilbar, weil das umgebende Gewebe durch die Enthauptung … naja. Aber es gibt so etwas wie Druckspuren. An den Carotiden.« Silke klang aufgeregt.

»Aha?«, verständnislos zog Nachtigall eine Braue hoch.

»Kennst du dieses gefährliche Spiel vom Schulhof? Man drückt …«

»Ja, ich erinnere mich. Bewusstlosigkeit. Nahtoderleben. Ja. So hat der Täter die Opfer wehrlos gemacht?«

»Er hält es für möglich. Und er könne nicht ausschließen, dass zwei Täter gemeinsam getötet haben. Einer drückt die Carotiden ab, der andere trennt den Kopf ab. Man könne es auch allein, aber dann sei die Durchführung schwieriger.«

»Hm. Gut. Die Spurensicherung hat doch die Wohnung der Horschs untersucht. Sieh doch mal den Bericht durch. Wurde irgendwelches Handwerkergerät gefunden? Tatwaffe war eine kleine Säge.«

»Mach ich.«

»Und lass Gundram Meyer abholen. Wir kommen in etwa 40 Minuten rein. Bis dahin sollte er schon ein bisschen gesessen haben, wenn wir anfangen. Wartezeit ist gut zum Nachdenken. Und Emile soll bitte ein bisschen Zeit einplanen, um gegen 15 Uhr ein Gespräch mit Frau Manecke zu führen. Wir bringen Neuigkeiten mit, brauchen aber eine Aussage von ihr.«

»Eine Aussage? Nun, ich hatte ja schon das Vergnügen und sage dir, das wird schwierig!«

»Ist uns bewusst. Deshalb sollte Emile das Gespräch übernehmen. Sie mag ihn.«

»Die erste Befragung der Nachbarn der Hänsels hat ja nicht viel ergeben. Keiner hat sie gesehen, keiner etwas bemerkt. Ich möchte, dass noch mal alle befragt werden. Unter anderem auch nach einem Auto, das vielleicht am Nachmittag vor dem Haus der Hänsels stand und mit Hiltrud losfuhr.«

»Gut. Ich habe alles notiert. Guten Appetit!«, wünschte sie fröhlich und legte auf.

»Salat und Brötchen?«, staunte Wiener. »Fleischlos.«

»Nun ja. Du weißt ja, das Gewicht. Ich komme einfach viel zu selten zum Sport, habe aber immer genug Gelegenheit zum Essen. Auf Dauer fördert das mein Lebendgewicht.« Nachtigall grinste ein wenig verlegen.

»Bei uns ist das kein Problem. Drei Wilde. Das hält auf Trab.«

»Ja. Aber ich werde mich jetzt nicht zum Erzieher umschulen lassen, nur damit man mir Beine macht.«

»Ich kenne da ein Ehepaar, das achtet auf Inhaltsstoffe. Palmöl zum Beispiel möchten sie vermeiden. Ist in vielen Sorten Keksen, Schokolade und allem, was lecker ist. Und rotes Fleisch und Wurst und so manches mehr essen sie auch nicht mehr. Keine konfektionierten Nahrungsmittel eben. Keine Tiefkühlkost. Keine Mineralöle in der Kosmetik, kein Mikroplastik. Das führt dazu, dass du viele leckere Dinge nicht mehr kaufen möchtest. In Croissants wird eine Fettplatte verarbeitet, wie in vielen anderen Produkten der Fertigbäckerei. Dort darf man auch Eier aus Käfighaltung verwenden. Naja. So reduziert sich das mit der Kalorienaufnahme ganz von allein und essen macht nicht mehr richtig Spaß.«

»Das wäre nicht das Richtige für mich, ganz ehrlich. Rotes Fleisch, gut, das gibt es bei uns auch eher selten. Aber Palmöl? Ich glaube nicht, dass ich da schon je mal drauf geachtet hätte.«

Sie tranken ihren Kaffee in Ruhe.

»Ähm, Michael, ich muss dir was sagen«, leitete Nachtigall kurz vor dem Aufbruch ein. »Die geplante OP ist keine freiwillige. Ich habe ein Aneurysma. Wenn ich plötzlich mit Schmerzen umfalle, dann muss ich sofort ... und die Notärzte sollten um die Diagnose wissen.« Er wich dem entsetzten Blick des Freundes aus.

»Das sagst du mir erst jetzt?«

»Ja. Reicht ja, dass ich die ganze Zeit daran denke. Aber Conny war der Meinung, du solltest es wissen.«

»Und damit hat sie natürlich absolut recht!«

»So! Und nun gehen wir an die Arbeit. Ganz normal. Sobald der Fall abgeschlossen ist, liege ich auf einem OP-Tisch und alles wird behoben.«

Gundram Meyer war sauer.

Das hatte Nachtigall auch nicht anders erwartet.

»Da kommen Sie extra zu mir, und kaum sind Sie weg, werde ich zum Gespräch abgeholt. Was soll das?«

»Wir haben Klärungsbedarf. Und in der Zwischenzeit suchen die Kollegen in Ihrem Haus nach Spuren.« Nachtigall legte den Durchsuchungsbeschluss auf den Tisch. »Es gibt Grenzen dafür, wie oft man in einem Mordfall lügen oder die Wahrheit beugen darf. Und bei Ihnen ist es nun einfach zu häufig vorgekommen.«

»Ich habe nicht gelogen«, brauste Meyer auf.

»Doch. Sie behaupteten, weil Simone Sie nicht leiden konnte, hätten Sie sich nie zu dritt getroffen. Das mag sein, aber Sie haben Simone getroffen, sogar besucht. Sie waren Trauzeuge, und nun habe ich bei Ihnen auch noch ein Foto entdeckt, das sie in inniger Umarmung zeigt. Wie also war Ihr Verhältnis wirklich?«

»Mann! Ich bin schwul! Frauen sind nun mal nicht so mein Ding.«

»Warum sind Sie dann hingefahren? Immer wieder?«

»Weil Simone verletzlich ist. Ich musste mich davon überzeugen, dass ihr und Hugo nichts geschehen war.«

»Ich denke, Sie wussten, dass die aggressiven Übergriffe nicht von Ihrem Freund ausgingen! Simone prügelte ihren Mann! Warum?«

Gundram Meyer zögerte. Rang mit sich.

»Es ist ein bisschen schwierig zu erklären.«

»Versuchen Sie es!«, forderte Wiener und wünschte, sein Freund würde sich nicht so aufregen. Hochdruck war doch Gift für so ein Aneurysma oder? Scheiße, ich kenne mich damit gar nicht aus, fluchte er innerlich.

»Es gibt unterschiedliche Menschen. Zwischen Simone und Benjamin bestand eine Art Seelenverwandtschaft. Zu mir auch. Wir drei. Dann erwartete Simone ein Kind. Die Freude war riesengroß. Bei mir auch. Doch es änderte sich etwas. Simone wurde sensitiv, sehr sensitiv. Registrierte leiseste Geräusche, Schwingungen, Veränderungen. Und dann sagte sie es mir. Benjamin gehörte nicht mehr zu uns. Und damit war er eine Gefahr für Hugo! Das verstehen Sie doch!

»Nein. Tatsächlich verstehe ich gar nichts. Was heißt, er gehörte nicht mehr zu uns?«, fragte Nachtigall verwundert.

»Es ist wie ein Infekt. Die Betroffenen merken es erst nicht. Sensible Menschen spüren es gleich, wenn andere betroffen sind. Simone hat es gemerkt. Und ab diesem Moment musste sie sich und Hugo beschützen.«

»Wovor?«

»Vor Ansteckung!«, brüllte Meyer. »Vor einer Infektion!«

»AIDS?«

»Quatsch. AIDS wäre harmlos gegen das andere. Gegen AIDS kann man sich im alltäglichen Umgang schützen. Aber bei dem, da weiß man noch nicht einmal, wie die Neuinfektion stattfindet, die Übertragungswege kennt niemand.«

»Alzheimer?«, riet Wiener ins Blaue.

»Sie reden über etwas, von dem Sie keinen Schimmer haben«, polterte Meyer.

Nachtigall schlug mit der Faust auf den Tisch. Das Aufnahmegerät machte einen Satz und Wiener konnte es gerade noch auffangen, bevor es zu Boden stürzte.

»Es ist genug!«, donnerte er durch den Raum. »Ich will jetzt wissen, was dieses Gerede soll. Werden Sie endlich konkret, Mann!«

Gundram Meyer zog die Ohren zwischen die Schultern und sah aus wie ein verstocktes Kind.

Wütend stand Nachtigall auf, nahm die Akten vom Tisch und stürmte mit Wiener nach draußen.

Silke sah die beiden überrascht an.

»Was ist denn nun passiert?«

»Der Kerl redet von Ansteckung und Infektion, aber wird nicht konkret. Wir holen jetzt Simone Horsch dazu. Schick eine Streife bei ihr vorbei.«

»Halt!«, Silke wedelte mit dem Bericht der Spurensicherung. »Es gibt ein Multitool in der Wohnung der Horschs, aber daran ist kein Blut. Aber im Haus Meyer wurde ein größerer Bruder davon entdeckt – und der Bluttest vor Ort ist positiv. Menschliches Blut, Blutgruppen von unterschiedlichen Personen, sie stimmen mit denen von Benjamin Horsch und Sandra Kältering überein. DNA-Test dauert natürlich. Und ich habe herausgefunden, dass Benjamin Horsch gelegentlich für den Pflegedienst ›Herbstzeitlose‹ Fahrdiensttouren übernommen hat. Zum Beispiel brachte er ab und zu Patienten zum Arzt. Ob das nun auch für Frau Manecke zutrifft, konnte man mir noch nicht sagen, die suchen noch in den Unterlagen. Mit Frau Dengler habe ich ebenfalls gesprochen. Sie präzisierte ihre Angaben zu ihrem Verdacht. Es sei gar nicht unüblich, dass die Ehefrau zu Recht unter Verdacht gerate. Das sind ihre Worte.«

»Gute Arbeit, Silke. Die Nachbarn? Werden schon befragt?«

»Ja. Eine Streife übernimmt das. Ist ja ein kleines Wohngebiet.«

»Und Emile?«

»Dem habe ich ausgerichtet, dass er Frau Manecke nach dem Kaffee befragen kann. Und dann ist er los. Er wollte auf dem Weg noch mit Ihrer Frau einen Kaffee trinken gehen.«

»Sie trifft sich hinter meinem Rücken mit einem deutlich jüngeren Mann! Das ist ja nicht zu glauben«, amüsierte sich Nachtigall, befürchtete aber, dass nun noch mehr Personen um sein Geheimnis wussten. Emile konnte in diesem Fall nun wirklich nicht helfen. Psychologen und Psychiater waren bei so etwas nicht vonnöten.

»Wir lassen Meyer noch mal schmoren. Vielleicht hört er dann auf mit der Nebelwerferei.«

Das Telefon auf Silkes Schreibtisch klingelte.

»Silke Dreier. – Oh, sehr gut. Ich gebe es weiter.«

Sie drehte sich zu den Ermittlern um.

»›Herbstzeitlose‹ schickt mir die Daten der Arztfahrten von Horsch auf mein Handy. Und zwar die zur Neurologischen Praxis, die auch Frau Manecke betreut. Ihr müsst jetzt nur noch die Daten abgleichen. Vielleicht haben die beiden sich im Wartebereich dort getroffen.«

»Danke. Wir fahren hin. Frau Horsch bitte nicht zu Herrn Meyer setzen«, rief Wiener noch, dann waren die beiden verschwunden.

»Ha! Ha!«, machte Silke und rief eine weitere Seite auf. »Dieser Gundram Meyer – was arbeitet der eigentlich?«

64. KAPITEL

Neulich habe ich einen Bericht gelesen, in »Nature« glaube ich oder »Science«, da wurde doch tatsächlich ein Verfahren angepriesen, dass es in ein paar Jahren ermöglichen soll, den gesamten Hirninhalt eines Menschen auf eine Festplatte zu übertragen. Aus allen Hirnregionen. Damit das Wissen und die logischen Verknüpfungen, die ein Mensch sich zu eigen gemacht hatte, nicht verloren gehen können. Stephen Hawkings Tod sei viel zu früh gekommen, so konnte man sein Hirn nicht digital asservieren, die Daten nicht sichern. Man hätte ihm ein ewiges Leben ermöglichen können!

Aber – um die frühere Diskussion noch einmal aufleben zu lassen – wäre das dann Stephen Hawking? Ein denkender, sprechender Computer?

So sieht also unser ewiges Leben aus?

Möchten Sie das? Vielleicht gespeichert in einem Laptop. Dann stellt man Sie morgens auf den Frühstückstisch, klappt Sie auf, fährt Sie hoch und Sie erleben Ihre Familie beim Müsli. Dann wird entschieden, wer Sie heute einpackt. Sie können froh sein, wenn man Sie nicht dem Hund anvertraut. Ist das Leben? Sind das noch Sie? Ohne taktiles Erleben? Ohne selbstgewählte Ziele und … ohne Streicheln, Kuscheln, Sex?

Menschsein reduziert auf Computerformat!

Ich glaube, ich möchte Person und Persönlichkeit lieber wie unsere Vorfahren definieren: Als fleischliche Hülle für ein denkendes, fühlendes, handelndes, selbstbestimmtes

Individuum mit dem Anspruch auf individuelle Weiter-
entwicklungsmöglichkeiten in allen Bereichen.

Sie nicht?

Oh. Dann fürchte ich, kommt für Sie nun doch alle
Hilfe zu spät!

(*)

65. KAPITEL

Die Dämmerung zog durch die Straßen, als sie den Wagen
vor der Praxis abstellten.

Michael checkte das Display seines Smartphones, fand
die Terminliste und rief sie auf.

»Na, der ist ziemlich häufig hierher gefahren.«

»Wahrscheinlich braucht man im Alter weniger Zahn-
arzt-, dafür mehr Neurologentermine«, grinste Nachtigall.
»Noch gehe ich häufiger zum Zahnarzt. Sollte ich wohl
als positives Signal werten.«

Die Sprechstundenhilfe drehte die Augen gen Decke, als
die beiden Ermittler ihr erzählten, was sie wissen wollten.

»Ich soll jetzt bei all den Terminen checken, ob Frau Manecke zufällig zur selben Zeit hier war? Das ist jetzt nicht Ihr Ernst!«

»Wir wissen, dass es viele Termine sind. Aber dies ist eine Mordermittlung. Und wir brauchen dieses Puzzleteil. Es ist wichtig, um dem Täter näherzukommen.«

»Sie sehen doch, dass die Praxis voll ist! Es wird ein bisschen dauern, nehmen Sie solange im Wartezimmer Platz. So eine Scheiße, wenn man mal echte Unterstützung bräuchte, macht gerade keiner ein Praktikum bei uns.«

Wenig später klingelte Nachtigalls Telefon, was ihm wütende Blicke der wartenden Patienten bescherte. Er stand eilig auf, verließ den stillen Bereich und trat auf den Flur.

»Silke?«

»Die Kollegen haben tatsächlich in Erfahrung gebracht, dass ein Auto vor dem Haus Hänsel stand. Und zwar das von Elvira Hänsel. Erst parkte es dort, dann wurde es weggefahren, kam etwa 45 Minuten später wieder. Ein fremder Wagen ist niemandem aufgefallen. Frau Hänsel wird doch wohl nicht mit dem Auto mal eben über die Straße gefahren sein, um Öl zu kaufen. Und sie war auch nicht ganz kurz weg, sondern hat die Schwester ziemlich lange allein gelassen.« Silke war entrüstet. »In diesem Fall haben wirklich so gut wie alle gelogen!«

»Ja, Silke. Alle haben gelogen. Durch die Bank. Aber jetzt ist Schluss damit«, versprach Nachtigall entschlossen.

Er wollte sich gerade setzen, da kam die Sprechstundenhilfe mit einem Computerausdruck auf ihn zu.

»Herr Nachtigall, das war gar nicht so viel Arbeit«, freute sie sich. »An all diesen Terminen war auch Frau

Manecke bei uns in der Praxis. Es war sogar so, dass er immer für die Patientin, die er in der Regel begleitete, den Termin mit dem von Frau Manecke koppelte. Während seine Patientin beim Doktor drin war, haben die beiden sich in einer stillen Ecke unterhalten. Wie dicke Freunde. Haben auch gern zusammen gelacht, die beiden.«

»Vielen Dank! Sie haben uns sehr geholfen! Auf Wiedersehen!«, damit waren die beiden schon zur Tür raus.

»Angenommen, er hat mit ihr über die Angriffe seiner Frau gesprochen, über ihr sonderbares Verhalten. An wen sonst hätte er sich wenden können? Möglicherweise hat er ein unbedachtes Wort zu Hause fallen lassen und Simone glaubte, die alte Dame müsse ebenfalls getötet werden?«

»Denkbar wäre es schon. Krankhafte Eifersucht. Aber auf eine so alte Dame? Wir behalten es als Möglichkeit im Hinterkopf«, beschloss Nachtigall.

»Wohin jetzt?«

»Zu unseren Zeugen, die immer mehr verdächtig erscheinen. Bei Meyer wurde ein Multitool gefunden. Ein professionelles Werkzeug, kein kleines für Möchtegernabenteurer. Blut dran. Menschliches, Blutgruppe passt zu Benjamin Horsch. Die intensive Auswertung dauert. Aber ich bin sicher, sie werden auch Gewebe von Sandra Kältering finden.«

»Was macht dich da so sicher? Und welches Motiv sollten die beiden gehabt haben? Die verbindet nicht einmal eine Liebesbeziehung!«

»Stimmt. Die beiden verbindet mehr als nur Liebe! Wir werden es gleich erfahren. Die ersten Brocken hat man uns ja schon angeboten.«

Michael Wiener zuckte mit den Schultern.

66. KAPITEL

Auf dem Weg zu Gundram Meyer, reichte Silke den Kollegen die Akte zu und legte einen Ausdruck obenauf.

»Die biografischen Daten des Zeugen!«

Nachtigall überflog die Angaben beim Laufen, reichte dann das Papier an Wiener weiter.

»Interessant, nicht wahr?«

Wiener nickte.

»Die Eltern sind vermögend. Der junge Mann arbeitet nicht. Im Grunde gehört ihm das Haus, die Eltern leben seit Jahren in Toronto. Kommen nur gelegentlich vorbei, zu irgendwelchen gesellschaftlichen Ereignissen. BWL-Abschluss, Bachelor. Damit war den Anforderungen Genüge getan. Seither ist er von Beruf »Freund«. Und Aktivist. Zwei Vorstrafen wegen Körperverletzung. Nur Mindeststrafe, er war nicht wirklich brutal. Wirtshausprügelei.«

»Hallo, Herr Meyer, da sind wir wieder. Möchten Sie uns jetzt vielleicht ein bisschen deutlicher erklären, warum Simone und Hugo besonderen Schutz brauchten?«, steuerte Nachtigall direkt auf die Kernfrage zu.

»Das will ich nicht. Es muss Ihnen genügen, dass es so ist. Die beiden sind in Gefahr, und deshalb habe ich mich gekümmert.«

»Welche Gefahr?«

»Sie sind in Lebensgefahr. Ich dachte, das zumindest wäre Ihnen inzwischen aufgegangen!«, gab der Zeuge patzig zurück.

»Ja, wenn Sie das sagen. Wir können Simone und Hugo auch schützen, während Sie im Gefängnis sitzen. Das ist eine der Aufgaben der Polizei«, beruhigte Nachtigall den jungen Mann.

»Toll! Ihnen ist es ja auch nicht gelungen, die anderen zu schützen! Und wir sind nicht einmal sicher, wie die Bedrohung aussieht, nur kennen wir den, von dem sie ausgeht.«

»Ich denke, das führt nicht weiter. Nebenan sitzt Simone Horsch. Wir werden mal sehen, ob sie uns nicht mehr zu dieser verwickelten Angelegenheit erzählen kann.«

Und wieder war Gundram mit seiner Angst allein.

67. KAPITEL

»Frau Horsch, wir möchten uns gern mit Ihnen über die Umstände des Todes Ihres Mannes unterhalten.«

»Ich mich aber nicht. Schon gar nicht mit Ihnen!«

»Mag sein. Und vielleicht verstehe ich Sie sogar.« Es folgte die obligatorische Belehrung. »Zunächst vernehmen wir Sie als Zeugin. Ich kann Ihnen aber sagen, dass das vielleicht nicht so bleiben wird.«

»Aha.« Sie drückte das Kind fest an sich.

»Ja. Inzwischen wissen wir mehr. Ihren Mann und Frau Manecke, das ist die alte Dame, die ihn gefunden hat, verband eine Art Freundschaft. Sie hatten sich über den Transportservice kennengelernt und haben im Geheimen Kontakt gehalten. Nicht, damit Sie nichts davon wissen, sondern wohl eher, damit die Schwester von Frau Manecke nichts davon bemerkt. Allerdings haben wir keine Verbindung zu Sandra Kältering gefunden, das ist die junge Dame, die Sie für die Geliebte Ihres Mannes gehalten haben. Doch auch zwischen diesen beiden gab es nur eine freundschaftliche Beziehung. Wo auch immer wir gebohrt haben, es fand sich kein Motiv.«

»Was ja am Ende bloß bedeutet, dass Sie es vielleicht nur noch nicht gefunden haben!« Der schnippische Ton gefiel auch Hugo nicht, der Kleine wurde unruhig.

»Die Polizei musste des Öfteren häusliche Streitigkeiten bei Ihnen und Benjamin schlichten. Worum ging es dabei, Frau Horsch? Und diesmal möchte ich die Wahrheit hören!«

»Benjamin wurde seltsam. Ich habe ihn nicht mehr zu Hugo gelassen. Darüber war er böse.«

»Und Sie haben auch Gewalt angewandt, um ihn daran zu hindern, sein Kind zu sehen, zu berühren.« Das war keine Frage, sondern eine Feststellung.

»Wenn es nötig war: Ja! Hugo ist mein Sohn, und ich schütze ihn.«

»Das haben wir gehört. Gundram schützt sie beide. Hat er erzählt.«

»Ja. Vor Benji.«

»Warum ist es notwendig, Sie und Hugo vor Benji ...
Die Gewalt bei den Streitereien ging von Ihnen aus,
er wollte weder seiner Frau noch seinem Sohn etwas
antun!«

»Aber es wäre dennoch passiert.«

»Wie?«

»Das ist noch nicht ausreichend erforscht. Weil die anderen gar kein Interesse daran haben, dass wir es erfahren!«,
brach es unerwartet heftig aus ihr hervor.

Nachtigall wurde schwindelig. Die anderen? Wer waren
die? Wo war Emile? Die Befragung dieser beiden gehörte
wohl eher in seinen Fachbereich.

Er unterbrach das Gespräch.

»Silke?«

»Yupp!«

»Hat Emile sich gemeldet? Je länger ich mich mit den
beiden unterhalte, desto mehr glaube ich, das fällt ganz
und gar in sein Metier. So ein wirres Zeug!«

»Er wollte mit Frau Manecke sprechen. Doch die
Patientin war nicht mehr da. Entlassen. Also fuhr er zur
Adresse der Hänsels, die atte er von mir. Dort war die alte
Dame aber auch nicht. Alle ausgeflogen. Nun ist er auf
dem Weg hierher.«

Sie schob Nachtigall ein Blatt Papier zu. »Das ist alles,
was ich finden konnte.«

»Die Hänsels werden sicher nicht die Entlassung der
Patientin irgendwo feiern. Es ist sonderbar, dass niemand
anzutreffen war. Eine Streife sollte vorbeifahren. Ich will
es wissen, wenn sie wieder zurück sind.«

»Frau Manecke passt nicht recht in den Fall, nicht wahr?
Ist doch sonderbar.«

»Ja. Ziemlich. Aber ich habe inzwischen eine Hypothese dazu. Mal sehen, wie belastbar sie ist. Die Kleidung der beiden Opfer wurde noch immer nicht gefunden?«

»Nein. Auch nicht in den beiden Wohnungen. Keine blutbefleckten Stücke, keine dubiosen Säcke, nichts.«

»Schade.« Nachtigall kehrte zu Gundram Meyer zurück. Er würde ihn jetzt mit Geschick zum Reden bringen, während Michael das bei der jungen Mutter zeitgleich ebenfalls probierte.

»Simone Horsch hat eingeräumt, dass sie die gewalttätigen Auseinandersetzungen begonnen hat.«

»Ja. Damit Benji dem armen Hugo nicht zu nahe kam.«

»Genau.«

»Weil Hugo sich sonst hätte anstecken können. Und das wollen die anderen erreichen.«

Gundram strahlte. Offensichtlich erleichtert darüber, dass er endlich verstanden wurde. »Simone ist bei infizierten Eltern aufgewachsen. Sie hatte einfach Glück. Starkes Immunsystem vielleicht, wir wissen nicht, warum sich manche anstecken und andere nicht.«

»Also haben Sie alle Gefährder von Hugo ferngehalten. Selbst den eigenen Vater.«

»Ja! Es wäre doch furchtbar, wenn noch mehr so würden wie die! Es ist schlimm genug, dass wir unter denen leben müssen, immer auf der Hut vor Entdeckung. Es ist wie eine schleichende Verseuchung. Zum Beispiel durch Strahlung.«

»Woran merkt man, dass man infiziert ist? Oder kriegt man selbst das gar nicht mit?«

»Das ist unterschiedlich. Manche merken es an sich selbst. Gelegentlich bringen sie sich rechtzeitig um, bevor es sie zersetzt. Aber wenn nicht, dann wird es einfach immer schlimmer.«

»Benji hatte sich gerade erst infiziert?«

»Ja. Das hat jedenfalls Simone so gesehen. Er selbst wollte es nicht wahrhaben. Dabei ist ja klar, woher das kam. Von dieser blonden Pummelschlampe, mit der er rumgemacht hat. Sexuell übertragbar ist sicher eine Variante der Ansteckung.«

»Und deshalb ...«

»... haben wir uns und alle anderen von uns geschützt. Wir sind nicht die einzigen beiden plus Hugo. Es gibt schon noch mehr! Wir erkennen uns, wenn wir uns begegnen.«

»Sie haben eine junge Frau getötet, die Sie gar nicht kannten, um andere zu schützen.«

»Wir sind selbstlos. Die anderen immer selbstsüchtig. Einer der großen Unterschiede.«

Nachtigall kämpfte mit dem aufsteigenden Grauen. Womit hatte er es hier zu tun? Und wo blieb nur Emile?

Er wischte alle Freundlichkeit, die er noch in Ecken seines Denkens finden konnte, zusammen und fragte weiter.

»Diese Frau hatte Eltern, die nun um sie trauern. Sind die auch von den anderen?«

»Logisch. Die spielen das nur. Sobald die Leute weg sind, hören sie damit auf. Das haben wir oft genug gesehen. Im Herzen sind die tot, ihre Seele ist tot.«

»Zombies?«

Jetzt wusste Gundram, dass er verstanden worden war. Mit einem glücklichen Lächeln lehnte er sich im Stuhl zurück und sagte: »Ja!«

»Wie geht man denn am besten vor, wenn man die anderen töten will?« Nachtigall bekam von seinen eigenen Worten Gänsehaut.

»In diesem speziellen Fall? Es musste verhindert werden, dass sie womöglich im Totenreich jemandem das Geheimnis verraten konnten. Der Rest war Routine, nur das mit dem Halsdurchschneiden kam dazu.«

Als der Hauptkommissar über den Flur ging, hörte er Silke am Telefon.

»Ja. Ich gebe die Information weiter. Alle drei? Das ist ja seltsam.«

Sie drehte sich um, entdeckte Nachtigall und meinte: »Die ReSoWoG wurde geschlossen ins Klinikum eingeliefert. Verdacht auf Vergiftung. Es geht allen dreien sehr schlecht. Der behandelnde Arzt meint, es stünde Spitz auf Knopf. Alle Essensreste wurden asserviert und gehen zur Analyse, ebenso der Mageninhalt. Der Arzt hat mir gerade erklärt, er gehe davon aus, dass verschiedene Toxine im Spiel waren. Ihr wart doch heute Morgen dort.«

»Ja. Und ich schwöre, wir haben nichts ins Essen gemischt«, verwahrte sich der Angesprochene. »Emile noch immer nicht zurück?«

»Nein.«

»Und Michael?«

Silke deutete mit dem Kopf auf die Tür über den Gang.

»Na dann!«

Simone Horschs Miene hatte sich, wenn das überhaupt möglich war, noch mehr verschlossen. Die Lippen waren gar nicht mehr zu sehen, die Augen schmale Schlitze, und selbst die Nasenflügel schienen sich angelegt zu haben.

»Wie oft noch? Es war eine notwendige Maßnahme.«

Michael Wiener war bleich, sah direkt elend aus. Nachtigall fürchtete, dass er selbst auch nicht besser aussah.

»Ich weiß, dass die anderen Menschen wie Ihnen und Gundram gefährlich werden können. Es ist also im Grunde Selbstverteidigung, wenn man sich entschlossen und wirksam wehrt.« Der Hauptkommissar spürte förmlich den bohrenden Blick des Freundes auf seinem Rücken. Vielleicht hält er mich jetzt für verrückt, dachte der Hauptkommissar, aber das ist nicht zu ändern.

»Sie oder wir. Es gibt Situationen, in denen hat man keine andere Wahl.«

»Benji hatte sich bei Sandra Kältering angesteckt.«

»So muss es gewesen sein. Die Veränderung fing an, nachdem ich ihn mit ihr im Café gesehen hatte. Und von dem Tag an verschlimmerte sich sein Zustand kontinuierlich.«

»Sie sahen sich gezwungen, die Infektionsquelle auszuschalten.«

»Ja, natürlich. Sollten wir warten, bis sie noch mehr infiziert hatte? Weg mit ihr. Und weg mit Benji.«

»Die junge Frau kannten Sie gar nicht.« Simone schüttelte den Kopf, Hugo protestierte leise. »Sie hat meinen Mann infiziert, der wurde nun zur Gefahr für mein Kind und mich. Tod ist für solche Leute Erlösung. Herz und Seele vollkommen verfault.«

»Wie sind Sie vorgegangen?«

»Sie ist joggen gegangen. An der Spree, hatte ihre Strecke. Wir passten sie ab, sprühten ein bisschen Lauge in ihr Gesicht. Sie erschrak. Wir packten zu. Sie fiel ohnmächtig zu Boden. Gundram drückte die beiden Gefäße ab, ich durchtrennte den Hals. War eine ziemliche Arbeit. Blutig.

Wir trugen Müllsäcke über der Kleidung. Als es geschafft war, haben wir den Körper versteckt und den Kopf mitgenommen, unten im Kinderwagen. Da ist er niemandem aufgefallen. Die Kleidung nahmen wir auch mit. Mit Benji hätte es auch so gehen sollen, aber ich wurde gestört. Von dieser verblödeten Alten. Den Kopf nahm ich immerhin mit. Später habe ich ihn wie beim letzten Mal unten im Kinderwagen abgelegt, um ihn zu entsorgen. Ohne Kopf dauert das Identifizieren länger. Doch an dem Tag waren viele Leute unterwegs. Auch mit Hunden. Da habe ich ihn an der Spree einfach irgendwo weggeworfen.«

»Alles für Hugo.«

»Ja. Alles für Hugo. Er ist gesund geblieben. Diese Teufel haben ihn nicht gekriegt«, strahlte sie zufrieden und streichelte über den Rücken des Kindes, das leise glucksende Geräusche machte.

»Wir schreiben Ihre Aussage rasch ab. Dann brauchen wir Ihre Unterschrift.«

Sie nickte. Im Bewusstsein, verstanden worden zu sein.

»Wie kannst du so tun, als könntest du ihr Tun nachvollziehen? Sie hat gemordet. Gemeinsam mit Gundram Meyer. Fremde, ihren Ehemann, seinen Freund! Unfassbar!«

»Ja. Das ist es. Oh, Emile, gut, dass du da bist. Wir haben hier zwei Protokolle, die solltest du dir anhören!«

»Ihr seht beide ziemlich blass um die Nase aus. So schlimm?«

Die beiden Ermittler nickten stumm.

»Aber sie sind geständig?«

»Ja. Das sind sie. Kalt, emotionslos, ohne das Erkennen von Schuld erklären sie dir, wie sie die beiden umgebracht haben. Sie sehen es als humane Geste.«

»Kreuzritter?«

»So was in der Art. Du hast sicher einen klangvollen Namen dafür.«

»Und jetzt gehst du zu deiner Frau! Die macht sich nämlich Sorgen um dich!«, empfahl Emile deutlich.

»Noch sind wir nicht fertig. Hiltrud Manecke.«

»Ja, sie war entlassen worden. Zu Hause konnte ich niemanden antreffen.« Emile fuhr sich mit beiden Händen durch die gestylte Fönfrisur. Die Haare fielen ohne Protest wieder an den idealen Platz zurück. Gut, dachte Nachtigall, als Zopfträger habe ich da gar keine Probleme, und unterdrückte ein Grinsen.

»Wir fahren bei den Hänseldamen vorbei. Ich habe ohnehin noch ein paar Fragen an die beiden. Die Patientin passte von Anfang an nicht in diese ganze Geschichte hinein. Aber das klären wir jetzt. Du hörst dir bitte die beiden Bänder an. Und wenn die Protokolle unterzeichnet sind, bekommen die Herrschaften bei uns Kost und Logis. Eine Streife soll Frau Horsch nach Hause begleiten, damit sie alle notwendigen Utensilien holen kann. Geht ja auch um Hugo. Also, bis später!«

68. KAPITEL

Michael fädelte sich über den Kreisverkehr ein.

»Die ReSoWoG ist geschlossen im Klinikum. Zwei verschiedene Toxine im Essen. Mann! Hoffentlich war unser Besuch nicht der Auslöser dafür.«

»Nein, ich denke, da brauchst du dir keine Sorgen zu machen. Als wir bei den dreien waren, lag der Einkaufszettel schon auf dem Tisch. Wenn da eine giftige Zutat draufstand, war schon alles vorher beschlossen«, stellte Wiener klar. »Wenn die sich wirklich gegenseitig umbringen wollten, warum dann nur zwei Gifte?«

»Einer wusste von gar nichts? Oder wusste nicht, wie er sich eines besorgen könnte?«

»Das kann gut sein. Christian, würde ich tippen.«

»Wir fahren zu den Hänseldamen.«

»Um diese Zeit kommt ja auch der Pflegedienst. Den sollten wir antreffen, wenn das mit der Entlassung alles seine Richtigkeit hatte.« Nachtigall rutschte unruhig auf dem Sitz hin und her. »Hiltrud konnte Heiderose ganz logisch berichten, was sie an jenem Abend gesehen hat. Heiderose konnte problemlos folgen. Es gab kleine Lücken, ja, und Heiderose hat nicht nachgefragt, so wie wir das getan hätten. Sie hat die andere einfach reden lassen. Und Hiltrud konnte das. Sie wäre eine gute Zeugin.«

»Die beiden Verwandten wollen sie loswerden?«, staunte Michael. »So kamen die mir gar nicht vor.«

»Ich weiß mehr. Es geht um das Haus. Marion erzählte doch, sie hätten Hiltrud bei sich aufgenommen. Aber das ist geschickt so formuliert. Denn das Haus gehört den Schwestern gemeinsam. Ich habe einen Grundbuchauszug angefordert.«

»Sie müssten Hiltrud entmündigen lassen.«

»Sie hat Defizite, aber ich denke, es hätte nicht gereicht. Dabei versuchen Mutter und Tochter ja schon alles, um die arme Frau tiefer in die Demenz zu treiben. Dem Pflegedienst ist das auch aufgefallen, und man wollte sogar den MDK einschalten.«

»MDK?«

»Medizinischer Dienst der Krankenkassen. Die überprüfen auch Pflegeeinrichtungen. Aber die Familie ist ja keine Einrichtung. Die Leiterin des Pflegedienstes wusste nicht genau, an wen sie sich nun am besten wenden sollte, aber unternehmen wollte sie etwas.«

Sie fuhren zügig stadtauswärts.

»Ich glaube, wir sollten uns beeilen. Wohin hätte Elvira ihre Schwester mitnehmen wollen? Die Entlassung wollen sie sicher nicht begießen. Hiltrud ist den beiden anderen hilflos ausgeliefert. Und sollte sie sich bei jemandem über das Verhalten der Verwandten beschweren, zum Beispiel bei Benji, wird alles als Einbildung auf die Demenz geschoben. Es ist eine hoffnungslose Situation. Ich mache mir ernsthaft Sorgen! Auf dem kürzesten Weg, so schnell wie möglich!«, entschied Nachtigall, lehnte sich zurück und schloss die Augen.

Wieners Besorgnis nahm zu.

Hinter dem Einkaufsmarkt bogen sie links ab.

Die vielen bunten Häuser sahen bei Tageslicht fröhlich aus, doch nun in der viel zu frühen Nacht waren alle grau.

Langsam kroch der Wagen die Straße entlang.

»Der Pflegedienst ist nicht da.«

»Es brennt aber Licht. Im Wohnzimmer, wenn ich mich richtig orientiere.«

»Steigen wir aus? Warten wir?«, fragte Wiener.

»Wir klingeln.«

Marion Hänsel öffnete und reagierte augenscheinlich erschreckt.

»Ach! Sie! Meine Tante ist entlassen worden und gleich stehen Sie schon wieder…warum?«, stammelte sie.

»Dennoch gibt es noch Fragen. Auch wenn Ihre Tante nicht unter Verdacht steht, müssen wir die Umstände klären, unter denen sie in die ganze Angelegenheit verwickelt wurde.«

»Wir möchten sie also sprechen.« Wiener hatte jetzt genug von dieser Familie.

»Sie schläft schon. Man hat ihr ein Schlafmittel mitgegeben, das sie nehmen soll.«

»Ich möchte sie sehen!«, forderte Nachtigall fest.

»Ach, nein! Das geht nicht.«

Der Protest nutzte nicht. Nachtigall stapfte los, drückte die Tür auf, trat ans Bett, ohne den Lichtschalter zu betätigen. Fasste sanft auf die Decke.

»Wo ist Ihre Tante?«

Marion heulte. »Ich weiß es nicht. Meine Mutter hat sie abgeholt, war kurz hier und ist wieder weggefahren. Den Pflegedienst hat sie abbestellt. Für heute und die kommenden Tage. Und nun kann ich se auch auf dem Handy nicht erreichen!«

»Geht sie nicht ran? Oder ist es aus?«

»Sie geht nicht ran. Manchmal lässt sie es im Auto liegen, wenn sie aussteigt.«

»Die Nummer!«

Marion stotterte die Zahlen, Wiener schrieb mit.

»Nachtigall! Ich brauche eine Handyortung. Sofort. Es besteht Lebensgefahr!« Er gab die Nummer durch.

Wartete.

»Aber, ich verstehe das nicht!«, jammerte Marion.

»Ich schon. Ihre Tante ist im Weg. Und Ihre Mutter wollte den Tod zu Hiltrud ›einladen‹. Deshalb hat sie ihre Schwester ins Auto geladen, hat sie in den Wald gebracht und ihr gesagt, sie solle auf die Wiese gehen. Dass dort eine kopflose Leiche lag, hat sie vielleicht gar nicht gewusst. Da ermitteln wir noch. Aber sie wusste, Hiltrud würde die Kälte und den Regen nicht überleben. Danach verständigte sie die Polizei, die Hiltrud leider, aus Sicht Ihrer Mutter, zu früh gefunden hat. Deshalb nun ein zweiter Versuch!«

»Aber …«

»Zeugen haben beobachtet, dass Ihre Mutter mit dem Auto wegfuhr. Ein Nachbar erkannte Ihre Tante auf dem Beifahrersitz. Beim Einsteigen geht die Innenraumbeleuchtung des Wagens an, das hat Ihre Mutter nicht bedacht. Möglicherweise ging sie auch davon aus, dass sich niemand für sie interessierte.«

»Meine Mutter? Nein, das …«, lamentierte Marion.

Dann endlich die Nachricht per SMS. »Michael, gib die Koordinaten in dein Navi ein. Und Ihnen, Frau Hänsel, kann ich nur raten, beten Sie egal zu wem, dass Ihrer Tante nichts geschehen ist!«

Er stürmte los.

Wiener wartete schon am Wagen. »Das Handy ist direkt hier in der Nähe. Komisch. Du, die Koordinaten kommen mir fast bekannt vor.«

Sie braustens los.

Am Ende der Straße nach rechts, immer geradeaus, über die Kreuzung.

»Wir fahren zum Fundort der Leiche von Benjamin Horsch!«, verkündete Wiener verblüfft.

»Hoffen wir, dass wir nicht auch eine Leiche finden«, meinte Nachtigall düster.

Plötzlich hörte Wiener ein eigenartiges Geräusch vom Beifahrersitz.

Ein lautes Stöhnen, ein Krümmen, ein unterdrückter Schrei.

Ein rascher Seitenblick! Notfall!

»Peter! Peter! Um Himmels willen!«

Er riss das Handy aus der Halterung und rief die 112.

»Aneurysmaruptur? Wir sind schon unterwegs!«

Wiener wartete auf das Sondersignal. Doch so schnell wie in der Stadt, konnte die Hilfe nicht kommen, das war ihm sehr bewusst.

»Peter, verdammte Scheiße! Hörst du mich?«dachte dabei die ganze Zeit: Warum jetzt, wo wir so weit vom Klinikum entfernt sind?

Nicken. Oder bildete er sich das ein?

»Hilfe kommt! Du musst durchhalten!«, versuchte er dem Freund und sich selbst Mut zu machen.

»Ich finde Hiltrud! Es war dir so wichtig, ich bringe das hier zu Ende.«

Die Retter waren schneller vor Ort als Wiener befürchtet hatte, dennoch kam es ihm vor wie eine Ewigkeit. Man schnallte Nachtigall auf der Trage fest. »Aortenaneurysmaruptur! Macht hinne!«, rief Wiener dem Arzt und den Rettern zu, und die beiden Autos waren so schnell weg, als hätte es sie nie gegeben.

»Hallo, Conny, hier ist Michael …«

Erst untersuchte er den kleinen blauen Wagen, der am Rand der Wiese abgestellt war.

Niemand zu sehen.

Wählte die Nummer des Handys von Elvira Hänsel.

Leuchtend und brummend versuchte das kleine Gerät auf dem Beifahrersitz Aufmerksamkeit zu bekommen.

Scheiterte.

Danach lockerte Wiener die Waffe in seinem Holster.

Tränen liefen über seine Wangen, die ignorierte er.

Er musste diesen Fall abschließen, er hatte es versprochen!

Es begann zu regnen.

Wo konnte Elvira ihre Schwester hingebracht haben? Zum Fundort der Leiche? Würde sie versuchen zu erklären, die Schwester sei davongelaufen, habe sich auf die Wiese gesetzt, um dem jungen Mann nahe zu sein.

»Wenn wir es nicht besser wüssten! Dann kämst du mit der rührseligen Geschichte vielleicht sogar durch!«, flüsterte er in die Nacht.

Geduckt lief er über die freie Fläche.

Lag da jemand?

Er rannte, stürzte über eine Unebenheit, fiel in den Matsch, rappelte sich auf, rannte auf dem glitschigen Grund weiter.

Er erreichte die Stelle, leuchtete mit der Taschenlampe.

»Peter hat recht gehabt. Aber wo ist deine fiese Schwester?« Er beugte sich zu der auf der Seite liegenden Gestalt hinunter. Die Haut fühlte sich kalt an.

Die Leitstelle versprach sofort einen Wagen zu schicken.

»Hiltrud! Hiltrud! Können Sie aufstehen?« Er griff vorsichtig unter ihrer knochigen Schulter durch, versuchte sie anzuheben. Das wollte nicht gelingen. »So schwer sind Sie doch gar nicht! Warum können wir nicht zusammen aufstehen?«

Da entdeckte er den Stein.

Es kostete ihn viel Kraft, ihn vom Kleid der alten Dame zu rollen. Danach gelang es mühelos, sie vom Boden zu lösen. »Hiltrud? Hören Sie mich?« Langsam schleppte er den schlaffen Körper in Richtung Wegsperrung, damit die Retter schnell übernehmen konnten.

Er schwenkte wild mit der Taschenlampe für die Besatzung des Rettungswagens, setzte einen lauten Lichtpunkt im Dunkel.

»Hiltrud? Bitte, sagen Sie doch was!«

Er dachte daran, was sein bester Freund von ihm erwartete. Die Rettung dieser Frau, die von ihrer Familie gnadenlos schikaniert und konsequent tiefer in die Demenz getrieben wurde.

»Hiltrud! Bitte!«

Ihm schien, sie habe leicht den Arm bewegt. Sie lebte?

Die Sanitäter lösten Hiltrud aus seinen Armen. »Lassen Sie mal los. Wir übernehmen ab hier.«

»Unterkühlt!«

»Puls schwach, unregelmäßig!«

»Bewusstsein deutlich getrübt.«

Hiltrud wurde in den Rettungswagen geschoben.

»Wissen Sie, wie die Frau heißt?«

»Hiltrud Manecke. Man kennt sie im Klinikum. Sie wurde heute erst entlassen.«

»Sollen wir Angehörige verständigen?«

»Marion Hänsel. Steht sicher alles in der Akte.«

Der Notarzt musterte den jungen Kommissar eindringlich. »Sie sehen ziemlich Scheiße aus, mein Lieber. Machen Sie mal Pause. Sie sehen aus, als sollten wir Sie besser auch gleich einladen!«

Die Sanitäter sprangen in den Wagen und brausten mit Sondersignal und Blaulicht los.

Wiener kehrte zu seinem Auto zurück.

Fühlte sich leer, hoffnungslos, ratlos.

Rief bei Marnie an. »Peter ist im Klinikum. Ich fahr da jetzt hin. Warte nicht auf mich.« Der Anrufbeantworter würde es schon ausrichten.

Noch ein letzter Anruf. »Silke! Schreib bitte Elvira Hänsel zur Fahndung aus. Und schick ein Team des Erkennungsdienstes zum Fundort der Leiche Horsch. Dort habe ich gerade Frau Manecke gefunden, das Kleid mit einem Stein so beschwert, dass sie unmöglich von allein aufstehen konnte.«

»Mach ich. Dann war es ja eindeutig ein Mordversuch! Die hat Nerven, die Schwester.«

»Peter ist im Klinikum. Sieht nicht gut aus.«

69. KAPITEL

Der Wartebereich war unbehaglich voll.

Die technischen Klinikgeräusche sorgten dafür, dass die Beklemmung unerträglich wurde.

Sie zeugten davon, dass Menschen um ihr Leben rangen, Ärzte für eine Zukunft der Patienten kämpften.

Conny fehlte. Saß wohl direkt vor dem OP oder war an einen ganz anderen Ort gebracht worden, um in Ruhe abwarten zu können.

Thorsten umarmte Wiener, drückte ihn fest an sich. »Not-OP. Nur gut, dass du sofort reagiert hast! Nun, gib bloß nicht die Hoffnung auf! Peter ist zäh. Und wenn das Aneurysma nicht auf ganzer Länge rupturiert ist, kann er es schaffen! Und das wird er auch. Schließlich seid ihr ein Team – er verlässt dich nicht!«

Dr. März verhielt sich ähnlich, ungewohnt menschlich. »Nun, Herr Wiener, vielen Dank für Ihre Blitzreaktion. Geben Sie die Hoffnung nicht auf! Nachtigall ist stark.«

Ja, dachte Michael dumpf, du hast ihn nicht gesehen, da auf dem Sitz, vor Schmerz zu keinem Wort mehr fähig. Ausgeknockt wie noch niemals zuvor. Er verlässt dich nicht!, hallte in seinem Denken nach! Nein, dachte er und kämpfte gegen die Tränen, ich ihn!

Emile saß in einer Ecke, totenbleich. Er hob schwach die Hand zum Gruß. Jule war sicher auf dem Weg hierher, musste wohl noch einen Platz für die Kinder finden.

Silke. Sie würde sicher gleich kommen, arbeitete seine letzten Aufträge ab. Die Feinarbeit bei dieser Ermittlung hatte Zeit bis morgen, bis man wusste …

Er selbst setzte sich weitab.

Fand, er gehöre nicht wirklich dazu. Dachte an den Versetzungsantrag. Unterschrieben hatte er noch nicht, aber doch fast. War er innerlich schon auf der Reise? Peter würde ihn brauchen – hoffte er inständig. Würde einen Freund brauchen bei der Reha, beim Wiedereinstieg in die Arbeit.

Wenn nun alles … Ja, wenn.

DANKSAGUNG

Mein Dank gilt meiner Lektorin Claudia Senghaas, die den Text mit Empathie lektoriert und bearbeitet hat.

Natürlich möchte ich mich auch bei allen Lesern bedanken, die Peter Nachtigall und sein Team durch inzwischen 12 Fälle begleitet haben, die grausamsten Verbrecher gemeinsam mit ihm »zur Strecke gebracht« haben.

Vielen Dank auch an Dr. Matschke, der mich bei allen Fragen zur Demenz mit seinem neurologischen Fachwissen unterstützt hat.

Schon während des Studiums hatte mich die Frage nach der Persönlichkeit des Menschen beschäftigt, in unendlichen Diskussionen unter Studenten wurde erörtert, was einen Menschen ausmacht, was man als normal und nicht mehr normal definieren konnte, wer legte so etwas fest, war es wandelbar? So fand ich in dem entdeckten Buch all die Argumente und Überlegungen wieder, die uns in den Philosophievorlesungen so gefesselt hatten.

Manche Bücher inspirieren. So erging es mir mit »Die Untoten und die Philosophie: Schlauer werden mit Zombies, Werwölfen und Vampiren« von Richard Green und K. Selim Muhammad; Tropen 2010 (*). Was also, wenn solche Wesen tatsächlich existierten, sie unsere Existenz bedrohten? Würden wir sie bemerken? Woran? Was unterscheidet uns von ihnen? In Wortlos hatte ich mich schon mit Zombies im Voodoo befasst und konnte so meine Figuren mit Wissen ausrüsten.

LITERATUR

Studie zu häuslicher Gewalt
Gauder, Aline; Schaper, Annika: Männliche Opfer von
häuslicher Gewalt im Kontext des Einsatz- und Streifen-
dienstes der Polizei; Verlag für Polizeiwissenschaft 2015,
Frankfurt a.M., ISBN 978-3-86676-476-7

*Weitere Titel finden Sie auf den
folgenden Seiten und im Internet:*

WWW.GMEINER-VERLAG.DE

Hauptkommissar Peter Nachtigall ermittelt:

1. Fall: Racheakt
ISBN 978-3-89977-674-4

2. Fall: Seelenqual
ISBN 978-3-89977-697-3

3. Fall: Narrenspiel
ISBN 978-3-89977-717-8

4. Fall: Menschenfänger
ISBN 978-3-89977-752-9

5. Fall: Wortlos
ISBN 978-3-8392-1026-0

6. Fall: Gurkensaat
ISBN 978-3-8392-1100-7

7. Fall: Spielwiese
ISBN 978-3-8392-1134-2

8. Fall: Kumpeltod
ISBN 978-3-8392-1374-2

9. Fall: Brandherz
ISBN 978-3-8392-1691-0

10. Fall: Todessehnsucht
ISBN 978-3-8392-1833-4

11. Fall: Spreewald-Tiger
ISBN 978-3-8392-2263-8

12. Fall: Spreewaldmord
ISBN 978-3-8392-2422-9

13. Fall: Gurkendeal
ISBN 978-3-8392-2573-8

14. Fall: Spreewaldkohle
ISBN 978-3-8392-2860-9

15. Fall: Spreewald-rauschen
ISBN 978-3-8392-0197-8

16. Fall: Parkgeflüster
ISBN 978-3-8392-0400-9

Historische Romane von Franziska Steinhauer:
Sturm über Branitz
ISBN 978-3-8392-1218-9

Die Stunde des Medicus
ISBN 978-3-8392-1501-2

Fluch über Rungholt
ISBN 978-3-8392-2016-0

Weitere:
Zur Strecke gebracht
ISBN 978-3-8392-1327-8

Mörderisches aus Cottbus und dem Spreewald
ISBN 978-3-8392-2941-5

Der Werwolf von Hannover - Fritz Haarmann
ISBN 978-3-8392-2070-2

SPANNUNG

GMEINER

WWW.GMEINER-VERLAG.DE
Wir machen's spannend

DIE NEUEN
Lieblingsplätze

ISBN 978-3-8392-0370-5
Lieblingsplätze im BAYERISCHEN WALD

ISBN 978-3-8392-0373-6
Lieblingsplätze im EMSLAND

ISBN 978-3-8392-0371-2
Lieblingsplätze im BERCHTESGADENER LAND

ISBN 978-3-8392-0158-9
Lieblingsplätze im HARZ

ISBN 978-3-8392-0372-9
Lieblingsplätze BODENSEE

ISBN 978-3-8392-0376-7
Lieblingsplätze im HOHENLOHE

ISBN 978-3-8392-0378-1
Lieblingsplätze in KÄRNTEN

ISBN 978-3-8392-0386-6
Lieblingsplätze SALZBURGER LAND

ISBN 978-3-8392-0375-0
Lieblingsplätze für Wanderer SCHWÄBISCHE ALB

ISBN 978-3-8392-0380-4
NORDSEE NIEDERSACHSEN

ISBN 978-3-8392-0381-1
NORDSEE SCHLESWIG-HOLSTEIN

ISBN 978-3-8392-0382-8
Lieblingsplätze OBERÖSTERREICH

ISBN 978-3-8392-0383-5
Lieblingsplätze OSNABRÜCKER LAND

ISBN 978-3-8392-0374-3
Lieblingsplätze in FRANKEN

ISBN 978-3-8392-0377-4
Lieblingsplätze in und um MÜNCHEN NACHHALTIG

ISBN 978-3-8392-0385-9
Lieblingsplätze rund um BERLIN

GMEINER KULTUR

WWW.GMEINER-VERLAG.DE
Mensch, Kultur, Region